死背無用，理解才是王道！
再給自己一次重新認識文法的機會吧！

每天5分鐘超有感，徹底顛覆你對文法的刻板印象！

學習有捷徑
夢想最接近

相信對許多人來說，英文文法是學習英文的過程中，最讓人感到頭痛的部分了。你可能會覺得規則太多，學起來繁瑣又枯燥，且學了多年卻總是學不會，對吧？放心！這並不是只有你才有的煩惱，放眼大多數學習英文的人，都有這樣的深刻感受。你可能會問：「我把單字背好就好，文法學不好也沒關係吧？」錯！文法的基礎沒打好，不僅考試吃虧，平時口語會話、閱讀、寫作都會感到困難重重。切記，文法是學習英文的基石，千萬別讓它成為你學習英文的絆腳石！

為了搞懂英文文法，很多人會準備一本厚重的文法書，並立定決心要從頭看到尾。但是，有多少人能堅持到最後？在這過程中，你可能已經把熟悉的文法概念看了又看，比如，冠詞有哪些？什麼是英文的簡單式時態？而有些常讓你感到困擾的文法問題，卻很難從文法書上找到答案。因為有些文法書的講解比較沒那麼清楚仔細，有些又難以查找，使用這類的書籍，往往讓人一個頭兩個大！

我常和我的學生說：如果一個方法行不通，就該嘗試換個方法了。

也許你需要這樣一本文法書——省略大多數人熟悉的簡單文法概念，直接專攻你經常感到困惑的文法問題。

例如：anyone 和 any one 有什麼區別？這本書是這樣解析的：

anyone 的意思是「任何人」。

- **I won't tell anyone I saw you here.**
  →我不會告訴任何人我在這裡看到你。
- **Anyone could be doing what I'm doing.**
  →任何一個人都可能做我在做的事。

any one 的意思是「你選擇的任何一個（人或物）」，用來表明只限一個。

• **So many different ideas are milling about in my head, but I can't settle down to work on** any one **of them.** →我腦中浮現出很多不同的想法，但我卻不能安下心將其中任何一個付諸行動。

此外，這本書還收錄許多你根本沒有意識到是個問題的文法概念：比如大家會遇到「nice and + 形容詞」的結構，有不少學習者一直認為，nice 在此即為「漂亮」或「好」的意思，對吧？我們來看看書中會怎麼解析：

在非正式文體中，nice and 常用於另一個形容詞或副詞前面，相當於 very 的作用，通常用來加強語氣。

• **The steamed buns fresh from the steamer were** nice and warm. →剛出爐的饅頭真是熱呼呼的。

• **The car is going** nice and fast. →小汽車風馳電掣般地向前飛馳。

另外，書中還會時時提醒你最容易犯的錯誤：
注意，在直接問句中，我們通常不會用 When to... ，What to... 等開頭，而是常在疑問詞後用 shall 和 should。

• **How shall** we go there? By bike or by bus? →我們怎麼去那裡呢？騎自行車還是搭公車？（不能說：~~How to go there?~~）

以上這些舉例，是不是讓你恍然大悟，驚呼：天啊！這些問題我還真的都沒想過！

我盡量將書中每個文法重點都編寫得簡短清楚，讓你能在 5 分鐘左右的時間看完。不論你想知道的、你不知道的、你沒意識到的，這本書通通都幫你設想好了。在每天繁忙的日程中，看書的時間似乎越來越少。但換個角度想，每天你有多少零散的 5 分鐘呢？為了幫助各位可以利用零碎時間有效學習，書中特別把大量的文法概念分解成小篇的知識重點，只要你每天抽出 5 分鐘，學一個文法概念，日積月累，一定會發現自己有很大的收穫，為自己感到驕傲！試試看吧，把每個零碎的 5 分鐘串起來，也許你正為自己串起成功的軌跡呢！

吳靜

Contents 目錄

5分鐘的英文文法革命：
名詞、代名詞和限定詞

5 分鐘的英文文法革命：
形容詞和副詞

5 分鐘的英文文法革命：
介係詞和連接詞、並列句與複合句

5 分鐘的英文文法革命：
動詞（助動詞、情態助動詞、非限定動詞）

5 分鐘的英文文法革命：

時、態及句型

5 分鐘的英文文法革命：
容易錯誤的用法

5 分鐘的英文文法革命：
容易混淆的詞

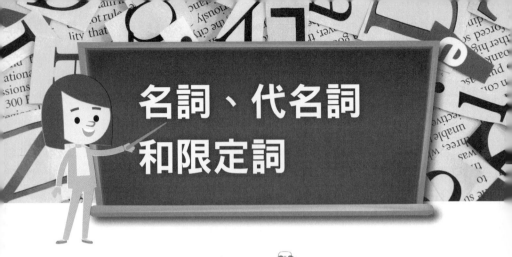

名詞、代名詞和限定詞

1. 每天 5 分鐘 超有感
可數名詞與不可數名詞

表示材料的名詞通常不可數,但當它表示該材料製成的東西時就能作可數名詞。

- **Police found fragments of glass near the scene of the murder.** →警方在謀殺案現場附近發現了玻璃碎片。
- **Would you like a glass of champagne?** →要不要來杯香檳酒?

當表示物質的名詞用來指不同的種類時,可以是可數的。

- **Do we have any cheese left in the fridge?** →冰箱裡還有乳酪嗎?
- **The French produces some wonderful cheeses.** →法國生產的乳酪非常不錯。

表示抽象概念的名詞用來表示「籠統」的概念時,通常不可數;表示「具體」的概念時,通常可數。試比較:

- **Life is not always easy.** →生活並不總是一帆風順。
- **Earthquakes affect the daily lives of millions of people.** →地震影響到了數百萬人的日常生活。
- **I'm very interested in education.** →我對教育很感興趣。
- **She receives a good education.** →她受到良好的教育。

hair用來描述人時通常不可數,但如果要特指頭上或身上的某一縷或幾縷毛髮,hair就作可數名詞。

- **He dyed his hair red.** →他把頭髮染成了紅色。
- **Mother has a few white hairs.** →母親已有些許銀髮。

疾病的名稱通常是不可數的，但表示輕微病痛的詞是可數的，如 a cold（感冒），a sore throat（喉嚨痛），a headache（頭痛）。然而，toothache（牙痛），earache（耳朵痛），stomachache（胃痛）和backache（背痛）在英式英語中通常不可數。在美式英語中，如果特指某次疼痛發作的話，這類詞一般是可數的。

- **George has earache.** （英式英語）
- **George has an earache.** （美式英語）→喬治耳朵痛。

2. 每天5分鐘超有感 用複數動詞的集合名詞

先看下面這幾個例句：

- **The whole family are watching TV.** →全家人都在看電視。
- **The Government are afraid they will be voted out at the next election.** →政府擔心下屆選舉時會敗選。
- **The team are all in excellent fettle.**
  →隊員們個個精神抖擻、神采奕奕。

像family, team, government, audience, class, committee, crew這類的集合名詞，如果把它們看作是一些人的集合體，考慮其個體成員，動詞通常用複數形式。

這類名詞也可以和單數動詞連用，但這時我們通常把該名詞當作一個整體來看待。

- **How is your family?** →你家人還好嗎？
- **The team is going all out to win the championship.**
  →這支隊伍將全力以赴奪取冠軍。
- **The committee has little understanding of the problem.**
  →委員會對這個問題了解不多。

像police, cattle, people這類詞，雖然看起來是單數形式，但實際上為複數名詞，因此只能用複數動詞。

- **The police were able to take preventive action and avoid a possible riot.** →警方及時採取防範措施，避免了可能發生的騷動。
- **The cattle are stamped with brands.** →牛隻身上被押上了烙印。
- **Throughout history, people have been persecuted for their religious beliefs.**

  →人類歷史上，人們因宗教信仰而受迫害的情況一直都存在。

3. 由and連接的並列主詞，限定動詞用單數還是複數？

and連接並列主詞時，限定動詞通常用複數。如：
- **Baker and Mary are interested in history.**

  →貝克和瑪麗對歷史很感興趣。
- **Plastic and rubber never rot.** →塑膠和橡膠不會腐爛。

但是，當由and連接的兩個並列主詞前面有用each, every, no修飾時，限定動詞就要用單數：
- **Every boy and (every) girl likes the puppy.**

  →每個男孩、女孩都喜歡這隻小狗。
- **No desk and (no) chair was seen in the room.**

  →房間裡不見任何桌椅。

此外，由and連接的兩個詞語表達同類概念時，限定動詞通常要用單數，這時and後面的名詞前面通常沒有冠詞。
- **A cart and horse was seen in the distance.** →遠處看見一輛馬車。
- **A knife and fork is on the table**. →桌上擺著一副刀叉。
- **A needle and thread was found on the floor.** →在地板上找到了針線。

4. bread and butter = butter and bread嗎？

每天5分鐘超有感 🕐

麵包是西方人生活中不可缺少的一部分。他們吃麵包的時候一般都要在麵包上塗奶油。因此，奶油加麵包成了西方人最基本的食物。下面我們就為大家介紹一個習慣用語——bread and butter。

bread and butter可就字面上的意思理解成抹了奶油的麵包，也能引申為謀生之道、生計。

- **For breakfast, she had only a slice of bread and butter.**
  →她早餐只吃了一片塗奶油的麵包。
- **For days and days she had nothing but bread and butter and tea.**
  →她幾天來只吃了抹奶油的麵包和喝了些茶，其他什麼也沒吃。
- **Painting is his bread and butter.** →他靠繪畫謀生。
- **It's not easy to find a job nowadays. You'd better stay on with your job; at least it's your bread and butter.** →現在要找工作可不容易。你還是繼續做現在的工作吧，至少它能維持你基本的生活開銷。

需要注意的是，bread and butter是一個固定片語，and前後的單字順序是固定不變的，因此我們不能說butter and bread。像這一類帶有and的常用片語還包括：

- **hands and knees** →趴在地上
- **young and pretty** →年輕貌美
- **thunder and lightning** →雷電；指責
- **black and white** →黑白的；黑白分明的
- **cup and saucer** →（一副）杯碟
- **knife and fork** →（一副）刀叉

5. 表達度量衡、時間、金額等概念的名詞作主詞時，限定動詞用單數還是複數？

表示度量衡以及時間、金額等概念的複數名詞作主詞時，我們往往可以把這些複數名詞看作一個整體，限定動詞用單數形式。

- **Thirty years is a long time.** →30年是很長的一段時間。
- **Forty miles is a long distance.** →40英里是一段很長的距離。
- **Ten pounds was awarded to the little boy.** →小男孩得到了10英鎊的獎勵。

當表示時間的名詞片語與pass, go, by等單字連用，以強調時間的流逝；或者表示時間和金額的說法與spend, waste, pay等單字連用，指時間或金錢的花費等意義時，限定動詞可以使用複數。試比較：

- **Thirty years is a long time.**
  →30年是很長的一段時間。（限定動詞用單數，強調整體）
- **Thirty years have passed since they got married.**
  →他們結婚已有30年了。（限定動詞用複數，強調時間的流逝）
- **Ten thousand dollars is too much for this antique vase.**
  →這個古董花瓶要價一萬美金未免太貴了。（限定動詞用單數，強調整體）
- **Ten thousand dollars were paid for this antique vase.**
  →買這個古董花瓶花了一萬美金。（限定動詞用複數，重點放在實際支付的金額上）

6. 如何表示不可數名詞的數量概念？

不可數名詞沒有複數形式，前面也不能加冠詞a, an。那麼如果想要表示數量概念應該怎麼辦呢？我們通常可以在不可數名詞前面加上「數詞 + 量詞 + of」的結構，比如a piece of，這樣就可以表示不可數名詞的數量概念了。以下是一些常見的例子：

- **a piece of paper** →（一張紙）
- **a piece of information** →（一條消息）
- **a piece of furniture** →（一件傢俱）
- **a cup of water** →（一杯水）
- **a bar of chocolate** →（一條巧克力）
- **a stack of hay** →（一堆乾草）
- **a loaf of bread** →（一條麵包）
- **a grain of rice** →（一粒米）
- **a cake of soap** →（一塊肥皂）
- **a dash of salt** →（一撮鹽）
- **a coil of wire** →（一捲電線）
- **a ball of wool** →（一個毛線球）
- **a stroke of luck** →（一次好運）
- **a clap of thunder** →（一聲雷響）

7. 每天5分鐘超有感 country到底可數還是不可數？

先來看兩個句子：

- **Australia is a country rich in natural resources.**
  →澳洲是個自然資源很豐富的國家。
- **It is a small town in mountainous country east of Genoa.**
  →這是一座位於熱那亞以東山區的小鎮。

在第一個例句中，country表示「國家」，是可數名詞。例如：

- **Cowpeas are an important crop in many African countries.**
  →豇豆是很多非洲國家的重要作物。
- **The conference was attended by delegates from 30 countries.** →此次會議有來自30個國家的代表出席。

在第二個例句中，country指「適合某種活動、具有某種特點等的地區或區域」，是不可數名詞，前面通常會有一個形容詞修飾，如open country, wild country, wooded country等。表示這種意思時，

不能説a country或者countries。例如：

- **This part of the Austrian Alps has many lakes and is very good walking country.**
  →奧地利境內的這一段阿爾卑斯山脈湖泊眾多，是徒步的好去處。

the country 是一個很常見的説法，可以用於表示與the town相對的概念，也就是「鄉村」的意思，亦能用於表示「全國人民」、「全民族」。

- **We spent a pleasant day in the country.**
  →我們在鄉下度過了愉快的一天。
- **They have the support of most of the country.**
  →他們得到了全國大部分人民的支持。

8. 每天5分鐘超有感 means是單數還是複數？

means用作名詞，表示「方式、方法、手段」，它是一個單複數同形的詞，即單數和複數都以-s結尾。

- **The move is a means to fight crime.** →這個行動是打擊犯罪的一種手段。（不能説：~~The move is a mean to fight crime.~~）
- **A spy uses cunning means to find out secrets.**
  →間諜使用狡猾的手段獲取機密。

當means用作主詞時，其限定動詞需根據句意來判斷用單數還是複數。

- **The quickest means of travel is by plane.**
  → 最快的交通工具是飛機。
- **The means of infection include air, water, clothing and insects.** →疾病的傳染媒介包括空氣、水、衣服及昆蟲。

means表示方法、手段時，其意思相當於method，後面的介係詞應該用of。

- **Television is an effective means of communication.**
  → 電視是一種有效的通訊手段。

- **The president preached economy as the best** means of **solving the crisis.** →總統宣導說節約是解決危機的最佳方法。

9. life：可數還是不可數？

life作可數名詞還是不可數名詞通常取決於兩個方面：一是它表示什麼意思，二是它表示某一意思時是側重具體概念還是抽象概念。

表示「生活」時，如特指某人的生活，life為可數名詞；若泛指生活或一種生活方式，則為不可數名詞。試比較：

- **The monks lived a very ascetic** life. → 僧侶過著很清苦的生活。
- **They lacked the basic necessities of** life.
  →他們缺乏生活基本必需品。
- **Do you like** life **in the country better than town** life?
  →你喜歡農村生活勝過城市生活嗎？

life表示「生命」時，若表示泛指意義或抽象意義，為不可數名詞；當談論具體的「性命」時，則為可數名詞。試比較：

- **How did** life **begin?** →生命是怎樣開始的？
- **Several** lives **were lost in the accident.**
  →這次事故中有好幾個人喪生。

life表示「一生、一輩子」時，通常為可數名詞。泛指「人生」時為不可數名詞。如：

- **She led a long and happy** life. →她度過了幸福長壽的一生。
- Life **is a continual struggle.** →人生就是無止盡的奮鬥。

life表示「生氣、活力」時，通常為不可數名詞。

- **The children were full of** life **this morning.**
  →孩子們今天早上充滿活力。
- **There were signs of** life **in the forest as the sun rose.**
  →太陽升起時，森林裡顯露出了生機。

10. 名詞作定語用單數還是複數？

如果複合名詞是名詞 + 名詞的結構，第一個名詞通常用單數形式。

- **a story book** →故事書（不能説：~~stories book~~）
- **a train station** →火車站（不能説：~~trains station~~）

也有一些名詞在這種結構中用複數形式。這些名詞包括沒有單數形式的名詞（如goods, clothes）、單複數含義不同的名詞（如glasses）以及一些常用複數的名詞（如contents）。在某些情況下，如antique(s), drug(s)，單數和複數形式都會出現。

- **a goods train** →貨車
- **a sales representative** →銷售代表
- **customs duties** →海關關稅
- **contents insurance** →家居財物保險
- **the drug(s) problem** →毒品問題

當man和woman放在名詞前作定語表示性別時，若被修飾的名詞為複數，則man和woman也要用複數。如：

- **men pilots** →男飛行員
- **women teachers** →女教師

11. 加's的複數形式

如表示英語字母、日期或縮寫詞的複數形式時，在-s之前加撇號（'）。

- **There are two i's in the word "interesting".**
  →interesting 這個詞裡有兩個字母i。
- **Mind your p's and q's.** →要謹言慎行。
- **She's been around as a singer since the 1980's.**
  →從1980年代起，她就一直是個很活躍的歌手。（也可以用the 1980s的形式）
- **All the –'s should be changed to +'s.** →所有的負號應改為正號。

- **More than 30 MP's have signed the motion.** →已有30多名議員簽署了這一項提案。（也可以用MPs的形式）

12. holiday還是holidays？
每天 5 分鐘超有感

先來看下面這個句子：
I first met him while I was on holidays in Italy.

這是個錯誤的句子，看看下面的說明你就會明白哪裡有誤了。

在英式英語裡，通常用複數holidays來指一年中「長期的假日」，其他情況一般用單數holiday。試比較：
- **I'm feeling burnt-out at work—I need a holiday.**
  →我覺得工作得太累了──我需要休假。
- **What did you do with yourself during the summer holidays?**
  →暑假你是怎樣度過的？

在以下這類片語中，我們總是用單數：three weeks' holiday, six months' holiday, on holiday, go on holiday, return from holiday。
- **I've got three days' holiday including New Year's Day.** →包括元旦在內我有三天假。（不能說：~~I've got three days' holidays...~~）
- **We put the dog into a kennel when we go on holiday.** →去度假時我們把狗送到寵物旅館。（不能說：~~...when we go on holidays.~~）

holidays還常用於the, my, your等詞之後，表示一段時間的休假。
- **Where do you want to go for your holidays?** →你想去哪休假？

13. pleasure是可數名詞還是不可數名詞？

先來看下面兩個句子：

- **It gives me great pleasure to send you this little gift.**
  →送給你這件小禮物讓我感到由衷的快樂。
- **It's been a great pleasure to talk to you.** →和你交談真是一件樂事。

在第一個句子中，pleasure是不可數名詞，而在第二個句子中，是可數名詞。那麼什麼時候pleasure是可數的，什麼時候又不可數呢？

當我們用pleasure表示一種感覺或狀態，即一般意義上的「愉快、快樂」時，pleasure是不可數名詞；當我們談論一次愉快的體驗，用pleasure表示具體的「愉快的事」時，pleasure是可數名詞。試比較：

- **His grandchildren brought him his greatest pleasure in his old age.** →他的孫子們給他的晚年帶來了莫大的歡樂。
- **The car is superbly engineered and a pleasure to drive.**
  →這輛車設計一流，開起來是一種享受。
- **He gained vicarious pleasure from watching people laughing and joking.** →他看著人們談笑，自己也感到很高興。
- **Swimming is a healthy pleasure.**
  →游泳是一種有益於健康的娛樂活動。

14. proportion後面用單數還是複數？

proportion與不可數名詞或單數名詞連用時，限定動詞一般用單數。

- **A large proportion of the earth's surface is covered with water.** →地球的表面大部分被水所覆蓋。
- **A proportion of the rent is met by the city council.**
  →一部分租金由市政委員會支付。

- The proportion of the population that is over 65 was **increasing in the past few years.**

→過去幾年裡，65歲以上的人口數量在增長。

the proportion of與可數名詞複數形或集合名詞單數形連用時，限定動詞通常為單數；a (small/large/...) proportion of和可數名詞複數形或集合名詞單數形連用，則常用複數動詞。試比較：

- The proportion of imports to exports is **worrying the government.** →進出口的比例令政府擔憂。
- The proportion of men to women in the population has **changed in recent years.** →男女人口比例最近幾年有了變化。
- A very significant proportion of contemporary Americans are **descendants of small merchants, craftsmen, and professional people.** →當今美國人之中，小商人、手工業者和專門職業者的後裔占很大一部分。
- A large proportion of people are **engaged in the production of goods.** →很大一部分的人從事商品的生產。

15. 每天5分鐘超有感 ⏰ 's名詞所有格的構成

通常來説，'s名詞所有格的構成遵循以下原則：

單數名詞+ 's：
- **the girl's mother** ›女孩的母親

複數名詞+ '：
- **the girls' mother** →女孩們的母親

不規則複數名詞 + 's：
- **the children's mother** →孩子們的母親
- **women's clothes** →女裝

以-s結尾的單數名詞後面有時只加一個撇號（'），尤其是在文學作品和經典著作中。

• **Keats' view** →濟慈的觀點
• **Socrates' life** →蘇格拉底的一生

不過's更常見一些。

• **Charles's brother** →查理斯的兄弟

幾個詞作為一個單位時，'s應該加在最後一個詞的末尾。

• **my sister-in-law's new house** →我妯娌家的新房子
• **Henry the Eighth's throne** →亨利八世的御座
• **the woman next door's husband** →鄰居太太的丈夫

如果想要表示各自的所有關係，則需要在每個名詞的末尾都加上's。
試比較：

• **Joe and Susan's desk** →喬和蘇珊的書桌（書桌為喬和蘇珊所共有）
• **Joe's and Susan's desks**
　→喬的書桌和蘇珊的書桌（喬和蘇珊有各自的書桌）

16. 不帶名詞的所有格
每天5分鐘超有感 ⏰

在意思清楚的情況下，即大家對所有格後所接的名詞不言而喻時，所有格後面可以不跟名詞。

• **—Whose cotton dress is that?** →那是誰的棉質洋裝？
• **—Mary's.** →瑪麗的。
• **I'll go in Frank's car and you can go in Joseph's.**
　→我坐弗蘭克的車去，你可以坐約瑟夫的去。

這種用法也往往出現在談論店鋪、公司、教堂和某人的住所時。商店和公司名字裡的撇號經常省略掉。如：

• **I bought this at Harrod's.** →我在哈洛德百貨買的。
• **A man asked me the way to St Paul's.**
　→有個人問我去聖保羅教堂的路怎麼走。

- **We had a great evening at** my mother's.

  →我們在我媽媽家度過了一個愉快的夜晚。

在現代英語裡，像the doctor（診所），the butcher（肉店），the hairdresser（理髮店）這類説法中，'s經常省略。

- **She bought a bottle of vitamin tablets at** the chemist**('s).**

  →她在藥房買了一瓶維他命錠。

- **I've got an appointment at** the dentist**('s) at 1:15.**

  →我約了1點15分去看牙醫。

17. 什麼時候使用of結構表示所有？

每天 5 分鐘 超 有 感

's的結構通常用來表達擁有、關係和身體特徵，尤其是當第一個名詞是人、動物、國家、組織或者別的生物群體時。

- **That's his** grandparents' **house.** →那是他爺爺奶奶的房子。
- Ann's **sister is a designer.** →安的姐姐是一位設計師。
- **Britain would not accede to** France's **request.**

  →英國不肯同意法國的要求。

- **The** baby's **hands are too small to fit round the ball.**

  →這個嬰兒的手太小，抓不住這顆球。

如果第一個名詞不屬於上列情況，那麼我們常用of結構表示所有。

- **the door** of **the cage** →籠門（不能説：~~the cage's door~~）
- **the foot** of **the page** →頁腳（不能説：~~the page's foot~~）
- **the rear** of **the car** →車尾（不能説：~~the car's rear~~）

如果「所屬關係」的敘述很長，常用of結構。試比較：

- **the man's name** →那個人的名字
- **the name** of **the man who betrayed us**

  →那個背叛我們的人的名字

18. 每天5分鐘超有感 ⏰ 雙重所有格：限定詞 + 名詞 + of + 所有格

先來看下面幾個例子：

- **a friend** of my father's →我父親的一位朋友
- **a photo** of Mr Smith's →史密斯先生的一張照片
- **that son** of Jim's →吉姆的那個兒子

如上述例子一般，把's所有格與of所有格結合使用時，就構成了雙重所有格。

雙重所有格主要用在哪些場合呢？通常，當被修飾名詞前有指示代名詞（如this, that）、不定代名詞（如any）或數詞等限定詞時，一般要用雙重所有格。

- **I don't like that big nose** of David's. →我不喜歡大衛的那個大鼻子。
- **Which novel** of Dickens' **are you referring to?**
  →你談的是狄更斯的哪部小說？
- **You are certain to be happy with any relative** of Mrs. Moore's.
  →你和莫爾夫人的任何親屬在一起都會很快樂的。
- **Some friends** of my brother's **will come.** →我兄弟的一些朋友要來。

19. 每天5分鐘超有感 ⏰ 名詞作定語與形容詞作定語之間的區別

英語中有很多名詞 + 名詞組成的名詞片語。在這種結構中，第一個名詞對後一個名詞有修飾或描寫的作用，其用法有些像形容詞。

- **a history book** →一本歷史書
- **a gold watch** →一支金錶
- **silk socks** →絲質短襪

那麼名詞作定語與形容詞作定語之間的區別在哪呢？名詞作定語主要表示被修飾名詞的特徵、性別、用途、功能、內容等，而形容詞作定語則起描述與限定作用。試比較：

- **silver coins**→銀幣（silver表明原料，即指用銀做的幣）
- **silvery hair**→銀白色的頭髮（silvery起描述作用，為描述性形容詞）
- **a stone bridge**→一座石橋
- **a stony expression**→冷漠的表情
- **a history book**→一本歷史書
- **a historic spot**→一處古蹟
- **education experts**→教育專家
- **educational films**→具有教育意義的影片

有時一些片語在中文看來似乎應用形容詞作定語，但英語習慣上卻用名詞作定語。例如：
- **science fiction**→科幻小說
- **health situation**→健康狀況
- **convenience food**→即食食品

20. 每天5分鐘超有感 名詞 + 's + 名詞還是名詞 + 名詞？

不是所有的複合意思都可以用名詞 + 名詞這個結構來表達，有時候我們還要用到所有格's的形式。在一些表示類別的表達方式中，會用所有格's結構。這種結構常用於談論人或動物所使用的東西。
- **dog's food**→狗糧
- **women's clothes**→女裝
- **a man's three-piece suit**→一套三件式男士西裝

's結構常用來表示從有生命的動物那裡得到的東西；而名詞 + 名詞的結構常用來表示在動物被宰殺後才得到的東西。試比較：
- **a hen's egg**→一顆雞蛋
- **chicken soup**→雞湯
- **sheep's wool**→綿羊毛
- **a lamb chop**→一塊羊排

's結構可以用來表示人或動物身上的部位，但是在表示無生命事物的某一部分時，常用名詞 + 名詞結構。試比較：

- **an elephant's leg**→一條象腿
- **a table leg**→一支桌腳（不能説：~~a table's leg~~）
- **a wolf's tail**→一條狼尾
- **a car door**→一扇車門（一般不能説：~~a car's door~~）

以上的規律只説明了一般情況，想要弄清某一特定的概念究竟用哪種結構來表達還是需要好好查閱字典。

21. 每天5分鐘超有感
冠詞：表示泛指

當我們想要泛泛地談論事物，比如泛指所有的人、馬或者書時，可以用以下幾種方式來表達：

1) 零冠詞：泛指事物通常用零冠詞 + 不可數名詞或複數名詞的形式。

- **I hate cheese.**→我討厭乳酪。（泛指所有的乳酪）
- **Stars twinkled in the sky.**→星星在天空中閃爍。（零冠詞表泛指）
- **Sugar is the destroyer of healthy teeth.**
  →糖會危害牙齒健康。（零冠詞表泛指）

2) the + 可數名詞單數：有時the與可數名詞單數連用可以表示泛指。這類用法在談論科學儀器、發明創造以及樂器的時候較常見。

- **The piano is one of the most beautiful instruments to play.**
  →鋼琴是最美的樂器之一。

3) a/an + 可數名詞單數：若談論某個類別中的一個例子時，還可以用a/an（意思是any）和可數名詞單數連用。

- **A lion can be dangerous.**→獅子可能有危害性。
- **A baby is sensitive to the slightest nuances in its mother's voice.**→嬰兒對母親聲音最細小的變化都很敏感。

需要注意的是，如果泛指整個群體裡所有的成員，而非一個例子，就不能這樣用。試比較：

- **A tiger is a beast of prey.** →老虎是食肉的野獸。（指任何一隻老虎）
- **The campaign will hopefully ensure the survival of the tiger.** →這場運動有望確保老虎的生存。（指的是整個虎類，而非個別的虎。不能說：~~...the survival of a tiger.~~）

22. a/an什麼時候不能省略？

每天5分鐘超有感 ⏰

前面談到省略不定冠詞的特殊情況，但也有些情況不能省略a/an。

我們常用a/an來表示某人做什麼工作或者某物有什麼用途，在這種情況下a/an不能省略。

- **I'm a doctor.** →我是一名醫生。（不能說：~~I'm doctor.~~）
- **A department store is a shop which sells a wide range of goods.** →百貨公司販賣各式各樣的商品。（不能說：~~Department store is a shop which sells a wide range of goods.~~）

在介係詞的後面，a/an通常也不能省略。

- **No one ever died of a broken heart.** →從來沒有人因為過度悲傷而死。（不能說：~~... died of broken heart.~~）

當不定冠詞修飾一個以上的事物時，一般不能省略。

- **We have a black dog and a white cat.** →我們養了一隻黑狗和一隻白貓。（如果兩隻都是貓，也可以說：We have a black and a white cat.，但不能說：~~We have a black and white cat.~~ 這樣的意思是指我們養了一隻黑白花貓。）

此外，在感嘆句中，what後面用a/an和可數名詞單數連用，這時不能省略a/an。

- **What a pleasant surprise!** →這真是一個驚喜！（不能說：~~What pleasant surprise!~~）

23. 字首縮寫前加不定冠詞時，用a還是an？

字首縮寫是指由幾個詞的第一個字母組成的縮寫，比如BBC (British Broadcasting Corporation), WTO (World Trade Organization)。如果一個縮寫前有不定冠詞，那麼應該用a還是an？

比如，是a UN peacekeeper（聯合國維和士兵），還是an UN peacekeeper？這時，要看縮寫第一個字母的讀音。如果第一個字母的讀音以母音開始，就用an，否則就用a。上例中，因為字母U的發音是[juː]，不是以母音開始，所以應該用a。再給幾個例子：

- **an EU organization**→一個歐盟組織
- **a BBC broadcaster**→一位英國廣播公司的播報員
- **a US citizen**→一位美國公民

別小看了這個規則，就連母語是英語的人有時也會誤用。

再教幾個小訣竅。如果縮寫前有定冠詞the，那麼該讀[ðə]，還是[ði]？同樣，也是看縮寫第一個字母的讀音。根據規則，the USA中的the，要讀[ðə]。

有些縮寫可以像單字一樣發音，這樣的縮寫叫做頭字語。頭字語通常不用冠詞。比如UNESCO（聯合國教科文組織）讀作[juˈnɛsko]，它的前面就不能加the。

24. 難對付的a和an

看看下面兩個句子，大家會在空白處填a還是an呢？

The politics of _____ L-shaped economy helped elect Barack Obama.

After the wedding, there was _____ 8-course meal.

以上兩道題都是大家在使用不定冠詞a/an時遇到過的比較棘手的例子，但實際上只要你遵循下面這個規律，就能練就一雙「火眼金睛」。

我們知道，決定用a或an其實在耳不在眼。如果一個單字的字首發母音，我們通常用an；如果字首發子音，則用a。以上述兩個句子為例，L-shaped這個單字的字首是L，而這個字母的發音是[ɛl]，因為[ɛ]是母音，所以應該是an L-shaped economy。同樣，在第二個例句中數字8的發音是[et]，也是以母音開頭，所以應該說an 8-course meal。

再來看幾個例句：

- **Please pay attention to your spelling→You have dropped an "m" here.** →注意你的拼寫。你這兒漏掉了一個"m"。
- **He has an 11-year-old daughter.** →他有一個11歲大的女兒。

25. the accused是指一類人嗎？

每天5分鐘超有感

大家都知道the + 形容詞的結構可以指一類具有某種特徵或特性的人，通常表示複數意義。這類詞作主詞時，限定動詞要用複數。

- **The injured were carried away on stretchers.**
  →受傷的人被擔架抬走了。
- **The rich will be asked to contribute money; the strong to contribute labour.** →有錢出錢，有力出力。
- **Most of the old are interested in current event.**
  →大部分老人都對時事抱持興趣。
- **The losers in this society are the old, the sick, the jobless, the homeless and badly housed.** →這個社會的不幸者是老年人、病人、失業者、無家可歸者和居住條件很差的人。

那麼the accused是否也跟以上例句一樣，表示一類人呢？我們先來看看《朗文當代高級英語辭典》中對the accused的釋義：the person or group of people who have been officially accused of a crime or offence in a court of law。它的單數形和複數形都是the accused，也就是說the accused指一名被告時表單數意義，指多名被告時表複數意義。試比較：

- **The accused stuck out that he was innocent of the crime.**
  →被告堅稱他是無辜的。（被告只有一人）
- **The accused were presumed innocent.**
  →被告被假定是無罪的。（被告有數人）

這種the + 形容詞可指單數意思的固定片語還有the undersigned（署名者）, the deceased（死者）, the former（前者）, the latter（後者）。

- **Of the two options, the latter is better than the former.**
  →在兩個選擇中，後者比前者好。
- **She had to choose between giving up her job and giving up her family. She chose the former.**
  →她必須在放棄工作和犧牲家庭兩者中選擇。她選擇了前者。
- **The deceased willed his vast estate to his daughters.** →死者將自己大量的不動產遺留給他的女兒們。

26. 省略冠詞的特殊情況

在以下情況中，冠詞通常省略：

1) 在名詞所有格構成的片語裡，如果第一個詞是專有名詞，一般不用冠詞。

- **Mr. Cooper's passport**
  →庫珀先生的護照（不能說：~~the Mr. Cooper's passport~~）
- **Japan's trade surplus**
  →日本的貿易順差（不能說：~~the Japan's trade surplus~~）

2) 可數名詞單數表泛指的時候，一般要用冠詞（如the telephone, a whale），但man和woman卻是例外，這兩個詞可以不用冠詞。

• **Man had dominion over** woman **in ancient China.**
　→在中國古代，女人要聽命於男人。

但現代英語中我們更常用a man/woman或者men/women。

• **Men and** women **enjoy equal pay for equal work.** →男女同工同酬。

• **A man has a duty to earn money for his family.**
　→男人有掙錢養家的責任。

3) all和both的後面有時可以省略冠詞。

• **Both (the) brothers were born and bred in Miami.**
　→這對兄弟都是在邁阿密出生長大的。

• **All (the) five men are hard workers.** →他們五個人都很努力工作。

注意：我們可以説all day, all night, all week, all summer, all winter, all year，但不能説all hour或者all century。

• **This room remains warm** all winter.
　→這個房間整個冬天都十分暖和。

4) 在正式文體中，在kind of, sort of, type of之類的片語後面，a/an 通常會省略。

• **She's the** sort of (a) woman **who always says the right things.** →她是一個説話總能恰到好處的女人。

• **She knows that James is a solid** type of (a) person.
　→她知道詹姆斯是個可信賴的人。

5) 職位和頭銜前不與定冠詞連用。

• **Shakespeare lived in the glorious days of** Queen **Elizabeth I.**
　→莎士比亞生活在女王伊莉莎白一世在位的盛世。

27. she (her)和he (him)除了指代人，還有其他的用途嗎？

説起《神鬼奇航》中的黑珍珠號，大家一定都不陌生。那麼為什麼在電影中提到黑珍珠號會用人稱代名詞she而不是it呢？

she/her除了可以用來指代人，還可以用來指國家，以表示親切。

- **When they came to China again after 20 years, they found she was making big strides along the road to industrialization.**
  →20年後他們再次來到中國時，發現它正沿著工業化道路大步前進。

- **The delta and the narrow Nile valley to the south make up only 3 percent of Egypt's land but are home to 96 percent of her population.** →三角洲和南邊狹窄的尼羅河谷只占埃及土地的3％，卻有96％的人口住在這裡。

但是在現代英語中，用it指代國家的用法更為普遍。

- **The pollution in this country makes it the dustbin of Europe.**
  →污染使這個國家成為歐洲的垃圾桶。

- **Britain proudly proclaims that it is a nation of animal lovers.**
  →英國驕傲地聲稱自己是一個熱愛動物的國家。

有些人用she指代汽車、摩托車、船隻等。

- **The ship ran into an iceberg and sank 10 days after she set sail.** →那艘船起航10天後就撞上冰山沉沒了。

- **—How is your old car?** →你的老車怎麼樣了？

- **—Oh, she's running like a dream these days.**
  →哦，它最近跑得很順。

動物名詞的指代一般用it或they代替，但是當人們認為動物有性格、頭腦或有感情的時候，有時也用he或者she來指代。這種説法常用於貓、狗、馬等寵物和馴養的動物。

- **Give the cat some food. She is hungry.** →給貓一些吃的，牠餓了。
- **We'll take the dog—she'll smell those rabbits out.**
  →我們把狗帶著——牠會嗅出那些兔子的。

28. 用he還是she？

每天5分鐘超有感

大家一起來看下面這段話：

Here's a watch. We can't find the owner. Can you find him and give it to him?

很多同學可能會覺得困惑，既然不知失主是誰，怎能知道是男是女？那麼，指代「失主」這個名詞的代名詞是否可以用代名詞her呢？

英語中，尤其是在正式文體中，如果一個人的性別未知，或男女均可，習慣上要用he/him/his。

- **A good student must connect what he reads with what he sees around him.** →要成為一個好學生一定要把所學與所見聯繫起來。
- **The spirit of the person in a sense is the author of his body.**
  →一個人的精神，從某種意義上說，是他身體的主宰。

但許多人覺得這種用法帶有性別歧視，因而應儘量避免使用，應該用he or she, him or her或his or her代替。

- **No doctor has ever healed a broken bone: he or she sets them.** →從來沒有哪個醫生能治癒骨折，他們只是讓骨頭復位。
- **A child has reliance on his or her mother.** →孩子都依賴母親。

在非正式文體中，也常用they/them/their來指單數不確定的人。they後要用複數動詞。

- **If anyone doesn't like it, they can leave.**
  →如果有人不喜歡，可以離開。
- **Someone has left their coat behind.** →有人忘了拿外套。

29. 每天5分鐘超有感 ⏰
多功能的人稱代名詞it

作為人稱代名詞，it可以指除人以外的一切事物或動物。

- **The building looked as impressive in actuality as it did in photographs.** →這棟大樓外觀雄偉，與照片中所見一模一樣。
- **The train went slower and slower until it stopped altogether.** →火車愈來愈慢，最後完全停了。

在疑問句裡，it可以用來指代nothing, anything, everything等不定代名詞。

- **Nothing ever seemed to rile him, did it?** →好像從來沒有什麼事讓他不悅，對嗎？
- **Everything she does is motivated only by a desire for money, isn't it?** →她所做的一切都是為了錢，不是嗎？

it指人主要用於指性別不明的嬰兒或用於確認某人的身分。

- **The Greens have a new baby. It's lovely.** →格林家有一個新生嬰兒，很可愛。
- **—Who is that over there?** →那邊那個人是誰？
- **—It's Carol Blake.** →是卡羅爾‧布萊克。（不能説：~~She's Carol Blake.~~）
- **—Is that our boss?** →那是我們的老闆嗎？
- **—No, it isn't.** →不，不是。（不能説：~~No, he isn't.~~）

30. 每天5分鐘超有感 ⏰
主詞還是受詞？

英語中有六個代名詞在作主詞和受詞時拼法不相同，它們的形式可列表如下：

主詞	I	he	she	we	they	who
受詞	me	him	her	us	them	whom

一般說來，主詞代名詞通常放在主詞的位置，而受詞代名詞則置於動詞之後。

- **I have a pet parrot called Polly.**
  →我有一隻寵物鸚鵡，叫波莉。（作主詞）
- **Polly likes me.** →波莉喜歡我。（作受詞）
- **The money was donated by a local businessman who wishes to remain anonymous.** →這筆錢是當地一位不願透露姓名的企業家捐贈的。（在子句中作主詞）
- **I don't know to whom I ought to address the request.**
  →我不知道該向誰提出此項請求。（在子句中作受詞）

可是，在下列的情況中，我們到底是該用主詞還是受詞呢？

1) —**Who is that?**
   —**It's_____.**
   A. me   B. I
2) **It is _____ who makes that decision.**
   A. me   B. I
3) **My sister is as thin as _____.**
   A. me   B. I

在第一種情況中，因為是日常會話，屬於非正式英語，be動詞後常用受詞形式。

- **—Who's that?** →是誰？
- **—It's me.** →是我。

第二種情況屬於強調句型，當被強調的主詞是人稱代名詞時，有兩種表達方法：

It is/was + 受詞 + that子句（非正式的說法）

It is/was + 主詞 + that子句（正式的說法）

- **It's me who should be held responsible for it.**
  →要負責的是我。（非正式）
- **It's I who should be held responsible for it.**
  →要負責的是我。（正式）

在這種情況下，為了避免太正式或太隨便，我們可以改變句子的結構，例如：

I'm the person who should be held responsible for it.

對於第三種情況，在非正式文體中，as或者than後經常用受詞形式；在正式的文體中，as/than後面常用主詞 + 動詞的結構。

- **Her sister isn't as clever as her.** →她妹妹不如她聰明。（正式文體中常說：Her sister isn't as clever as she is.）
- **I shouldn't have tangled with Peter; he is bigger than me.**
  →我不該與彼得吵架，他的塊頭比我大。（正式文體中常說：..., he is bigger than I am.）

31. 每天5分鐘超有感 省略人稱代名詞的情況

人稱代名詞通常不能省略。

- **It is a movie that appeals to both the mind and the eye.**
  →這是一部令人賞心悅目的影片。
  （不能說：Is a movie that ...）
- **I like Alex but I don't find him attractive physically.**
  →我喜歡亞力克斯，不過我認為他長得並不英俊。
  （不能說：...but I don't find attractive physically.）

不過，在非正式的口語中，位於句子開頭作主詞的代名詞有時候可以省略。

- **Can't understand a word.** →(= I can't...) 一個字也聽不懂。
- **Won't work.** →(= It won't work.) 這行不通。

當I know指的是事實──後面可以跟that引導的子句時，know後面不能加it。

- ─**He really likes you.** →他非常喜歡你。
- ─I know (= **I know that he really likes me.**). →我知道。

在believe, think, suppose等動詞後，我們用so而不是it。

- ─**Is John here?.** →約翰在這嗎？
- ─**I think so.** →我想在吧。

在帶have或with的描述性結構中，介係詞後面的人稱代名詞也可以省略。

- **He was carrying a box with books in (it).**
  →他拿著一個裝著書的盒子。

在動詞不定式中，如果動詞不定式的受詞剛剛被提到過，那麼通常不用受詞代名詞。

- **Are these apples ripe enough to pick?.** →這些蘋果熟了嗎？可以摘了嗎？（不能說：...ripe enough to pick them?）

32. 每天5分鐘超有感 ⏰ 什麼情況下用反身代名詞代替人稱代名詞？

試比較下列句子：

- **How can a jolly old man like yourself live in a cold gloomy place? (Or: ...like you...)**
  →像您這樣快樂的老人怎會居住在這樣寒冷陰鬱的地方？
- **I have no one to thank for all my suffering except myself.**
  (Or: ...except me.) →我受這些苦不能怨別人，只能怨我自己。
- **They invited my brother and myself to the wedding.**
  (Or: ...and me...) →他們邀請了我和哥哥參加婚禮。

在as, like, but (for), except (for)的後面以及在並列名詞片語中，反身代名詞有時可以用來代替人稱代名詞。

- **He was as worried as myself.** →他和我一樣擔心。
- **I blame no one but myself.** →這怪不了誰，只能怪我自己。
- **Jim's sister and himself get up at six every day.**
→吉姆和他的妹妹每天6點起床。

33. 不用反身代名詞的情況

先來看一些使用反身代名詞時出現的典型錯誤：

Suddenly the door opened itself.
Hurry yourself!
Try to concentrate yourself.
The book is selling itself well.

有些動詞（如wash, dress, shave）談論為自身而做的動作時，反身代名詞通常省去。但如果需要說明動作是誰做的，則可以用反身代名詞。試比較：

- **It's a good habit to wash up before a meal.** →飯前洗手洗臉是好習慣。（不能說：...to wash up yourself before a meal.）
- **The baby can take off clothes by himself but can't dress himself.** →那個男孩能自己脫衣服，但不會自己穿。

通常不用反身代名詞的動詞還包括open, sell, concentrate, hurry, feel等。

34. 反身代名詞和each other的區別

你能發現下面這兩個句子在意思上的區別嗎？

Tom and Ann blamed themselves for the accident.
Tom and Ann blamed each other.

這兩個句子在意思上有很大的區別，第一個句子説的是「湯姆和安為這起意外事故感到自責」，第二個句子説的是「湯姆和安互相責備」。

each other和one another的意思相同，有「彼此」或「互相」的意思，是表示相互關係的代名詞，在句子中通常只用作受詞。

- **Sue and Tony had a bust-up and aren't speaking to each other.** →蘇和托尼大吵了一架，現在誰也不理誰。
- **The two groups agreed to cooperate with each other.**
  →這兩個團體同意相互合作。
- **The road and the canal are parallel to each other.**
  →道路與運河平行。

而反身代名詞顧名思義就是指動作反射到動作執行者本身，或是在句中起強調作用以加強句子語氣的代名詞。試比較：

- **To help themselves learn, they filmed other swimmers in action.**
  →他們把其他游泳選手的游泳姿態拍攝下來，以幫助自己學習。
- **We must stand side by side in this trouble and help each other.** →在這困難時刻我們必須團結一致，互相幫助。

每天5分鐘超有感
35. 使用複合不定代名詞時需要注意的幾點

複合不定代名詞包括something, somebody, someone, anything, anybody, anyone, nothing, nobody, no one, everything, everybody, everyone等。在使用複合不定代名詞時需要注意以下三點：

1) 這些詞作主詞時，與單數動詞連用。

- **Everything is ready.** →一切就緒。
- **Somebody was waiting in the shadowy doorway.**
  →有人守候在昏暗的門口。

2) 複合不定代名詞後面可以跟形容詞片語或狀語片語。

- **Someone on the TV was gabbling away in a foreign language.**
  →電視裡有人在用外語嘰哩呱啦地講話。
- **The organization changed its title to something easier to remember.** →這家機構把它的名稱改得好記一些了。

3) anyone與anybody的意思相同；any one意為「任何一個（人或東西）」。everyone和every one之間也有類似的區別。試比較：

- **You can choose any one you like.** →你可以任意挑選一個。
- **She doesn't blame anyone for her son's death.**
  →她沒把她兒子的死歸罪於任何人。
- **He had two dozen oysters and enjoyed every one of them.**
  →他吃了兩打牡蠣，每一顆都吃得津津有味。
- **Everyone was in Halloween costumes.**
  →人人都身著萬聖節的服裝。

36. 表示疑問：用which還是what？

which和what用作疑問代名詞時往往在意思上沒有什麼區別。

- **Which/What is the coldest city in the world?**
  →哪座城市是世界上最冷的？

但是，當用來指人時，which一般用於詢問人們的身份，而what則用來問人們的工作和活動。

- **—Which is your sister?** →哪一位是你姐姐？
- **—The one in long black stockings.** →那個穿黑色長筒襪的。
- **—What is your father?** →你爸爸是做什麼的？
- **—He is a manager.** →他是經理。

當which和what與名詞連用就人或物提出疑問時，兩者就有所不同了。當選擇的數目有限時，一般用which；當選擇餘地較大而到底有多少種可能性還不清楚時，常用what。試比較：

- **Which colour do you like, purple, green or white?**
  →你喜歡哪種顏色？紫色、綠色還是白色？（選擇有限）
- **What colours are your brother's eyes?**
  →你哥哥的眼睛是什麼顏色？（選擇的可能性很多）

但是，如果與指人的名詞連用，即使選擇性很大，有時候我們也寧願用which，尤其是在比較正式的文體中。
- **Which singers do you like?** →你喜歡哪些歌手？

37. 每天5分鐘超有感 ⏰ how和what...like

how和what...like都可以用來表示「……怎麼樣」的意思，那麼兩者在用法上到底有何區別呢？

how通常用來詢問變化的事物，如暫時的情況、情緒或者健康等。
- **How is the project?** →工程進行得怎樣了？
- **—How is your father?** →你父親身體如何？
- **—He's very well.** →他很好。
- **How is business at the branch this month?**
  →這個月分公司的業務情況如何？

常用what...like談論天氣。
- **What's the weather like today?**
  →今天天氣怎麼樣？（也可以說：How's the weather today?）

how通常不用於提問不變化的事物（如人的性格、外表或事物的性質），當我們想要表達這一概念時，常用what...like。
- **What's your hometown like?** →你家鄉什麼樣？
- **—What's your new neighbour like?** →你的新鄰居是個怎麼的人？
- **—She's kind and generous.** →她和善、大方。
- **What's the medicare system like in your country?** →貴國的醫療制度怎樣？（不能說：~~How is the medicare system in your country?~~）

常用how來詢問人們對所經歷過的事有什麼反應。

- —How **is your steak?** →牛排好吃嗎?
- —**It's a little bit too old.** →有點太老了。
- —How **was the examination?** →考得怎麼樣?
- —**Not too bad.** →不算太差。

38. 不定人稱代名詞one的用法

one表示的意思是包括説話者在內的任何人,它只用於談論泛指的人,不能用來專指某個人、確定的一批人、某一特定的事件,也不能指不包括説話者在內的一群人。試比較:

- — It is necessary that one should always pay attention to personal grooming.
  →注意個人儀容是必要的。
- They **obeyed him out of fear rather than respect.**
  →他們聽從他的命令是出於害怕而並非尊敬。
  (不能説:~~One obeyed him...~~——並非指「所有人」)
- — One **should obey the traffic rules.**
  →每個人都應該遵守交通規則。
- Somebody **has parked his car right in front of mine.**
  →有人把他的汽車正好停在我的車子前面。
  (不能説:~~One has parked his car...~~)

one的所有格為one's,反身代名詞為oneself。

- **It's impolite to pick** one's **teeth in public.**
  →在公共場合剔牙很失禮。
- **It is not good to think only of** oneself.
  →只為自己著想是不好的。

39. one和a可以相互替換嗎？

每天5分鐘超有感 ⏰

one和a兩者均可表示「一」的意思，有時可互換。如：

- **About a/one thousand employees attended the meeting.**
  →大約有1000名員工參加了會議。
- **A/One Miss Black wants to see you.**
  →一位名叫布萊克的小姐想見你。

但是在下列情況中我們只能用one而不能用a。試比較：

- **Luckily, only one person was injured.**
  →幸運的是只有一人受傷。（不能說：~~Luckily, only a person~~ ...）
- **One girl said that she loved the film, but others hated it.**
  →有個女孩說她喜歡這部電影，但其他人都不喜歡。

當我們想要強調在數量上是一個，而不是兩個或多個的時候，需要用one；而a (an)是不定冠詞，主要表示類別，即著重表示其後的名詞是某物，而不是其他物。試比較：

- **Luckily, only one saucer was broken.** →幸運的是，只打碎了一個碟子。（此處強調不是兩個或者多個。）
- **Luckily, only a saucer was broken.** →幸運的是，打碎的只是一個碟子。（此處強調不是一個杯子或者盤子等。）
- **Give me a dictionary.** →給我一本字典。（此處強調的是：我要的是一本字典，而不是一本教材，也不是一本小說等。）
- **Give me one dictionary.** →給我一本字典。（此處強調的是：我要的是一本字典，而不是兩本字典或多本字典。）

40. one作為替代名詞的用法

每天5分鐘超有感 ⏰

在英語中，為了避免重複使用單數可數名詞，我們通常用one來替代，作用相當於「a/an +可數名詞」。如：

- **I'm looking for a coat. I'd like one with a fur collar.**
  →我正在找一件外套，我想要件帶毛皮領的。
- **My bicycle is broken. It may be necessary to buy a new one.**
  →我的自行車壞了，也許有必要買輛新的了。

如果one之前沒有形容詞，則需要省略不定冠詞a。試比較：
- **There are two versions of the game, a long one and a short one.** →這遊戲有兩個版本，一長一短。
- **—What kind of pen do you like?** →您想要什麼樣的鋼筆？
- **—I'd like one with a sharper point.** →那種筆尖比較尖的。

one的複數形式為ones。如：
- **We must sort out the good pears from the bad ones.**
  →我們必須把好的梨與壞的梨分開。

另外，one(s)一般不用在名詞修飾語的後面。
- **That shop sells both ski boots and fur boots.** →那家店販賣滑雪靴和毛皮靴。（不能説：~~That shop sells both ski boots and fur ones.~~）

41. 所有格關係代名詞whose

每天5分鐘超有感

whose用作所有格關係代名詞時，像his, her, its一樣用在名詞前面作限定詞。它既可以指人也可以指物。
- **He is the man whose right eye is blind.**
  →他就是那個右眼看不見的人。
- **The car, whose handbrake wasn't very reliable, began to slide backwards.** →由於手煞車不太靈，這輛車已開始向後滑動。

我們可以用of which來代替whose指代事物。試比較：
- **The play, whose style is quite formal, is typical of the period.**
- **The play, the style of which is quite formal, is typical of the period.** →這劇本是那個時期的典型作品，風格拘謹刻板。

需要注意的是，whose只能放在名詞前面，在其他情況下，用of which/whom。

- **This is the man of whom you have spoken.** →這就是你談到的那個人。（不能說：~~This is the man whose you have spoken~~.）

42. 每天5分鐘超有感 ⏰ 使用代名詞時容易出現指代不明的情況

找找下面句子的錯：

My friends lent me some books. They were very helpful.

上面的句子出現了代名詞指代不明的問題。在上述第一個句子中，they所指代的名詞既可能是my friends，也可能是some books，從而會讓讀者覺得困惑。

為了避免模稜兩可，我們需根據想要表達的意思對這個句子進行修改。比如，可改為：

- **My friends lent me some books, which were very helpful.**
  →我朋友們借給我一些很有幫助的書。

也可改為：

- **My friends were very helpful and lent me some books.**
  →我朋友們幫了大忙，借給我一些書。

使用所有格代名詞時，同樣也要避免出現此類錯誤。比如下面這個句子：

A student may not understand a lecturer if his English is weak.

在這個例句中，我們不知道his是指代前面的student（學生）還是lecturer（講師），因此，最好將句子改寫為：

- **A student whose English is weak may not understand a lecturer.** →學生如果英文不好，也許沒辦法聽懂講師的話。

或

- **A student may not understand a lecturer whose English is weak.** →如果講師英文不好，學生也許沒辦法聽懂他的話。

43. a lot of和lots of
每天5分鐘超有感

先來看一個典型的錯誤句子：
There exist lot of problems in the world as pollution, racial discrimination and wars.

這個句子如果不仔細看，很難看出問題所在。我們通常說lots of或者a lot of，但不能說lot of或者a lots of。a lot of與lots of之間區別不大，兩者主要都用於不可數名詞和複數名詞前以及代名詞之前。主詞的形式決定後面的動詞是用單數還是複數。也就是說，當a lot of用在複數主詞之前時，動詞就是複數；當lots of用在單數主詞之前時，動詞就是單數。

- **A lot of / Lots of work has been done by her since yesterday.**
  →昨天以來她已做了大量的工作。
- **We have lots of things in common besides music.**
  →除了音樂，我們還有很多共同點。
- **Lots of people were taking a short siesta in the shade.**
  →午後很多人在陰涼處小睡。
- **There is a lot of prestige attached to owning a car like this.**
  →擁有這樣一部汽車會顯得很氣派。
- **There were a lot of things I was unsure about.**
  →有許多事情我沒把握。

44. 用some/any還是用零冠詞？
每天5分鐘超有感

可數名詞複數和不可數名詞往往既可以與some/any連用，也可與零冠詞連用。通常，如果談到的是有限而又不確定的數目或數量（不知道、不關心或者沒有確切說出是多少），往往用some/

any；如果談到的是無限大的數目或數量，或者根本不談有多少數目或數量，則用零冠詞。試比較：

1) I am contemplating buying some new furniture. →我正打算買些新傢俱。（有限的數量，但說話者不說明有多少。）

• **Furniture is a costly item when you are setting up a home.** →打造新家時，傢俱是很花錢的一項支出。（指所有的傢俱，不涉及數量。）

2) We need food, medicine, and blankets. →我們需要食物、藥品和毛毯。（說話人只想到需要哪些東西，而不涉及數量。）

• **There are some old blankets in the wardrobe.** →衣櫃裡有幾條舊毛毯。（有限的數量。）

3) The government issues money and stamps. →政府發行貨幣及郵票。（關鍵是發行的東西，而非數量。）

• **Could I have some first-class stamps, please?.** →請幫我拿一些第一類郵件的郵票。（說話人所要的數量有限。）

此外，如果談論的數量是顯而易見的，就不用some/any。如：

• **That pianist has deft fingers.** →那位鋼琴家有雙靈巧的手。（如果說...some deft fingers，就表示數目不定，大概只有六七根手指靈巧。）

45. any可以與可數名詞單數連用嗎？

每天5分鐘超有感

試比較下面幾個句子：

• **Have you got any blackberries?** →你有黑莓嗎？
• **There aren't any tickets for the concert.** →演唱會的票都賣光了。
• **You can borrow any book you like.** →每本書你都能借。

在第一個和第二個句子中，any是限定詞，表示不確定的數量或數目，常用於疑問句和否定句。在第三個句子中，any表示it doesn't matter which的意思。在這種情況下，any不僅可以用於疑問句和否定句，也常用於肯定句；既可以與不可數名詞和複數名詞連用，也常與可數名詞單數連用。

- **Any investment involves an element of risk.**
  →任何投資都有一定的風險。
- **Full details are obtainable from any post office.**
  →詳情可至任何郵局索取。
- **You'll have the opportunity to ask any questions at the end.** →你們最後將有機會提問任何問題。

46. all和every

all和every都可用來泛指人或者物，在意思上兩者之間的差異非常小，但通常用在不同的結構中。

all可以與複數名詞連用，而every卻只能用於單數名詞。試比較下面的兩組句子：

- **All children need love.** →所有的孩子都需要愛。
- **Every child needs love.** →每一個孩子都需要愛。
- **All men die.** →所有人都會死。
- **Every man dies.** →每個人都會死。

all後面可以跟the或者其他限定詞，如指示代名詞these/those、所有格代名詞my/your/his/her等，而every後面卻不能跟這些詞。

- **All the lights were out.** →燈都熄了。
- **Every light was out.** →每盞燈都熄了。
- **I have invited all (of) my friends.** →我邀請了我所有的朋友。
- **I have invited every friend I have.** →我邀請了我每一個朋友。

all還可以和單數名詞連用，表示「整個環節、全部」，而every就不能表示這個意思。試比較：

- **They danced all night.** →他們跳舞跳了個通宵。
- **They danced every night.** →他們每晚都跳舞。

47. all和whole

all和whole的意思往往是一樣的，然而詞序卻不同。all用於冠詞、所有格或其他「限定詞」之前，whole則用於這些詞之後。試比較：

- **We had a terrible holiday; it rained all the time. (= ... it rained the whole time.)** →我們的假日過得十分糟糕，整天下雨。
- **The old man has been a loner all his life. (= The old man has been a loner his whole life.)** →那位老人一生離群索居。
- **My father will be away from home all this week. (= My father will be away from home this whole week.)** →這個星期我父親都不在家。

如果沒有限定詞，單數名詞前不能用whole。我們可以說all day，但不能說whole day。比如：

- **He spent the whole day writing.** →他整整寫了一天。（可以說：He spent all day writing. 但不能說：~~He spent whole day writing.~~）

whole和all與複數名詞連用時，表示的意思也不同。whole表示「全部」的意思，而all的意思近似於「每一個」。試比較：

- **All horses are animals, but not all animals are horses.** →所有的馬都是動物，但並不是所有的動物都是馬。
- **Whole stretches of land were laid waste and depopulated.** →一片片土地荒蕪，人口減少。

此外，whole一般不能與不可數名詞連用。如：

- **If you leave the pot on the cooker too long, all the water will boil away.** →如果把壺放在火爐上太久，所有的水都會燒乾。
（不能說：~~...the whole water will boil away.~~）

48. each和every

each和every意思上沒有太大的區別，常常可以互換使用。一般情況下each強調整體中的各個個體，every強調整體的全部。因此我們常說：

- **Each child was given a present by the teacher.**
  →老師給每個孩子一份禮物。
- **Every child likes to get presents.** →所有孩子都喜歡得到禮物。

each不能與almost, practically, nearly或without exception這類強調整體概念的表達方式連用。

- **Almost every family in the village has a man in the army.**
  →這個村子裡幾乎每一家都有一個男子從軍。（不能說：~~Almost each family...~~）

each和every通常都與單數名詞連用。each所代表的數可以是兩個或兩個以上；every所指的數必須是三個或三個以上。

- **Prices go up each/every year.** →價格每年都在上漲。
- **He was carrying a suitcase in each hand.** →他一手提著一個行李箱。（不能說：...~~every hand.~~）

如果意思清楚，each後面的名詞可以省略，但every則不能獨立用作代名詞。

- **There were five rooms upstairs and each was occupied.**
  →樓上有五間房，每一間房子都住了人。（不能說：... ~~and every was occupied.~~）

each可以用於of之前，或者用於主詞之後，而every就不能用在這些位置上。

- **The Queen gave a medal to each of the soldiers.** →女王頒發獎牌給每一位士兵。（不能說：...~~every of the soldiers.~~）
- **The soldiers each received a medal.** →每一位士兵都獲得了獎牌。（不能說：~~The soldiers every~~ ...）

每天5分鐘超有感 ⏰
49. everyday還是every day？
everyone還是every one？

everyday是形容詞，表示「日常的，一般的，平常的」；every day是時間副詞，表示「每天」。

- **In the course of my everyday life, I had very little contact with adults.** →在我的日常生活中，我與成年人少有接觸。
- **The Internet has become part of everyday life.**
  →網際網路已成為人們日常生活的一部分。
- **The boy helps his mother to wash up after dinner every day.** →男孩每天晚餐後幫媽媽洗碗。
- **He walks back after work every day.** →他每天下班步行回家。

everyone相當於everybody，表示「每個人」；every one一般用來指物。

- **Everyone on the street was astonished when they heard the news.** →聽到這個消息，街上所有人都感到震驚。
- **Everyone needs some free time for rest and relaxation.**
  →人人都需要一些休息和放鬆的空閒時間。
- **He had two dozen oysters and enjoyed every one of them.**
  →他吃了兩打牡蠣，每一顆都吃得津津有味。
- **Examine every one of the glasses carefully as you unpack them.** →打開包裝時，要仔細檢查每個杯子。

每天5分鐘超有感 ⏰
50. hundred還是hundreds？

當hundred, thousand, million, billion和dozen跟在數詞（one, two, three等）或不定數量詞（several, a few）的後面時，這些詞的詞尾通常不加-s，而且也不用of。當它們後面接of片語時，則大都採用複數形。試比較：

- **The UN estimate is that** 6.3 million **Africans are suffering its effects today.** →據聯合國估計，有630萬非洲人如今正遭受影響。
- **Millions of dollars have gone into the building of this factory.** →修建這座工廠花掉了數百萬美元。
- **I have sent for** a dozen **copies of the book.**
  →這本書我訂購了12本。
- —**Have you ever gone water-skiing before?.** →以前你滑過水嗎？
- —**Oh, yes,** dozens of times. →是的，去過幾十次。
- **Most of the house remains intact even after** two hundred **years.** →雖然有兩百年了，這座房子的大部分還保持完好。
- Hundreds of **people are killed or maimed in car accidents every week.** →每週都有數百人因車禍喪命或致殘。

51. 每天5分鐘超有感 限定詞most的用法

先一起來看下面兩個錯誤的句子：
The most animals are afraid of fire.
Most of buildings in the town are modern, but the church is an exception.

most作為限定詞，表示「大多數」或「最大的部分」，它可以用在一個單獨的名詞前面，或一個帶形容詞的名詞前，但不能直接與另外一個限定詞（如the, my, these）連用。

- Most **people walk at an average rate of 5 kilometres an hour.** →大多數人步行的平均速度為每小時5公里。
- Most **international firms have grown from small family businesses.** →多數跨國公司是從小型家族企業發展起來的。
- Most **European royal families are connected with each other.** →歐洲大部分王室都有姻親關係。

most也可以用作代名詞，與of連用，用在另一個限定詞或者代名詞之前。但請注意，most of不能用在一個沒有限定詞（如the, my, these）的名詞之前。可以說most of these tools或者most of the tools，但不能說most of tools。

- **I spent** most of **the winter on the coast.** →整個冬天大部分的時間我都在海邊度過。（不能說：~~I spent most of winter on the coast.~~）
- **He invested** most of **his savings in stocks and shares.** →他把大部分存款投資在公債和股票上。（不能說：~~He invested most of savings in stocks and shares.~~）
- **He invested** most of **his savings in stocks and shares.** →他把大部分存款投資在公債和股票上。（不能說：~~He invested most of savings in stocks and shares.~~）
- Most of **these workers are Mexicans living in the United States.** →這些工人中有大多數是生活在美國的墨西哥人。（不能說：~~Most of workers are Mexicans living in the United States.~~）

看完前面的文法概念後，是否都學會了呢？快來試試「百分百核心命中練習題」檢測自己的學習成果吧！

----

❶ A: Is this bridge made of _____?
B: Yes, it is made of 20,000 huge _____.
A. stone; stone　　　　　　　　B. stones; stones
C. stone; stones　　　　　　　　D. stones; stone

❷ A: What can I do for you?
B: I'd like to have a _____ of *Newsweek*.
A. piece　　　B. sheet　　　C. lot　　　D. copy

❸ What _____ fine weather we are having these days!
A. a　　　B. an　　　C. the　　　D. /

❹ Lesson Two is _____ difficult lesson in Book II, but it is not _____ most difficult lesson in it.
A. a; the　　　B. the; a　　　C. the; the　　　D. a; /

❺ Those who smoke heavily should remind _____ of their health, the bad smell and the feelings of other people.
A. theirs　　　B. them　　　C. themselves　　　D. oneself

❻ His brother _____ yesterday.
A. hitted the boy in a face　　　B. hit the boy in a face
C. hitted the boy in the face　　　D. hit the boy in the face

❼ There is _____ "n" in the word "moon".
A. /　　　B. a　　　C. an　　　D. the

❽ It is surprising that _____ German cannot speak_____ German language.
A. /; a　　　B. a; the　　　C. the; /　　　D. a; a

❾ The university estimates that living expenses for international students _____ around $8,450 a year, which _____ a burden for some of them.
A. are; is　　　B. are; are　　　C. is; are　　　D. is; is

❿ Generally, students' inner motivation with high expectations from others _____ essential to their development.
A. is　　　B. are　　　C. was　　　D. were

⓫ Carbon dioxide, which makes a _____ between us and the sun, prevents heat from getting out of the atmosphere easily, so the earth is becoming warmer.
A. difference　　　B. comparison　　　C. connection　　　D. barrier

⑫ The _____ shoes were covered with mud, so I asked them to take them off before they got into _____ car.
A. girl's; Tom's   B. girls'; Toms'   C. girls'; Tom's   D. girl's; Toms

⑬ A: Could you tell me the way to _____ Johnsons, please?
B: Sorry, we don't have _____ Johnson here in the village.
A. the; the   B. the; a   C. /; the   D. the; /

⑭ Although Rosemary had suffered from a serious illness for years, she lost _____ of her enthusiasm for life.
A. some   B. neither   C. none   D. all

⑮ I wanted to catch _____ early train, but couldn't get _____ ride to the station.
A. an; the   B. /; the   C. an; /   D. the; a

⑯ George couldn't remember when he first met Mr. Anderson, but he was sure it was _____ Sunday because everybody was at _____ church.
A. /; the   B. the; /   C. a; /   D. /; a

⑰ A: One week's time has been wasted.
B: I can't believe we did all that work for _____.
A. something   B. nothing   C. everything   D. anything

⑱ We needed a new cupboard for the kitchen, so Peter made _____ from some wood we had.
A. it   B. one   C. himself   D. another

⑲ The traffic on the main streets has a longer green signal than _____ on the small ones.
A. one   B. this   C. that   D. it

⑳ On my desk is a photo that my father took of _____ when I was a baby.
A. him   B. his   C. me   D. mine

答對0～8題	別氣餒！重看一次前面的文法重點，釐清自己不懂的觀念吧！
答對9～17題	很不錯喔！建議可以翻找自己答錯的文法概念，重新理解，加深印象！
答對17題以上	恭喜你！繼續往下一章節邁進吧！

Keys: 1. C   2. D   3. D   4. A   5. C   6. D   7. C   8. B   9. A   10. A
11. D   12. C   13. B   14. C   15. D   16. C   17. B   18. B   19. C   20. C

形容詞和副詞

52. 每天5分鐘超有感 形容詞的位置

如果多個形容詞修飾一個名詞，它們之間的排列順序有一定的規律。比如我們可以說a great electric guitar或者a large white house，而不會說an electric great guitar或者a white large house。關於形容詞的順序，規則十分複雜，當遇到這樣的難題覺得一籌莫展的時候，不妨參考一下下面這個表格吧。

限定	形容詞							核心名詞
	主觀性／評價性 (What is it like?)	大小 (How big?)	時間／年齡 (How old?)	顏色 (What colour?)	國籍／來源 (Where was it made?)	材料(What is it made from?/What type is it?)	目的／用途 (What is it for?)	
a	clever		young		Spanish			writer
that	expensive	little				leather		bag
the		large	antique	brown	German		beer	mug
a		big	modern			glass	conference	table

從這個表格不難看出，如果有多個形容詞放在一個物品名詞（如table）前，那麼靠這個名詞最近的形容詞通常說明這個東西的用途（如conference），在這之前的形容詞說明製造這個東西的材料（如glass），再之前的形容詞說明這件東西的來源，即來自哪個國家或地區，再往前就是說明顏色的形容詞，再往前分別是說明這件東西的時間（如modern）、大小（如big）以及主觀性、評價性的形容詞。

記住下面幾個例子：
- **an old large brick dining hall** →一個老舊的磚砌大餐廳
- **that silly fat woman** →那個愚蠢的胖女人
- **a Venetian glass flower vase** →一個威尼斯玻璃花瓶

53. 每天5分鐘超有感 ⏰ 只能用作定語的形容詞

有些形容詞只能用於（或主要用於）名詞前，如果用在動詞後就需要用別的形容詞來代替。常見的例子有：

1) elder和eldest：elder和eldest常用於elder brother/sister等片語中（用older/oldest也可以），動詞後面只能用older和oldest。試比較：
- **As one grows older one's memory declines.**
  →一個人的記憶力會隨著年老而衰退。
- **Henry's elder brother had helped him through school.**
  →亨利的哥哥供他完成了學業。

2) live：live表示「活的」時，只能用於名詞前，如a live fish；動詞後面只能用alive。
- **The cat was playing with a live mouse.** →這隻貓在玩一隻活老鼠。
- **The mouse is still alive.** →這隻老鼠還活著。

3) little：在英式英語中，little很少放在動詞後面，而且通常不用比較級和最高級的形式。我們可以說a nice little house，但不能說The house is little，而說The house is small。
- **I have a little puppy dog.** →我有一隻小狗。
- **The puppy is small and sweet.** →這隻小狗小巧可愛。

4) mere, sheer等用來加強名詞詞義的形容詞：
- **They were mere puppets.** →他們只不過是傀儡而已。
  （不能說：~~The puppets were mere.~~）
- **He won by sheer luck.** →他全靠運氣取勝。
  （不能說：~~The luck is sheer.~~）

54. 只能用作主詞補語的形容詞

有些形容詞只能出現在（或者大都出現在）連綴動詞之後，即主詞補語位置。常見的這類形容詞有：

• 某些以a-開頭的形容詞，如afloat, awake, asleep, afraid, alone, alive等等。如果這些詞需要出現在名詞前，即定語的位置，一般要用別的詞來替換。例如用live代替alive，用waking代替awake，用floating代替afloat。試比較：

• **1) The child was afraid.** →這個孩子感到害怕。

a frightened child →一個受到驚嚇的孩子

• **2) The child had been asleep for over three hours.**

→這個孩子已經睡了三個多小時了。

He looked at the sleeping child. →他看著那個沉睡的孩子。

• ill和well：ill和well通常只用於連綴動詞之後，如果用在名詞之前，許多人就會選擇別的詞。試比較：

• **1) The child is ill, so he can't come.** →那孩子生病了，所以不能來。

The mother sat by the sick child all night long.

→媽媽整夜守在生病的孩子身旁。

• **2) I'm not very well today, I can't come in.**

→我今天身體不適，所以不能參加了。

She gave birth to a healthy baby. →她生了個健康的寶寶。

55. 不能用於比較級的形容詞

想想看你會如何翻譯下面這個句子？
我的作品比他的更完美。

有的同學可能會把句子翻譯成：**My work is more perfect than his.**
那麼這樣譯正確嗎？

英語中並非所有的形容詞都有比較級和最高級，儘管在中文裡我們可以說「我的作品比他的更完美」，但英語中的perfect一詞本身就表達了"of the very best possible kind, degree or standard"。所以，perfect一詞不可能有比較級或最高級。

除了perfect之外，unique, impossible, worthless, speechless, empty, full, disgusting, amazed, terrific, marvelous, excellent, exhausted等詞也不能用於比較級或最高級。但這些詞前卻可以用absolutely, completely, quite, totally, utterly或almost, nearly, practically, virtually等程度副詞來修飾。

那麼，上面那句話應該如何翻譯呢？
我們可以説：
My work is superior to his.
或
My work is better than his.

56. 每天5分鐘超有感 什麼情況下形容詞應該和and連用？

當兩個或兩個以上的形容詞連用時，有時用and，有時不用。試比較：
* **The man is tall, broad and muscular.**
 →那個男人身高體寬、肌肉發達。
* **A tall, broad, muscular man** →一個身高體寬、肌肉發達的男人

如果形容詞出現在「主詞補語」的位置（即放在be，seem之類的動詞之後），通常在最後一個形容詞之前用and。但在文學性很強的文體中，and也會省略。
* **She was slender and elegant.** →她身材修長、舉止優雅。

如果形容詞出現在「定語」的位置（即放在名詞前面時），一般不用and。

然而，如果幾個形容詞表達的是同類資訊，尤其是在一連串的形容詞進行正面或負面描述的時候，and是可以用的。

- **a slender (and) elegant lady** →一位身材修長、舉止優雅的女士
- **a cruel (and) cold murderer** →一個殘忍冷血的殺人兇手

當兩個或兩個以上的形容詞或其他修飾語指某物的不同部分或不同種類的東西時，and則必不可少。

- **a yellow and red racing car** →一輛黃紅色的賽車
- **He is a mathematical and musical genius.**
  →他是個數學和音樂的天才。

57. that也能作副詞？
每天5分鐘超有感

先看看下面這道題目：

The problem is not _____ simple. Think it over.

A. such   B. too   C. very   D. that

大家會選擇哪個選項呢？有的同學可能會認為應該選A，因為such意為「那麼」，但是such是限定詞，它可修飾名詞，卻不能修飾形容詞或者副詞。有的同學可能認為應該選B或C，因為too和very都可以充當副詞，修飾後面的easy。但是在本題這樣的語境中，用這兩者顯然都不合適。

很多人不知道that除用作代名詞外，還可用作副詞，常用來與形容詞和副詞連用，其用法相當於so。試比較：

- **—He must be six foot tall.** →他肯定有6英尺高。
- **—Is he that tall?** →他有那麼高嗎？
- **If he is that clever, why didn't he pass the exam?**
  →他要是真有那麼聰明，為什麼考試會不及格？

this也可以這樣使用：

- **She has never been this sick before.** →她以前從未病得這樣嚴重。
- **I didn't realize it was going to be this cold.**
  →我沒有想到天氣會這麼冷。

這個結構一般不能與子句連用。不能説：~~He was that hungry that he ate up all the food~~.

58. 以-ly結尾的形容詞

先一起來看下面幾個句子：

- **She waved a friendly greeting.** →她友好地揮手致意。
- **The blossom on the trees looks lovely in springtime.**
  →春天樹上的花很漂亮。
- **He doesn't feel lonely as he has made new friends here.**
  →他在這裡又交到了新朋友，一點兒也不寂寞。

這些句子中以-ly結尾的詞大多用來描述人的性質，它們不是副詞，而是形容詞。除了上述這幾個詞之外還有costly, cowardly, lively, unfriendly, silly, ugly, womanly, motherly, fatherly, brotherly, sisterly, elderly等。

- **They are having a lively discussion.** →他們正進行熱烈而活躍的討論。（不能説：~~They are discussing lively.~~）

有些-ly結尾的詞既可作形容詞也可作副詞，如daily, weekly, monthly, quarterly, yearly, likely, early等。例如：

- **The doctor advised me to reduce my daily intake of salt.**
  →醫生建議我減少每天的食鹽攝取量。
- **The program airs daily.** →本節目每天播出。

59. -ic和-ical兩種結尾形式並存的形容詞

有些形容詞同時具有-ic和-ical這兩種結尾形式，但意思不同。以下分別舉例説明：

1) economic和economical
economic指「與經濟有關的，經濟學的」。

- **Agriculture used to be the economic backbone of this country.**
  →農業曾是這個國家的經濟支柱。

economical的意思是「節約的」。
- **She is an economical housewife.** →她是個節儉的家庭主婦。

2) electric和electrical
electric可用來指本身帶電的東西，比如：
- **electric current**→電流
- **electric power**→電力

electric也可以指直接靠電力操作或由電力生產的東西，比如：
- **an electric light**→電燈
- **an electric heater**→電暖氣
- **an electric car**→電動車
- **an electric blanket**→電熱毯

electrical用於指人及其工作，或指與電力有間接關聯的事物。凡指電氣性質、同電有關的或涉及電氣科學技術研究的多用electrical。
- **electrical test**→電氣試驗
- **electrical engineering**→電氣工程
- **electrical engineer**→電氣工程師

3) historic 和historical
這兩個詞都有「歷史上的」之義。
historic泛指歷史上有名的或富有歷史意義的。
- **The signing of The Declaration of Independence was a historic occasion.**→《獨立宣言》的簽署是具有歷史意義的事件。

historical主要意思是屬於歷史的、歷史上的、與歷史有關的。
- **He gave all his historical papers to the library.**
  →他把他所有的歷史資料都贈送給這個圖書館。

4) politic和political
politic意為「明智的，審慎的」，是一個比較少用的詞。

- **For someone with a possible eye on the presidency it was not politic to insult powerful rivals.** →對於那些有意角逐總統職位的人來説，抹黑有力的競爭對手並非明智之舉。

political的意思是「和政治有關聯的」。
- **All his political ideas come from the newspaper he reads.** →他所有的政治觀點都源自他看的報紙。

60. 每天5分鐘超有感 具有兩種形式的副詞

通常，形容詞用來修飾名詞；副詞用來修飾動詞、形容詞、其他副詞或整個句子。可是，有些形容詞和副詞形式相同，例如：A fast typist types fast中的第一個fast是形容詞，第二個就是副詞。

此外，有時一個副詞可能有兩種形式，一種像形容詞，一種以-ly結尾。這兩種形式往往意思不同或用法不同。下面分別舉例説明：

1) 可作形容詞又可作副詞，但詞義不同，如：
- **He had three pretty, vivacious daughters.** →他有三個活潑漂亮的女兒。
- **Most of his songs are pretty crummy.** →他的歌曲大多糟糕透頂。

2) 既可作形容詞又可作副詞，在句子中的語法功能不同，但意義一樣，如：
- **Grandpa dug a deep hole in the garden.** →爺爺在花園裡挖了個深坑。
- **Earthworms burrow deep into the soil.** →蚯蚓鑽土很深。

3) 形容詞可以充當副詞，又可以加上字根，構成衍生副詞。在某些場合，兩者相近，可以通用；在另一些場合裡，兩者意思有異，不可混為一談：
- **Keep a tight grip on the rope.** →緊緊抓住繩索不放。
- **Grip tightly on the rope.** →緊緊抓住繩索不放。

- **He is studying hard with a view to going to university.**
  →他為了上大學正在努力念書。
- **Office romances hardly ever work out.** →辦公室戀情很少能成功。

如果想要詳細了解具有兩種形式的副詞，請查閱一本好的字典。

61. 每天 5 分鐘超有感 副詞小品詞的用法

試比較下面幾個句子：

- **We walked down the beach.** →我們沿著海灘漫步。
- **He was longed to settle down.** →他渴望安定下來。
- **Fish are abundant in the river.** →河裡魚很多。
- **She was too timid to go in.** →她不好意思進去。

在down the beach, in the river這幾個片語中，down和in是介係詞，因為後面有受詞（分別是the beach和the river）。在settle down和go in中，down和in沒有受詞，這時它們是副詞，不是介係詞。

這種短小的副詞通常被稱為「副詞小品詞」，常見的副詞小品詞包括above, about, across, ahead, along, around, away, back, before, behind, below, by, down, forward, in, home, near, off, on, out, over, past, through, under, up。

副詞小品詞常常與動詞連用，構成片語動詞，有時候會產生全新的意思。

- **He didn't turn up until half an hour later.** →半小時後他才出現。
- **Red flags stand out brightly, set against the blue sky.**
  →紅旗在藍天的映襯下顯得分外鮮豔。

副詞小品詞和形容詞一樣，也可以與be動詞連用。

- **All the lights are on.** →所有的燈都開了。
- **When will you be back?** →你什麼時候回來？

62. 每天5分鐘超有感 🕐
不能使用very來加強的形容詞

不是所有的形容詞都能用very來加強。有些只能作主詞補語的形容詞（如awake, asleep, alone等），需要其他詞來加強。

• **He was still sound asleep when I went in.**
→我走進去時他還在酣睡。
• **He was tired, exhausted, and yet wide awake.**
→他精疲力竭，但仍很清醒。
• **It would be better to go for a walk than stay at home all alone.**
→與其獨自坐在家裡發悶，倒不如出去走走。

very通常不用來修飾表被動意義的過去分詞，在這種情況下，我們通常用much, very much或者greatly（正式文體中）來代替very。

• **Your good advice was very much appreciated.**
→非常感謝您的寶貴建議。
• **The old teacher was much loved and esteemed.**
→這位老教師很受大家的愛戴。
• **The work of Cellini, who made beautiful things of gold and silver, is greatly admired.** →切利尼是一位製作精美金銀器皿的工匠，他製作的工藝品深受人們讚賞。

63. 每天5分鐘超有感 🕐
absolutely用來加強語氣

你覺得下面這個句子正確嗎？
A car can be absolutely useful when you are in a hurry.

absolutely的語氣很強，因此常用來加強跟在它後面的語氣本來已經很強的形容詞或動詞。試比較：
• **I'm very hungry.** →我很餓。
• **I'm absolutely starving.** →我餓極了。

- **He quite likes jazz.** →他相當喜歡爵士樂。
- **He absolutely adores jazz.** →他對爵士樂簡直是著了迷。
- **My father was very surprised to hear the news.**
  →得知這個消息，我父親大為驚訝。
- **My father was absolutely devastated to hear the news.**
  →得知這個消息，我父親感到極為震驚。

absolutely本身通常不允許有強調性修飾語，所以不能說very absolutely或much absolutely等，也不能用於比較級。
- **The scenery is absolutely breathtaking.** →景色真是太美了。
  （不能說：~~The scenery is very absolutely breathtaking.~~）
- **I'm absolutely awful at cooking.** →我的廚藝簡直糟透了。

64. at first和first
每天5分鐘超有感 ⏰

first和at first看上去相似，但是在英文中，它們有不同的意思。

at first的意思是「起初，開始」，用來表示開始時的情況與後來發生的情況形成對照，暗示接下去的動作與前面的動作不同甚至相反。at first後面往往跟but。
- **The drugs work well at first but gradually lose their effectiveness.** →這些藥的效果起初非常好，但後來逐漸失效。
- **Her manner seemed unpleasant at first, but she improved on further acquaintance.** →起初她的舉止讓人很不愉快，但是經過進一步接觸她改進了許多。
- **The election went against him at first, but he won at last.**
  →選舉開始時對他不利，但最終他獲勝了。

first用來說明順序，意為「先……」，暗示接下去還有其他動作或事件要發生，因此其後往往接有then, next, last等詞。
- **It worked contrariwise—first you dialed the number, then you put the money in.**
  →這部電話的操作方式相反，即先撥號碼，然後投入錢幣。

- Film the whole building first, then zoom in on the door.
  →首先拍整個大樓,然後把鏡頭向門拉近。
- First, I will talk about the current market situation, and then I will talk about our new product. Finally, I will talk about the problems we are likely to face in the launch of this new product and my recommended course of action. →首先,我想談談目前的市場現狀,接下來我將介紹一下我們的新產品。最後,我會談談新產品上市過程中有可能會遇到的問題,以及我對於我們應該採取的行動的建議。

(不能說:At first, I will talk about ...)

65. 列舉最後一項內容可以用at last嗎?

at last是一個常被誤用的表達。at last表示「最後」或「終於」,含有因等候或耽誤的時間久而感到不耐煩或者不方便的含義,語氣強烈。

- At last the time arrived for the performance to begin.
  →演出開始的時間終於到了。
- Their differences were at last hammered out in discussion.
  →他們的分歧終於透過討論消除了。
- It's been a long haul but at last this book is published.
  →經過千辛萬苦這本書才終於得以問世。

當我們想要列舉出最後一項內容時,通常不用at last,而用lastly或者finally。

66. enough還是enough of?

與名詞連用時,enough直接放在名詞前面,而enough of後面的名詞前要接一個限定詞(如冠詞a/the、所有格my/his、指示代名詞this/that等)。試比較:

- **We haven't got enough time.** →我們的時間不夠。
- **We were able to save enough of our furniture to fill a room.**
  →我們能省下的傢俱足夠裝滿一間屋子。

需要注意的是，在「主詞 + have/has had enough of...」這種結構中，enough of後面可以跟一個不帶限定詞的名詞。
- **I have had enough of useless talking.** →我已經聽夠廢話了。
- **He's had enough of academic life.** →他已經過夠學生生活了。

enough of可以放在代名詞前，而enough則不可以。
- **If enough of you are interested, we'll organize a trip to the theatre.** →如果你們有夠多人感興趣，我們就組團去劇院。
- **You know enough of him to do justice to his solid worth.**
  →你對他已有足夠的了解，所以能公正地評價他確實具有的優點。

67. hardly, scarcely和no sooner

每天5分鐘超有感 ⏰

hardly, scarcely和no sooner都可以用來表示一件事緊接著另一件事發生，通常與過去完成式連用。
- **The game had hardly begun when it started raining.**
  →比賽才剛開始就下起雨來。
- **I was scarcely awake when I heard someone knocking at the door.** →我剛醒來就聽見有人敲門。
- **The ship had no sooner dropped anchor than a storm broke.**
  →船剛下錨暴風雨就來了。

請注意：hardly和scarcely後面跟when引導的子句，而no sooner後面跟than引導的子句。

在正式的文體中，我們可以將這類結構的詞序顛倒，把hardly, scarcely和no sooner放在句子的開頭，這時句子需要倒裝。
- **Hardly had she entered the room when she burst into tears.**
  →她一進入房間就淚如雨下。

- Scarcely **had the prisoner escaped** when **he was recaptured.**

→那個罪犯剛逃掉就被逮住了。

- No sooner **had I entered the room** than **I noticed the smell not only of tobacco but of gas.**

→我一進房間就注意到不僅有菸味還有瓦斯味。

68. 含有as... as...的習慣用語
每天 5 分鐘超有感

as... as...這一結構可用於許多表示比較的慣用表達中。比如：

- **as busy as a bee**→非常忙碌
- **as black as coal**→漆黑
- **as easy as ABC**→極為容易
- **as cold as ice**→寒冷如冰
- **as proud as a peacock**→像孔雀一樣驕傲
- **as strong as a horse**→強壯如馬
- **as white as snow**→雪白
- **as quiet as a mouse**→安靜如鼠
- **as brave as a lion**→勇猛如雄獅
- **as light as a feather**→輕如鴻毛
- **as solid as a rock**→穩如磐石

在非正式文體中，第一個as還可以省略。比如：

- **The job was** easy as pie **and we finished up an hour early.**

→這工作對我們來說輕而易舉，我們提前一小時就完成了。

- **Their friendship is** solid as a rock**.**

→他們的友誼像岩石一樣堅不可摧。

69. old的比較級和最高級

elder/eldest和older/oldest都可以作形容詞old的比較級形式和最高級形式。elder/eldest可以用來代替older/oldest，用於比較年齡長幼，尤指兄弟姐妹的長幼關係。它只能用在名詞前作定語，不能用於than引導的比較狀語子句中；older指「年齡較大的」、「較老的」或「較舊的」，可指人也可指物，既可以作定語，也可作主詞補語放在be動詞或連綴動詞後，能用在than引導的比較狀語子句中。

- **My elder/older sister is a singer.** →我姐姐是一位歌手。
- **He bears a striking resemblance to his older/elder brother.**
  →他酷似他哥哥。
- **I'm older than her.** →我年齡比她大。
  （不能說：~~I'm elder than her.~~）
- **Tom is my eldest son.** →湯姆是我的長子。
- **The ancient Egyptian civilization is one of the oldest in the world.** →古埃及文化是世界上最古老的文化之一。
  （不能說：... ~~one of the eldest in the world.~~）

70. inferior有比較級嗎？

某些源於拉丁文以-ior結尾的形容詞，單字本身就可表示比較級的意義。這種結構的形容詞有senior（年長的，地位高的）, junior（年少的，地位低的）, prior（在先的）, anterior（前面的）, inferior（差的，次的）, superior（更好的，更強的）, posterior（後面的）, major（主要的）, minor（次要的，較小的）等。使用這些詞時無須加more或在詞尾加-er變為比較級。此外，在被比較的東西前要用介係詞to，而不用than。例如：

- **John is senior to me by several years.** →約翰比我大幾歲。
- **She is junior to me.** →她職位比我低。
- **This task is prior to all others.** →這項任務比其他所有任務都重要。

- **This proposal is** superior to **that one in many respects.**
  →這個提議在許多方面比那個好。
- **This film is** inferior to **what I had expected.**
  →這部電影比我預期的差。

71. 每天5分鐘超有感 用原級／比較級的句型表示最高級

如何利用原級或比較級來表達最高級的含義呢？比如下面這個句子：

- **Mont Blanc is the highest peak in the Alps.**
  →白朗峰是阿爾卑斯山脈中最高的山峰。

如何用原級或比較級的形式來表達同樣的意思呢？

通常，較為常見的用原級／比較級表達最高級含義的句型有下列幾種：

1）否定主詞 + as + 原級 + as...
  No other mountain in the Alps is as high as Mont Blanc.
2）否定主詞 + 比較級 + than...
  No other mountain in the Alps is higher than Mont Blanc.
3）肯定主詞 + as... + any + 名詞單數
  Mont Blanc is as high as any mountain in the Alps.
4）肯定主詞 + 比較級 + than any other + 名詞單數
  Mont Blanc is higher than any other mountain in the Alps.

72. 每天5分鐘超有感 修飾比較級的副詞

先看下面這個句子：

My mother got up very earlier than any other person in my family.

在這個句子中，比較級earlier的前面加了副詞very表示強調。但是，very不能與比較級形式連用，當需要表示強調的意義時，可以用much, far, a lot, lots, any, no, rather, a little, a bit, very much等。比如：

- **Bella, though shorter, was far more graceful and vigorously formed.** →貝拉雖然比較矮，卻優雅活潑很多。
- **Work more and dream less, you will be much happier.** →多做事少空想，這樣你會快樂得多。
- **You've got to learn to handle the money a little more intelligently.** →你用錢得學會精打細算。

需要注意的是，不能用any, no, a bit和a lot來修飾名詞前面的比較級。

73. quite可以修飾比較級嗎？

每天5分鐘超有感

修飾形容詞比較級的副詞包括much, far, even, still, a bit, a little, a lot, a great deal等，而quite, very, so, too只能修飾形容詞、副詞的原級。試比較：

- **The hedge of stones is much stronger than a wood hedge.** →石頭圍牆比木籬笆結實多了。
- **CDs would be far cheaper to produce without the glossy packaging.** →如果沒有那些花俏的包裝，CD的生產成本會低得多。
- **Let's walk on a bit further before we stop to eat.** →咱們再往前走一點再停下來吃飯吧。
- **He has one shoulder a little higher than the other.** →他的一邊肩膀比另一邊略高一點。
- **He looks younger than his wife, but in actual fact he's a lot older.** →他看上去比他妻子年輕，可是實際上他大得多。
- **He was very cautious about committing himself to anything.** →他謹小慎微，從不輕易表態。
- **This arrangement is quite satisfactory, so far as I am concerned.** →就我來說，這樣的安排很好。

• **She is always** so chic**, so elegant.** →她總是那麼時髦，那麼優雅。
• **The offer was** too enticing **to refuse.**
→這提議太有吸引力，使人難以拒絕。

那麼下面這個句子到底有沒有錯呢？
• **My leg seemed** quite better **after the operation, but recently it's been acting up again.**
→我的腿在手術之後似乎好多了，可最近又疼了起來。

這裡涉及quite的一個特殊用法。雖然quite一般不用來修飾比較級，但有一個特例，即quite better。這裡better表示「病後康復」，可以與quite連用（其他形容詞的比較級則不行）。
• **You will feel** quite better **after the application of this ointment.**
→敷用這個藥膏後，你會感到舒服些。

74. very與最高級連用
每天5分鐘超有感

我們在之前提到過，very主要用來修飾形容詞或副詞的原級，但不能修飾比較級。修飾比較級時，我們更常用much, far, a little, a bit或者even等。
• **My headache's** much **better. Those tablets really are effective.** →我的頭痛好多了，那些藥片確實有效。
（不能說：~~My headache's very better.~~）
• **She has a younger sister who is** far **more attractive and who steals the show at every party.**
→她有個十分有魅力的妹妹，每次晚會她都使別人黯然失色。
（不能說：... ~~who is very more attractive~~...）

可是你知道嗎？very有時可放在定冠詞或限定詞之後，用來強調最高級。
• **That day they all put on** their very best **dress.**
→那天，他們都穿上了最好的衣服。

- **This is the very best film I ever saw.**
  →這是我看過最好的一部電影。
- **This is the very worst trip that I've ever had.**
  →這是我所經歷過最糟糕的一次旅行。
- **This is the very cheapest car in the showroom.**
  →這是陳列室裡最便宜的汽車了。
- **Be there by six at the very latest.** →最晚六點前務必到那裡。

75. 用aloud, loud還是loudly?

aloud, loud和loudly都可以表示「大聲地」，那麼它們之間是不是可以互換呢？

我們先一起來看下面三個句子：
- **When we were children, our father read aloud to us.**
  →我們小時候，父親會大聲地朗讀給我們聽。
- **She wonders whether Paul's hearing is OK because he turns the television up very loud.**
  →她懷疑保羅的聽力有問題，因為他把電視機的音量調得很大。
- **The audience stamped loudly to express their anger.**
  →觀眾大聲地跺腳以表達他們的憤怒。

aloud往往與動詞read和think連用，表示真的把話說出來，強調「出聲」：
- **"What am I going to do?" she wondered aloud.**
  →「我該怎麼辦呢？」她疑惑地說。
- **He really must be careful about thinking aloud. Who knew what he might say?**
  →他自言自語時真的得小心點。誰知道他可能會說什麼？

loud和loudly都可以用來說明聲音的強度，表示「大聲地，響亮地」，大多數情況下兩者可以互換，但在非正式談話中，loud比

loudly更常用，並且loudly含有「喧鬧」的意味。試比較下面兩個句子：

- **Don't play your music too** loud. →你音樂別放得太大聲。
- **She screamed as** loudly **as she could.** →她聲嘶力竭地尖叫。

76. alike與like

alike和like作形容詞，都有「相似」的意思，那兩者之間有何區別？先看下面兩個句子：

- **The brothers were very much** alike. →這幾個兄弟長得很像。
- **The party offers a chance to meet people of** like **mind.**
  →這個聚會提供了一個與志趣相投的人相結識的機會。

alike只用於be動詞以及feel, look, sound, taste等連綴動詞後作主詞補語；而like只用於名詞前：

- **The houses all looked** alike. →這些房子看起來都大同小異。
- **the grouping of children of** like **ability together**
  →把能力相仿的孩子放在同一組

77. after能作副詞嗎？

找找下面這個句子哪裡有錯吧。

He came to see me after and apologized.

你發現了嗎，這個句子應該改寫為：

He came to see me afterwards **and apologized.**

那到底是為什麼呢？

after一般不能單獨用作副詞，在這種情況下，我們可以用afterwards, then或者after that代替after。

- **Her lip quivered and then she started to cry.**

→她嘴唇微微一顫就哭了起來。

（不能說：... and after she started to cry.）

- **Afterwards he met her again.** →後來他再次見到了她。

（不能說：After he met her again.）

但是，after可以用於副詞片語中，如shortly after, long after, a few days after等。

- **Milan took the lead shortly after.** →過了一會，米蘭隊就領先了。
- **And not long after, without another word, he passed away.**

→不一會，他默默地嚥了氣。

在比較確切的時間表達方式裡，更常用later。

- **He was banished to Australia, where he died five years later.** →他被流放到澳洲，五年後在那裡去世。
- **A butterfly emerged in its full splendour a week later.**

→一週後蝴蝶破繭而出，絢麗奪目。

78. 每天5分鐘超有感 after all

你知道嗎？after all有兩個不同的意思。它可以表示「雖然有前面說過的話」或「和預期的情況相反」。這時，它一般用於句末。

- **We heard the weather forecast and were all prepared for wet weather, and then it didn't rain after all.**

→我們聽了天氣預報，並做好了下雨的準備，可是並沒有下雨。

- **The plant is alive after all! There are new leaves growing out.** →這棵植物終歸沒死！它又長出了新葉。

此外，after all還可以表示「別忘了⋯⋯」，用來引出聽話人似乎忘記了的某個重要論點或理由。這時，after all可以出現在句首或者句末。

- **Stop pulling her about like that.** After all, **she is only eight!**
  →別那樣折騰她了，畢竟她只有八歲。
- **Tom can be generous sometimes. He did lend you 100 dollars,** after all.
  →湯姆有時也很大方，別忘了，他曾經借給你100美元。
- **Don't get discouraged, you are new to the work** after all.
  →別灰心，你還不熟悉這工作。

79. 每天5分鐘超有感 different

different為形容詞，表示「不同的，差異的」，後面常與介係詞from連用，但different to（英式英語）和different than（美式英語）也很常見。

- **Jane and Grey are quite** different from/to/than **each other.**
  →簡和格蕾很不一樣。

與大多數的形容詞不同，different除了可以用very來修飾之外，還可以用any, no, (a) little和not much來修飾。

- **From the outside, there is nothing to suggest this house is** any different **from all the others around it.**
  →從外觀上看來，這座房子跟它周圍的房子沒什麼兩樣。
- **When you think about fatherhood from the perspective of what children need, the story looks** a little different.
  →當你站在孩子們的角度，想想他們需要什麼樣的父親時，事情就會有所不同了。

quite different的意思是「完全不同」。

- **His public persona is** quite different **from the family man described in the book.**
  →他的公眾形象與書中描寫的戀家男人相去甚遠。

different和various都可以表示「不同的」，但various更強調數種不同的事物。

- **He gave various reasons for his decision.**
  →他提出了各種理由說明為什麼做出這個決定。

（此處various reasons=a number of different reasons）

- **He gave different reasons for his decision.**
  →他提出了不同的理由來說明為什麼做出這個決定。

（此處different reasons=not the same reasons as last time）

80. 每天5分鐘超有感 especially和specially

在英式英語中，especially和specially常具有相同的用法，有時候很難區別開來。

especially通常表示「尤其」、「特別」，一般不出現在句子開頭。

- **Teenagers are very fashion-conscious, especially girls.**
  →青少年們，尤其是女孩，十分關注時尚。

- **Latinos are especially fond of dogs, which are costlier than cats, but superior in every respect.**
  →拉丁美洲人特別喜歡狗，雖然狗比貓貴，但各個方面都佔優勢。

specially通常表示「特意地」、「專門地」，有「為了某個特定目的」的意思，常常和過去分詞連用。

- **It is a diet plan specially designed to meet your needs.**
  →這是一個為你量身訂做的瘦身計畫。

- **We use specially trained dogs to watch over our sheep at night.**
  →夜間我們用受過特殊訓練的狗看守羊群。

81. even作副詞時的用法
每天5分鐘超有感

even作副詞，意為「甚至，連，即使」，強調出乎意料。它通常和動詞連用，放在句子中間的位置。

• **It was embarrassing that his jokes didn't even raise a smile.**
→聽了他講的笑話，都沒人笑一下，真是太尷尬了。

• **In recent experiments at Cardiff University in Britain, a pigeon identified subtle differences between abstract designs. It could even tell that a Picasso was not the same as a Monet.** →英國卡迪夫大學最近進行的實驗表明，鴿子能辨別抽象設計中存在的細微差別，牠甚至能區分畢卡索與莫內的作品。

當需要強調句中的某一部分時，even也可以直接放在我們想要強調的其他詞或表達方式的前面。

• **Even the bad experiences can be learned from.**
→即使是不好的經歷，也能從中吸取經驗。

• **Most Americans, even those without a musical bone in their bodies, have a favourite style of music.** →大部分美國人，甚至是那些沒有一點音樂細胞的人，都有自己喜歡的音樂類型。（由於also不能用來表示某事出乎人意料，因此不能說：... ~~also those without a musical bone...~~）

• **A kiss is a sign of affection. We give kisses to family, friends and even pets.** →親吻是一種表達感情的方式，我們親吻家人‧朋友甚至是寵物。

even還可以與比較級連用，起強調的作用。

• **He became even more resolute in his support of the plan.**
→他更加堅決地支持這個計畫。

• **The congestion in the city gets even worse during the rush hours.** →上下班高峰期城市交通阻塞尤為嚴重。

82. 每天5分鐘超有感 程度副詞fairly和quite

這兩個詞很容易弄混。它們都可以用來修飾形容詞和副詞，但是表示的意思並不完全一樣。

fairly並不表示很高的程度，它表示"more than a little, but much less than very"。如果你說某人fairly nice或者fairly pretty，那幾乎算不上是恭維；如果說一部電影只是fairly good，那意思也許是「勉強還可以看」；說某人的外語講得fairly well時，是指他一般日常對話還能應付，但卻無法參加有深度的討論。

quite根據上下文，可以指"very, but not extremely"，即「非常，十分」的意思，這種用法多見於美式英語。quite還有"fairly, or to a small extent, but not very"的意思，這種用法多見於英式英語。

83. 每天5分鐘超有感 here和there：容易犯錯的小細節

大家先來猜一個英語謎語：What's the difference between "here" and "there"?

答案是：A little tea。這裡的little tea是一個雙關語，指字母t。

here和there在英語中均是常用詞，基本意思是「這裡」和「那裡」。但是你確信你掌握了這兩個詞嗎？

先來看下面幾個句子：
*Hurry up! Here the train comes.
Hurry up! Here comes the train.
*A lot of tourists come to here, especially in the summer.
A lot of tourists come here, especially in the summer.

當here和there出現在句子的開頭時，需要用倒裝句，這時動詞要放在主詞之前。

- **Here comes the new teacher.** →新老師來了。
- **Here is your opportunity.** →你的機會來了。
- **There goes the last bus.** →最後一班公車開走了。

如果主詞是代名詞，代名詞要放在動詞之前。

- **See, here he comes!** →瞧，他來了！
- **I can't find my keys. Oh, here they are.**
  →我找不到我的鑰匙。哦，原來在這呢。

here和there作地點副詞時，前面通常不用介係詞。

- **When did he go there?** →他什麼時候去那兒的？

（不能説：~~When did he go to there?~~）

84. 你會用nice and嗎？

每天5分鐘超有感

在非正式文體中，nice and常用於另一個形容詞或者副詞前面，相當於very的作用，通常用來加強語氣。

- **The steamed buns fresh from the steamer were nice and warm.** →剛出爐的饅頭熱騰騰的。
- **The car is going nice and fast.** →汽車風馳電掣般向前飛馳。
- **Bake the potatoes for 15 minutes, till they're nice and crisp.**
  →將馬鈴薯烤15分鐘，直至酥脆。
- **Your bedroom is nice and tidy.** →你的房間蠻整潔的。

但是需要注意，nice and + 形容詞這種結構不能放在名詞前面。試比較：

- **He had always dreamed of a bed that was nice and comfortable.** →他一直希望能夠有一張舒適的床。

（可以説：He had always dreamed of a nice, comfortable bed. 但不能説：~~He had always dreamed of a nice and comfortable bed.~~）

85. opposite作形容詞時的位置

opposite作形容詞指在講話者、某人或某物「對面的」時，通常要放在名詞的後面。

- **I could see smoke coming from the windows of the house directly opposite.** →我看見煙從正對面的房子窗戶冒出來。
- **He sat down in the chair opposite.** →他坐在對面的椅子上。

在美式英語中，這個概念通常用across (from)來表達。

- **the house across the street** →對街的那棟房子

當形容詞opposite用在名詞前面時，意思是「相反的，相對的」，通常談論的是一對事物中的兩方自然地彼此面對或者相對立。

- **Answers are given on the opposite page.** →答案見對頁。
- **I think the picture would look better on the opposite wall.** →我認為這幅畫掛在對面的牆上會好看些。
- **We hold the opposite opinions.** →我們持相反的意見。
- **He hurried away in the opposite direction.** →他朝相反的方向匆匆走去。

86. such還是so？

找找下面兩個句子中的錯誤：

I was not used to driving in so heavy traffic.
I had never received so expensive presents.

在名詞前面我們通常用such，名詞前面可以有形容詞，也可以沒有。

- **It's such a comfortable bed.** →這床真舒服。
- **She was such a contrary child—it was impossible to please her.** →這孩子老跟人作對，很難取悅。

- **It is gratifying to see** such **good results.**
  →看到這麼好的結果真令人欣慰。
- **Such** beauty was unexpected in the midst of the city.**
  →市中心有這樣的美景真是出乎意料。

so通常放在形容詞或副詞前。當名詞前面有few, little, many和much等詞修飾時,可以用so。
- **She chided herself for being** so **impatient with the children.**
  →她責怪自己對孩子不夠耐心。
- **Climbing** so **high made me feel dizzy.**
  →爬那麼高使我感到頭暈目眩。
- **Everyone is** so **envious of her.** →人人都那麼羨慕她。
- **I'm afraid** so little **water won't be enough to drink.**
  →這麼點水,怕不夠喝。
- **He feels nervous when he faces** so many **people.**
  →面對那麼多人,他感到緊張。
- **Even I boggle at the idea of spending** so much **money.**
  →一想到要花這麼多錢,連我都有點猶豫。

需要注意的是,在形容詞或副詞的比較級前,我們不用so,而用so much。
- **I see** so much **better with my new glasses!**
  →我戴上新眼鏡後看得清楚多了!
（不能說: ~~I see so better with my new glasses!~~ ）

87. 每天5分鐘超有感 ⏰ too=very?

下面兩個句子中too的含義一樣嗎?
I was too **nervous to speak.**
They are too **anxious to leave.**

這兩個句子雖然都含有too... to這一結構，但兩者的意思完全不同。第一句中too... to結構一般表示否定含義，意為「太……以至於不能」，因此這句話的意思是「我緊張得連話都說不出來」；第二句中too... to結構表示肯定含義，這時too的作用相當於very，整句話的意思是「他們急於離開」。

那麼too在哪些情況下相當於very呢？

在非正式口語裡，當too後面接apt, ready, anxious, willing等形容詞時，too表示very的意思。

- **He is too ready to help others.** →他總是樂於助人。
- **She is too willing to marry him.** →她很樂意嫁給他。

此外，當too前面有all, but, only, quite等詞修飾時，too... to結構表達的也是肯定的含義。

- **She was only too pleased to come.** →她非常願意來。
- **We are all too pleased to listen to the opinions of other people.** →我們非常樂意聽取別人的意見。

NOTE

看完前面的文法概念後，是否都學會了呢？快來試試「百分百核心命中練習題」檢測自己的學習成果吧！

- -

❶ To our great _____, Geoffrey's illness proved not to be as serious as we had feared.
A. anxiety   B. relief   C. view   D. judgment

❷ —What have you been doing _____?
—I have to leave early for work and come home very _____.
A. late; lately   B. late; late   C. lately; late   D. lately; lately

❸ After the new technique was introduced, the factory produced _____ tractors in 1988 as the year before.
A. as twice many   B. as many twice
C. twice as many   D. twice many as

❹ If we had followed his plan, we could have done the job better with _____ money and _____ people.
A. less; less   B. fewer; fewer   C. less; fewer   D. fewer; less

❺ John was so sleepy that he could hardly keep his eyes _____.
A. open   B. to be opened   C. to open   D. opening

❻ —Are you feeling _____?
—Yes, I'm fine now.
A. any well   B. any better   C. quite good   D. quite better

❼ _____ to take this adventure course will certainly learn a lot of useful skills.
A. Brave enough students   B. Enough brave students
C. Students brave enough   D. Students enough brave

❽ It is generally believed that teaching is _____ it is a science.
A. an art much as   B. much an art as
C. as an art much as   D. as much an art as

❾ What he said just now sounded _____ I think.
A. quite perfectly   B. nice and interesting
C. nice or polite   D. nicely and friendly

❿ Last night we met with _____ rain at the station.
A. a quite heavy   B. too heavy a
C. such heavy a   D. a so heavy

⓫ The lecture was so _____ that all the people in the hall were _____.
A. moving; exciting   B. moving; excited
C. moved; excited   D. moved; excited

⑫ Qingdao is _____ beautiful city in summer.
   A. most   B. a most   C. the most   D. much

⑬ My parents were _____ when I reached home.
   A. quite asleep B. sleeping fast C. sound asleep D. too sleeping

⑭ On the bank of the river stands a/an _____ castle.
   A. old big British   B. British big old
   C. big British old   D. big old British

⑮ You'd be exposed to a lot _____ pollution if you moved to a town with pure water and air.
   A. more   B. most   C. less   D. least

⑯ Finally, he chose _____ expensive of the two cameras.
   A. the most   B. more   C. the more   D. most

⑰ —What does the model plane look like?
   —Well, the wings of the plane are _____ of its body.
   A. more than the length twice   B. twice more than the length
   C. more than twice the length   D. more twice than the length

⑱ —I was riding along the street and all of a sudden, a car cut in and knocked me down.
   —You can never be _____ careful in the street.
   A. much   B. very   C. so   D. too

⑲ As far as I am concerned, education is about learning and the more you learn, _____.
   A. the more for life are you equipped
   B. the more equipped for life you are
   C. the more life you are equipped for
   D. you are equipped the more for life

⑳ It is one thing to enjoy listening to good music, but it is _____ another to play it well yourself.
   A. quite   B. very   C. rather   D. much

答對0～8題　別氣餒！重看一次前面的文法重點，釐清自己不懂的觀念吧！

答對9～17題　很不錯喔！建議可以翻找自己答錯的文法概念，重新理解，加深印象！

答對17題以上　恭喜你！繼續往下一章節邁進吧！

Keys:　1. B　2. C　3. C　4. C　5. A　6. B　7. C　8. D　9. B　10. B
       11. B　12. B　13. C　14. D　15. C　16. C　17. C　18. D　19. B　20. A

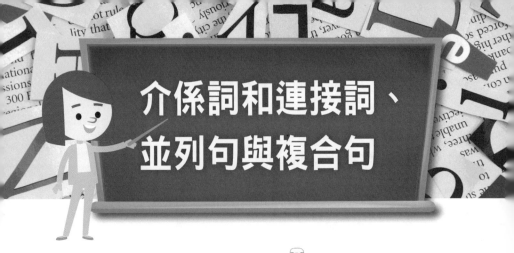

介係詞和連接詞、並列句與複合句

每天5分鐘超有感
88. 連接詞前省略介係詞的情況

在某些情況下，介係詞後面可以跟連接詞，然而有時候連接詞前面的介係詞必須省略。下面是一些連接詞前省略介係詞的常見情況：

1）在間接引用裡表示説、寫、想等動詞之後，that前面的介係詞通常要省略。試比較：

- **The teacher insisted on all the homework being handed in on Monday.** →老師堅持要求所有作業都要在星期一交上來。
- **The teacher insisted that all the homework should be handed in on Monday.**
  →老師堅持要求所有作業都要在星期一交上來。
  （不能説：~~The teacher insisted on that...~~）
- **The government was acutely aware of the problem.**
  →政府很清楚這個問題。
- **The government was acutely aware that there is still a long way ahead.** →政府很清楚前面還有一段漫長的道路要走。
  （不能説：~~The government was acutely aware of that...~~）

2）在許多表示情緒變化的常用詞彙後，如果跟that引導的子句，that前的介係詞也可以省略。試比較：

- **We were shocked at the report.** →報導令我們震驚。
- **We were shocked that the building was burned down.**
  →大樓燒毀令我們震驚。（不能説：~~We were shocked at that...~~）

- **I am sorry about the delay.** → 很抱歉耽擱了。
- **I am sorry that I am late.** →很抱歉來晚了。
（不能説：~~I am sorry about that...~~）

關於連接詞前面介係詞是否可以省略沒有簡單的規則，如果對某一種情況不太確定，建議大家查閱一本好的辭典，看一看相關詞條中的例句。

89. 疑問詞前省略介係詞的情況
每天5分鐘 超有感

在tell, ask, depend, sure, idea, look之類的常用詞彙後，who, which, what, where, when, why, whether和how前面的介係詞常常省略。這種情況在間接疑問句中尤為常見。試比較：

- **Tell me about the operation of the machine.**
  →請告訴我如何操作這台機器。
- **Tell me how to operate the machine.**
  →請告訴我如何操作這台機器。
  （比Tell me about how to operate the machine更自然。）
- **I asked him about the train time table.**
  →我詢問了他火車時刻表。
- **I asked him when the train for Paris was about to leave.**
  →我問他去巴黎的火車什麼時候開。
  （比I asked him about when...更自然。）

請注意，在worry, question, confusion之後，介係詞通常不能省略。
- **She was worried about what to say after the concert.**
  →她煩惱不知道在音樂會結束後該説什麼。
  （不能説：~~She was worried what to say after the concert.~~）

先來看下面幾個句子：

We must discuss about the plans.
The baby resembles to its dad.
I want to buy some dark brown shoes to match with my new handbag.
He promised to her parents that he would take care of her.

上面幾個句子都犯了同一個錯誤，那就是在原本不應該加介係詞的及物動詞後，加上了介係詞，因此畫蛇添足了。

在英語中，discuss, enter, marry, lack, resemble, promise和approach這幾個動詞後面都可以直接跟受詞。

- **The conference discussed the fair distribution of income and wealth.** →大會討論了公平分配收入和財富的問題。
- **If they entered the building they would be breaking the law.**
  →如果進入那棟大樓，他們就會觸犯法律。
- **He was free to marry whomever he chose.**
  →他可以自由地與他選擇的人結婚。
- **She lacks the requisite experience for the job.**
  →她缺少做這份工作所需的經驗。
- **My brother resembles me in looks.** →我弟弟和我長得很像。
- **They all evacuated when the enemy approached the city.**
  →敵人逼近這座城市時他們都撤退了。

91. 省略介係詞的說法

每天 5 分鐘超有感 ⏰

1) 在以next, last, this, one, every, each, some, any, all等詞開頭的時間片語中，省略介係詞。

- **The suicide attack took place last Monday.**

  →上週一發生了一起自殺性攻擊。

  （不能說：... ~~on last Monday.~~）

- **He shall be away from home all this week.**

  →這個星期他都不在家。

- **She makes a rule of taking a nap every afternoon.**

  →她有每天下午午睡的習慣。

2) 在非正式文體中，一週七天前的介係詞on有時候省略。

- **Can you meet with her Tuesday morning?**

  →星期二早上你可以跟她見面嗎？

3) 在非正式文體中，about + 時間表達方式前的at常常省略。

- **As a rule, we get up (at) about seven o'clock.**

  →我們通常七點左右起床。

4) 在three days a week（每週三天）, four times a day（一天四次）, sixteen pounds a month（每月十六鎊）這類片語裡，冠詞a取代了介係詞per（per常用於正式的文體）。

- **He drove at a speed of sixty miles an hour.**

  →他以每小時60英里的速度開車。

5) 在what time的前面。

- **What time does the train from Milan get in?**

  →從米蘭來的火車何時進站？（比At what time...?更為自然。）

6) 含有height, weight, length, size, shape, age等詞的表示量度的表達方式，一般由動詞be將其與句子的主詞連起來，而不用介係詞。

- **We are all the same age.** →我們都同年。
- **These two watermelons are the same weight.**
  →這兩個西瓜一樣重。

7) 在(in) the same way, (in) this way, (in) another way等片語中，經常省略in。
- **Two words which are spelled the same way but differ in meaning are homographs.**
  →拼寫相同意思不同的兩個單字是同形異義詞。

8) home之前不用to。
- **They offer food, water and blankets for those who cannot go home.** →他們提供食物、水和毯子給那些回不了家的人。

9) 在名詞 + 動詞不定式 + 介係詞的結構中，介係詞可以省略。
- **He's looking for a flat to live (in).** →他在找地方住。

92 每天5分鐘超有感 at, in和on：表示時間

at, in和on在表時間時的區別大致可用下面這個表格來說明。

介係詞	用法說明	示例
at	具體的時刻、短暫的時間、一日三餐、週末、假日	at six o'clock at midnight at breakfast at the weekend（英式英語，美式英語用on the weekend） at Easter
in	世紀、年、月、季節以及一天中的某一時段	in the 21st century in 2012 in February in the morning/afternoon/evening

on	星期、日期以及假期中的某一天	on Friday
		on May 2
		on Christmas Day

注意下面兩個句子之間的區別：

• **We met in the morning.** →我們是在早上見面的。

• **We met on a cold winter morning.**

→我們是在一個寒冷的冬日清晨見面的。

• **They will have a party in the afternoon.**

→他們會在下午舉行聚會。

• **They will have a party on the afternoon of June 1st.**

→他們會在六月一號的下午舉行聚會。

可見，如果談論的是具體某一天的上午／下午／晚上，這時不能用in而要用on。

有些表示時間的表達方式之前是不需要用at/in/on等介係詞的，這些情況包括：

1）片語裡含有next或last。

• **They will fly to Shanghai next week.** →他們下週搭飛機去上海。

• **Did you play volleyball last Sunday?** →你上週日打排球了嗎？

2）片語裡含有this或that。

• **She overslept herself this morning.** →她今早睡過頭了。

• **At least fifty or sixty of our guests were going to be flying in to New York that week.** →那個星期，至少有五六十個賓客將乘坐飛機來紐約。

3）在表示時間的片語裡，one, any, each, every, some和all之前不需要at/in/on等介係詞。

• **Let's have a party one day next week.**

→我們下星期找哪天聚一下吧。

• **I go to church every Sunday.** →我每個星期天都去做禮拜。

- **She has been stuck indoors all winter.**
  →她整個冬天都被迫待在家裡。
- **Come any day you like.** →你哪一天來都行。
- **We can conquer cancer totally some day.**
  →我們總有一天能夠完全戰勝癌症。

4）在tomorrow, yesterday, the day after tomorrow和the day before yesterday之前不需要at/in/on等介係詞。
- **The book which was stolen yesterday lies on his desk.**
  →昨天被偷走的那本書就放在他的書桌上。
- **Can I fetch my suit the day after tomorrow?**
  →我能在後天來拿我的西裝嗎？

in還可以用來表示再過多久某件事就要發生，以及完成某事需要多少時間。
- **My parents will be back in half an hour.** →我父母半小時後回來。
- **She learnt to drive in two weeks.** →她花了兩週就學會開車。

需要注意in...'s time這個片語只表示某事多久之後就要發生，而不表示某事需要多少時間來完成。
- **Tina will arrive in three hours' time.** →蒂娜三個小時後到達。
- **He has changed two companies in a year.**
  →他一年之內換了兩家公司。（不能說：... ~~in a year's time~~.）

93 每天5分鐘超有感 by與until

談論將持續到某一時刻的情況或狀態時，用until。用by來談論將來某一時刻或這一時刻前會發生的動作或事件，一般用來指期限。試比較：
- **They lived in a small house until September 2003. (= They stopped living there in September.)**
  →2003年9月前他們一直住在一間小房子裡。

- You have to finish **by** July 31. (= July 31 is the last day you can finish; you may finish on or before this date.)
  →你必須在7月31號前完成。
- —Can I keep the book **until** next week?
  →我可以將這本書保留到下週嗎？
- —Yes, but please do not forget to return the book to the library **by** the due date.
  →可以，但請別忘了在規定日期前將書歸還給圖書館。

94 每天5分鐘超有感 during和for

先看下面幾個例句：

- There are extra flights to Rio **during** the summer.
  →夏季有飛往里約的增開航班。
- Some animals are active **during** the night.
  →有些動物夜晚活動。
- His wife had been deceiving him **for** years.
  →他的妻子多年來一直在欺騙他。
- I went to Italy **for** three weeks **during** the spring.
  →春天我去義大利待了三週。

當談到某件事是在某段時間內發生的，就用during；談到某事持續了多久時，就用for。試比較：

- They go swimming every day **during** the summer.
  →夏天他們每天都去游泳。
- They went swimming every day **for** three months.
  →他們連續三個月天天都去游泳。

95 from和since

from和since意思是「從……，自……」，都可以表示某個動作、事件或情況的開始時間，即說明它們是什麼時候開始。

- **I worked from eight to twelve.** →我從八點工作到十二點。
- **From now on, I will only be working in the evenings.**
  →我從現在起將只在晚上工作。
- **From the moment she saw him, she loved him.**
  →她對他一見鍾情。
- **I have been working since eight o'clock.**
  →我從八點開始就一直在工作。
- **I haven't seen Peter since last month.**
  →從上個月以來，我就沒有見過彼得。
- **The series have sold over five million copies since its publication.** →這個系列自出版後已經賣出五百多萬冊了。

如果要表示從某個起點到現在為止或到過去的某個時刻為止所持續的時間，我們用since，一般要與完成式連用。from用於其他的情況，常和to或者till/until連用。試比較：

- **I've been here since three o'clock, but nobody has come yet.** →我從三點起就一直在這兒，但是還沒有人來過。
  （不能說：... ~~from three o'clock...~~）
- **Many new members have come into the club since last year.** →自去年以來，又有許多新成員加入了俱樂部。
- **I'll be here from three o'clock tomorrow.**
  →我明天從三點起就會在這裡。
  （不能說：... ~~since three o'clock tomorrow.~~）
- **The office will be closed from 1 July.**
  →辦事處將從7月1日起關閉。

from有時候也和現在完成式連用，尤其是用在表示「從一開始就……」的表達方式裡。

- **His neatness has been a carry-over from his army days.**
  （**Or:... since his army days.**）
  →他愛整潔的習慣是他當兵時養成的。

96 每天5分鐘超有感 at與in表地點

at和in都可以用來表示空間的位置，它們之間的區別相當複雜，有時候不容易確定應該用哪一個。一般來説，at表示的位置是某一點，而in則可以用來指在大面積區域（國家、地區、大島）或三度空間（即四周都有東西環繞）的位置。

- **If you are at the North Pole, every direction is south.**
  →你如果在北極，所有的方向都是南。
- **The shop is at the end of the street.** →商店在街道的盡頭。
- **I have a meeting in New York.** →我在紐約有一場會議要參加。
- **Why not go for a walk in the woods?** →何不去樹林裡散散步？

注意下面這組句子中at和in的區別：

- **We grew up in Aberdeen.** →我們是在亞伯丁長大的。（強調亞伯丁是「我們」的家，這個地方對於「我們」來説既熟悉又重要。）
- **We changed at Aberdeen.** →我們在亞伯丁轉了車。（強調亞伯丁對於「我們」來説，只是旅途中的一站。）

所以當我們把一個地方看做是一個點（不涉及大小）時，就可以用at。

at常與表示建築物或機構的專有名詞連用。

- **My sister works at P&G.** →我妹妹在寶僑公司工作。（試比較：My sister works in a big company. 我妹妹在一家大公司工作。）

在談到娛樂場所、咖啡館、餐廳以及人們工作或讀書的地方時，因為我們想到的不是建築物本身，而是在那裡進行的活動，所以往往用at。

- **I prefer seeing a movie at the cinema.**
  →我比較喜歡在電影院看電影。
- **We had dinner at that little Italian restaurant round the corner.** →我們就在轉角那家義大利小餐廳吃晚餐。

at可以與所有格連用，表示在某人家裡或者某家商店裡。
- **We're going to stay at my mother's for the weekend.**
  →我們打算在我母親家度週末。
- **Were you at the butcher's?**→剛才您在肉店裡嗎？（類似的例子還有：at the greengrocer's在蔬菜水果店，at the hairdresser's在理髮店，at the stationer's在文具店，at the doctor's在醫院。）

在集體性活動的名詞前也可以用at：
- **at a party**→（參加）一次聚會
- **at a meeting**→（參加）一次會議
- **at a concert**→（聽）音樂會
- **at a lecture**→（聽）報告

每天 **5** 分鐘超有感

97. in the east of, to the east of 和 on the east of

in表示在某範圍之內；to表示在某範圍之外；on表示「相鄰」、「接壤」。試比較：
- **Fujian lies in the south of China.**→福建省位於中國南部。
- **Fujian lies to the south of Jiangsu Province.**
  →福建省在江蘇省以南。
- **Vietnam is on the south of China.**→越南在中國的南邊。

98. across, over和through

across, over, through作介係詞時三者都有「穿過」、「通過」的意思，但用法各不相同。

across多指從某個平面的一邊到另一邊，強調在物體的表面上或沿著某一條線的方向而進行的動作，其含義常與介係詞on有關。如：

- **He watched Karl run across the street to Tommy.**
  →他看著卡爾橫渡街道跑向湯米。

當over用作「穿過」、「通過」之意時，表示到達一座高的障礙物（如樹、牆、籬笆和山脈等）的另一側的動作。如：

- **If we can't go over the mountain we must go round it.**
  →我們如果翻越不了這座山，就得繞過它走。
- **The children climbed over the wall.** →孩子們從牆上翻了過去。

through也可表示從某一範圍的一端到另一端的動作，但它表示的動作是在空間裡進行，其含義常與介係詞in有關。如：

- **The train went through the tunnel.** →火車穿過隧道。
- **I struggled through the crowd to reach a telephone.**
  →我艱難地穿過人群去打電話。

99. above和over

説到above和over，大家可能比較了解它們作為空間介係詞之間的區別。可是你知道嗎？它們之間還有一些其他的不同，而這些不同也正是同學們在寫作時容易混淆的地方。

先來看一個典型的錯誤句子吧：
Allied troops captured above 300 enemy soldiers.

當我們想要表示more than...這個概念時，我們通常用over而不是above。比如，我們可以說over three months, over 150 pages, over 2 million signatures等。因此，這個句子的正確說法應該是：

- **Allied troops captured over 300 enemy soldiers.**
  →盟軍俘虜了300多名敵方士兵。

接下來我們就來詳細談——談above和over之間的其他細微區別吧。

談論溫度、高度、生活水準等，用above。

- **In the Antarctic, the temperature rarely rises above freezing point.** →在南極，溫度很少升到零度以上。
- **The helicopter was hovering about 200 metres above the pad.** →直升機在離起降場約兩百米的上空盤旋。
- **The city is a height of four hundred feet above sea level.**
  →這座城市的高度是海拔400英尺。
- **They were living barely above the level of subsistence.**
  →他們的生活水準勉強達到最低標準。

談論年齡和速度，以及表示數量「多於」的時候，一般用over。

- **There were over 300 applicants for the job.**
  →有300多人申請這份工作。
- **Only those over 70 are eligible for the special payment.**
  →只有70歲以上的人才有資格領取這項專款。
- **On this super highway drivers should keep to a speed of over 80 miles per hour.**
  →在這條高速公路上，駕駛必須保持每小時80英里以上的速度。

100. 每天5分鐘超有感 用about 還是on？

about和on作介係詞，都有「關於」之意，試比較下列片語：

- **a book on Egypt** →一本關於埃及的書
- **a book about flowers** →一本關於花的書

- **an international conference on the world financial crisis**
  →一個有關全球金融危機的國際會議
- **a talk on local history** →一場有關當地歷史的演講
- **a talk about money** →一次有關錢的談話

一般而言，about表示所寫的或交談的內容是一般性的，不具有很強的專業性或學術性。on則表示所涉及的內容較為嚴肅，具有學術性，是針對專業人士的。在a book on Egypt這個片語中，如果關於埃及的內容是一般性的、適合普通讀者的，也可以說成a book about Egypt。

101. 每天5分鐘超有感 among和between

試比較：

- **The express runs every day between Beijing and Shanghai.**
  →在北京與上海之間每天都有快車行駛。
- **When you follow the path, you will see a large house between the woods and the village.**
  →你沿著這條路走，會看到一座大宅，坐落在樹林和村莊之間。
- **The hostess circulated among her guests.**
  →女主人穿梭於賓客之間。
- **The story had an extensive popularity among American readers.** →這本小說在美國讀者中廣受歡迎。

由上可見，between一般指兩者之間，其受詞往往是表示兩者的名詞或代名詞，或者是由and連接的兩個人或物。如果我們把所有實體看作一個整體，而不分別看待其中的各個成分時，就用among，其受詞通常是一個表示籠統數量或具有複數（或集合）意義的名詞或代名詞。

among可以用來表示「之一」、「是……當中的一個」等概念。如：

- **Among those who escaped was a man convicted for murder.**
  →逃脫的人中有一個犯有謀殺罪。
- **Paris is among the largest cities in the world.**
  →巴黎是世界上最大的城市之一。

102. 每天5分鐘超有感 as和like表示比較

當表示人與人、事物與事物、動作與動作、狀態與狀態之間有相似之處時，我們可以用as，也可以用like。那麼兩者之間有何區別呢？

like作介係詞時，意思是「如同……一樣」，後面可以跟名詞、動名詞或代名詞等。例如：

- **He looks like Father Christmas.** →他長得像聖誕老人。
- **He cried like a baby when they told him the news.**
  →他們告訴他這消息時，他像孩子一樣哭了。

as用於子句之前時，是連接詞。例如：

- **When in Rome, do as the Romans do.** →入境隨俗。
- **He wanted to be a pilot as his father had been.**
  →他想像他爸爸一樣，當一名飛行員。

as 也可用作介係詞，不過在語義上和like略有差異。比較下列兩句：

- **I worked as a slave. (I am a slave).**
  →我以奴隸身分工作。（我是奴隸。）
- **I worked like a slave. (I am not a slave.)**
  →我工作很辛苦。（我是自由人。）

在口語中，like常代替as用作連接詞；但在正式文體中，一般將like用作介係詞，as用作連接詞。

103. by和with表方式

毎天5分鐘超有感

by和with都可以用來表示某人如何做某事，但這兩個詞之間有著重要的區別。試比較：

- **She earns her living** by **writing.** →她靠著寫作賺取稿費為生。
- **The deer was killed** with **an arrow.** →這頭鹿被人用箭射死了。

由上可見，by用於談論動作，即表達我們做了什麼事以取得預期的結果。

with用於談論工具或其他東西，即表達我們用什麼工具取得預期的結果。再來看幾個例句：

- **Make the sauce** by **mixing the soy sauce, sugar, vinegar and chicken broth in a bowl.**
  →將醬油、糖、醋和雞湯一起放在碗裡混合來製作調味料。
- **Cut the fish in half** with **the scissors.** →用剪刀將魚剪成兩半。

在上述情況下，by和with的反義詞都是without。試比較：

- **She never cheapened herself** by **lowering her standards.**
  →她從不降低標準來自貶身價。
- **In this way, the cost of employment will be reduced** without **lowering standards.**
  →透過這種方式，可以在不降低標準的情況下減少雇傭成本。
- **We berthed our ship** with **the aid of a tugboat.**
  →在拖船的幫助下，我們將船停靠在泊位。
- **We had to berth our ship** without **the aid of tugboats.**
  →我們不得不在沒有拖船幫助的情況下將船停到泊位。

在被動句中，by用來表示動作的施動者，即執行動作的人或物。注意下列句子中by和with的區別：

- **He was murdered** by **his enemy** with **an axe.** →他被仇人用斧頭殺死了。（by + 施加動作的人或物；with + 藉以施加動作的工具）

- **My car was damaged by a heavy stone.**
  →我的汽車被一塊大石頭砸壞了。
- **My car was damaged with a heavy stone.**
  →我的汽車被人用一塊大石頭砸壞了。

此外，by後面還可接交通工具，如：
- **by boat/bus/car/plane/train/tube**
  →坐船／公車／汽車／飛機／火車／地鐵

104. by car還是in a car？

談論採用某種交通方式時，我們通常說by car, by bus或者by train等。by後的名詞前不能帶任何限定詞。
- **Some people came by car, others came on foot.**
  →有些人是坐汽車來的，另一些人是走路來的。
- **Are you to go there by bike or by bus?** →你騎車還是坐車去？

然而，當特指某種具體的交通手段時，通常不用by，而用in/on + 限定詞 + 交通工具名稱。一般情況下，除bike, horseback這類無廂、無艙的用on以外，其他情況in和on可以替換使用。試比較：
- **They can go there by bus.** →他們可以坐公車去那兒。
  （泛指「去」的方式是「坐車」而不是「步行」。）
- **You can get to the Great Wall on a 137 bus.**
  →你可以坐137路公車去長城。（特指某一輛公車。）
- **He usually comes to work by car.** →他通常開車上班。
- **This morning he came to work in his wife's car.**
  →他今早坐他妻子的車上班。

105. beside和besides

毎天5分鐘超有感

beside是介係詞，意思是「在……的旁邊」，相當於close to或next to。

- **Don't plant evergreens beside a house, because they contain highly flammable chemicals.** →別在房子旁邊種常綠植物，因為它們含有高度易燃的化學物質。
- **I love sitting beside a cosy fire on a cold winter's night.** →我喜歡在寒冷的冬夜坐在暖和的火爐旁。

besides作介係詞時，意思是「除……之外」，相當於in addition to，可以用來對已知的情況作補充説明。

- **Besides the two novels, she have bought two reference books.** →她買了兩本小説，另外還買了兩本參考書。
- **How do the teenagers share their information besides blogs?** →除了部落格之外，青少年們還透過什麼方式來分享資訊呢？

besides也可以作副詞，表示「此外，而且」，相當於furthermore，一般用於句子之前。

- **The house was out of our price range and too big anyway. Besides, I'd grown fond of our little rented house.** →這個房子超出了我們的預算範圍，而且也太大了。再説，我已經漸漸喜歡上我們租的小房子了。
- **Getting to know yourself will make you a better person. Besides, you really won't achieve anything significant in life until you know the real you.** →了解自己會幫助你成為更優秀的人。而且，只有了解真實的自己才能有所成就。

106. besides, except, except for 和apart from

看到這幾個詞，大家是不是覺得頭都痛了？它們的中文譯文都是「除……之外」，那麼它們是不是在用法上也大同小異呢？我們先來看看besides和except之間的區別。

besides表示一種補充關係，如同with或plus；而except則表示一種排除關係，如同without或minus。如：

- **Besides John, I invited Tom and Christina.**
  →除了約翰之外我還邀請了湯姆和克莉絲蒂娜。
- **They were all tired except John.** →除了約翰，其他人都累了。

apart from則兩種意思都可以表示。

- **Apart from coal, India is also interested in oil.**
  →除了煤礦，印度對石油也同樣感興趣。
- **It is summer but, apart from a couple walking a dog, the beach is empty.** →雖然已是夏天，海灘上除了一對遛狗的夫婦以外，幾乎空無一人。

except for同except的區別是：except for主要用來談論不同類的東西；而except常用來談論同類的東西。例如:

- **All compositions are well written except yours.**
  →除了你的作文外，其他的作文都寫得很好。
- **Your writing is good except for a few spelling mistakes.**
  →除了幾處拼寫錯誤外，你的作文寫得很不錯。

此外，在句首，我們常用except for。

107. due to和owing to表原因

due to和owing to兩者意思相近，due to比owing to更常用。通常用逗號把以due to/owing to開頭的片語與句子的其餘部分隔開。

- **Many analysts believe that sales were hurt by supply problems, due to/owing to parts shortages.** →許多分析者認為由於零部件短缺,導致供應環節出現問題,從而造成銷售不景氣。
- **Owing to/Due to the lack of appropriate resources, the Government's efforts were far from meeting projected needs.** →由於缺乏適當的資源,政府的努力遠遠不能滿足未來的需求。

due to可用在動詞be之後,而owing to通常不能這樣用。

- **The large current account surplus was due to the decrease in imports.** →經常帳戶的大額順差是由於進口減少導致的。(不能說:... was owing to the decrease in imports.)

108. 每天5分鐘超有感 in front of和in the front of

in front of和in the front of都有「在……的前面」的意思,但在實際使用時仍有區別。

in front of通常指物體或人位於另一物體外部的前面,而in the front of則指在某個物體本身或範圍之內的前部。試比較:

- **There is an old pine tree in front of the auditorium.**
  →禮堂的前面有一棵老松樹。
- **He is sitting in the front of the auditorium.** →他坐在禮堂的前排。
- **Somebody has parked his car right in front of mine.**
  →有人把汽車正好停在我的車子前面。
- **I sat in the front of the car to get a good view of the countryside.** →我坐在汽車的前座,以便欣賞農村的風光。
- **It is not lawful to park in front of a hydrant.**
  →在消防栓前停車是違法的。
- **My seat is in the front of the classroom.**
  →我的座位位於教室的前面。

109. in spite of

in spite of用作介係詞。in spite of + 名詞與although + 子句的意思大致相同。試比較：

- **He kept on working in spite of his illness.**
  →儘管他有病，但還是不停地工作。
- **He kept on working although he was ill.**
  →儘管他有病，但還是不停地工作。
- **I went shopping in spite of the rain.**
  →儘管下雨，我還是出去買東西了。
- **I went shopping although it was raining.**
  →儘管下雨，我還是出去買東西了。

與in spite of意思相反的是because of。試比較：

- **In spite of all his efforts he failed.**
  →他已竭盡全力，但仍然失敗了。
- **Because of his efforts he succeeded.**
  →因為他的努力，他成功了。

需要注意的是，in spite of後面跟動詞時，需要用動詞的-ing形式。

- **In spite of having a bad cold, she managed to finish her job on time.** →儘管她感冒十分嚴重，但仍然按時完成了工作。

in spite of不可以直接和that子句連用，但是可以用in spite of the fact that...這一結構。

- **In spite of the fact that the flowers were white, Alex painted them as pink.**
  →儘管花是白色的，但亞力克斯仍然把它們畫成粉紅色。

110. 每天5分鐘超有感
for與to表目的

試比較下列句子中for與to表目的時在用法上的區別：

- **I went to the law firm** for an interview.
  →我去那個律師事務所面試。
- **I went to the law firm** to see Mr. Smith.
  →我去那個律師事務所見史密斯先生。
- **This camera is** for taking underwater photographs.
  →這台相機是用來拍水中照片的。
- **He uses this camera** to take underwater photographs.
  →他用這台相機來拍水中的照片。

在表示人們的目的時，for不能用在動詞前面，它只有在後接名詞時才表示某人做某事的目的。

- **They meet at the club** for companionship and advice.
  →他們在俱樂部聚會是為了聯誼和尋求建議。

也可以用動詞不定式來表示目的。

我們常用for + 動詞ing的結構表示某物的「用途」，即說明它是用來做什麼的，尤其當句子的主詞是物時。

- **The knife is** for cutting meat. →這把刀是用來切肉的。

當句子的主詞是人時，我們往往用動詞不定式來表示某物的用途。

- **We use the knife** to cut meat. →我們用這把刀切肉。

111. 每天5分鐘超有感
on foot等於on one's feet嗎？

on foot作「步行」解。例如：

- **My bicycle is broken, so I have to go** on foot.
  →我的自行車壞了，所以我只得步行。

- **He vainly hoped to travel round the world on foot.**
  →他夢想步行周遊世界，卻只能是空想。

on one's feet則表示「站著；站起來；痊癒；（困境後）恢復」。
例如：
- **The old man was unsteady on his feet.** →那個老人站不穩。
- **Sue's back on her feet again after her operation.**
  →手術後蘇很快恢復了。
- **After his wife's death it took him two years to get back on his feet.** →他妻子死後兩年，他才振作起來。
- **They all helped in trying to set him on his feet.**
  →在幫助他恢復的過程中他們都助了一臂之力。

112. 每天5分鐘超有感 🕐 throw at還是throw to？

先來看下面兩個句子：
- **Someone threw a stone at me.** →有人向我扔了一塊石頭。
- **Throw the ball to me.** →把球扔給我。

這兩個句子都用到了動詞throw。前者與介係詞at搭配，後者與介係詞to連用。那麼它們之間有區別嗎？

at可以與若干動詞連用表示某種攻擊的目標。最常見的有shoot at（向……開槍），throw... at（把……向……扔去），shout at（對……喊叫），laugh at（嘲笑），point at（指向）。
- **He dodged the book that I threw at him.**
  →他躲開了我扔向他的書。
- **David lost his temper and shouted at the driver.**
  →大衛發火了，對著司機吼叫起來。
- **It's unkind to laugh at a person who is in trouble.**
  →譏笑一個陷入困境的人是不仁慈的。
- **One of the penalties of fame is that people point at you in the street.** →成為名人的麻煩之一是人們會在街上對你指指點點。

如果沒有攻擊的意思，只是表示方向，就用to。

• **Don't throw it to him, give it to him!** →別扔過去，送過去！
• **He shouted to me and warned me of the danger.**
  →他對我大喊，警告我說有危險。
• **The toddler pointed to the toy he wanted.**
  →蹣跚學步的孩子指著想要的玩具。

因此，Someone threw a stone at me（有人向我扔了一塊石頭）含有挑釁的意思；而Throw the ball to me（把球扔給我）則沒有攻擊的意思。

113. 每天5分鐘超有感 and用於try, wait, go等詞後面

在非正式的英語裡，在try/be sure後面，我們常常用and...，而不用動詞不定式。

• **You should try and be more confident.**
  →你應該努力再有自信些。
• **I'll try and find out more about it.**
  →我會試著盡可能多了解一些這方面的情況。
• **Be sure and remember what I told you.**
  →千萬要記住我對你說的話。

這一結構只能用於try的簡單形式，不能用於tries, tried或trying。不能說He always tries and holds...或者I tried and stopped...。

此外，wait and see也是同樣的情況。

• **All you can do is to wait and see.** →你只能等著看情況。
（不能說：All you can do is to wait to see.）

在come, go, run, hurry up, stay, stop和其他一些動詞之後，可以用and代替to。

• **Go and wash your hands.** →去洗洗手。
• **Hurry up and get dressed.** →快點穿上衣服。

這些動詞用and與其他動詞連接時，就不局限於使用簡單式。

- **The men came and carried the cupboard away.**
  →來了一些人把那個櫥櫃搬走了。
- **He hovered between staying and leaving.**
  →在去留問題上，他猶豫了。

每天5分鐘超有感
114. 形容詞／副詞／名詞 + as/though + 子句

在正式的文體中，as和though可以用於一種特殊的結構，位於形容詞、副詞或名詞之後，表示強烈的對比，這時這兩個詞的意思都是「雖然，儘管」。

- **Cold as/though it was, he went on working. (= Although it was cold, he went on working.)** →儘管天氣很冷，他仍不停地工作。
- **Strange as it might sound, I never questioned that I was a good writer.** →儘管聽起來可能很奇怪，但我從未質疑過自己是一名好的作家這一點。
- **Small though it is, the shop has a satisfactory variety of goods.** →這間商店雖然小，貨物卻很齊全。

有時候as用於這種結構時，可以表示because的意思。

- **Tired as he was, his grip weakened.**
  →因為累了，他緊握的手放鬆了。

每天5分鐘超有感
115. and, but和or結構中的省略

為了避免重複，或者在省略一些詞也能理解意思的情況下，我們通常會省去句子中的一個或幾個句子成分，這就叫「省略」。省略經常出現在and, but和or連接的並列結構中。當用and, but或者or連接兩部分詞語時，重複的部分常常被省略。可以省略的情況有以下幾種：

1) 當兩個動詞的主詞或受詞相同時，可以省略重複的部分。但需要注意的是，這種情況下，並不總是省略第二個重複的部分。為了避免造成混淆或為了使用較為簡單的詞序或句子結構，我們也許需要省略第一個重複的部分。

- **Bob has done his homework, but Tom hasn't (= but Tom hasn't done his homework).** →鮑伯做完了作業，但湯姆沒有。
- **He peeled (the potatoes) and sliced the potatoes.** →他把馬鈴薯削皮切片。

2) 其他重複出現的詞語也可以省略。

- **He should have come and (he should have) told me.** →他本應該來告訴我的。
- **Please clean the bathroom and (clean) the kitchen.** →請把浴室打掃一下，再打掃一下廚房。
- **her husband and (her) children** →她的丈夫和孩子
- **young boys and (young) girls** →男孩女孩
- **in Rome and (in) Naples** →在羅馬和拿坡里

116. 每天5分鐘超有感 as well as後面的動詞

as well as的意思和not only... but also相似，都有「不但⋯⋯而且」之意，均連接同等並列成分，但as well as強調的是前項，not only... but also強調的是後項。如果某些資訊已經為讀者／聽者所知，就將其和as well as連用。

- **The old people as well as the children like this film. (= Not only the children but also the old people like this film.)** →這部電影老少咸宜。
- **Artificial flowers are used for scientific as well as for decorative purposes.** →人造花卉不僅用於裝飾，也用於科研。
  （不能說：~~Artificial flowers are used for decorative as well as for scientific purposes~~.）

as well as與動詞連用時，通常要用動詞的-ing形式。

- **As well as being precise, the report was impersonal.**
  →這篇報導不僅用詞確切，而且不帶個人色彩。

（不能說：~~As well as be precise...~~）

在主句的動詞不定式後，as well as可以和不帶to的不定式連用。

- **You have to practise as well as preach.**
  →你不僅勸誡他人，也應身體力行。

需要注意下面兩個句子的區別：

- **I don't sing as well as dance.** →我不會跳舞也不會唱歌。
- **I don't sing as well as I dance.** →我唱歌沒有跳舞好。

117. 每天5分鐘超有感 as well as後面的主謂一致問題

一起來看一道選擇題：

The movie star as well as a lot of fans _____ photographed a lot by TV stations and newspapers.

A. were   B. was   C. had   D. has

這道題考的是當主詞中含有as well as結構時，主詞與謂語的一致問題。

如果兩個主詞是由as well as, with, along with, together with, but, like, rather than, except等表達方式連接時，限定動詞的單複數要與第一個主詞保持一致。也就是說，如果第一個主詞是單數，動詞通常是單數；如果第一個主詞是複數，動詞也就相應地採用複數形式。例如：

- **My father as well as his workmates has been to Beijing.**
  →我父親和他的同事曾去過北京。
- **The room with its furniture was rented.**
  →這個附有傢俱的房間租出去了。

- **They, together with my father,** have gone to **New York.**
  →他們和我父親一起去紐約了。
- **All animals including men** feed on **plants or other animals.**
  →包括人類在內的所有動物都以植物或其他動物為食。

所以上面這一題中限定動詞的數應該與第一個主詞the movie star保持一致。此外這個句子還是一個被動句，表示電影明星被電視台和報社拍照，因此正確答案是選項B。

每天 5 分鐘超有感

118. both... and..., either... or...和 neither... nor...

這幾組結構都用來連接兩個平行對等的句子成分，但在搭配和意義上各不相同。

Both... and...強調兩者兼有，意為「既……又……」、「兩者都……」。

- **We can use** both **words** and **gestures to express our feelings.** →我們既可以用語言也可以用手勢來表達我們的感受。
- **It is vital to help kids understand** both **themselves and the world.** →幫助孩子了解自己和這個世界都十分重要。

either... or...表示兩者或兩種以上的可能性中任擇其一，意為「或是……或是……」、「不是……就是……」。

- **If you're late, you should make an apology to the host** either **immediately** or **later.**
  →如果你遲到了，你應該立即或事後向主人道歉。
- **He** either **watches TV** or **reads books in the evening.**
  →晚上他不是看電視就是看書。

neither... nor...表示兩者都否定，意為「既不是……也不是……」。

- **This mass extinction was neither unique nor the biggest.**
  →這次物種大滅絕既不是歷史上唯一的一次，也不是歷史上最大的一次。
- **He neither drinks nor smokes.** →他既不喝酒也不抽菸。

在正式文體中，為了保持結構的平衡，人們總是力求使both和and、either和or、neither和nor前後使用同類詞語或表達，但是用到both... and..., either... or...和neither... nor...而結構又不平衡的句子也很常見。試比較下面兩組句子，每一組中的第二句雖然嚴格說不能算錯，但許多人認為應該避免這樣的用法。

- **He plays both basketball and volleyball.**
  →他既會打籃球又會打排球。
- **He both plays basketball and volleyball.**
  →他既會打籃球又會打排球。
- **You can either do it by yourself or ask someone else to do it.** →你可以自己做，或者讓別人去做。
- **You can either do it by yourself, or you can ask someone else to do it.** →你可以自己做，或者讓別人去做。

以上連接詞連接主詞時，both... and...一般只與複數謂語連用，either... or...和neither... nor...則通常根據就近原則，即限定動詞與最鄰近的那個名詞或代名詞在人稱和數上保持一致。如：

- **Both Miss Brown and her friend have strong memories of the Vietnam War.**
  →布朗小姐和她的朋友對越戰都有著深刻的記憶。
- **Either a studio or a one-bedroom apartment is OK.**
  →套房或是一房一廳的公寓都可以。
- **Neither Linda nor I am going to see the film. It's boring.**
  →琳達和我都不打算去看那場電影，它太無趣了。

119. 每天5分鐘超有感 ⏰ although和though

although和though都可以用作連接詞，意思也相同。在非正式的口語或書面語中，though更為常用，although則可以用於各種文體。

• **The price increase will obviously be unpopular, although it's unlikely to reduce demand.**
→漲價顯然是不得人心的，儘管這也未必會減少需求。

• **They're coming next week, (al)though I don't know which day.** →他們下週會來，儘管我不清楚會是哪天。

though常與even連用，表示強調。although則不能這麼用。

• **Though/Even though it's hard work, I enjoy it.**
→儘管這是一件苦差事，我卻很樂在其中。

though還可以用作副詞，放在句尾，相當於however。

• **It's hard work; I enjoy it though.**
→這是件苦差事，我卻很樂在其中。

• **I was hunting for work. Jobs were scarce though.**
→當時我正在求職，不過工作卻並不多。

120. 每天5分鐘超有感 ⏰ as, because, since和 for作連接詞表原因

as, because, since, for這四個詞都是表示「原因」的連接詞，但它們的用法卻各不相同。我們可以用下面這個表格來說明它們之間的區別。

連接詞	用法説明	例句
because	引出的原因通常是聽者或讀者不知道的新信息，而且由於原因是句子中最重要的資訊，所以because從句通常放在句末。	He bought a new car because he won the lottery. 因為中了樂透，他買了一輛新車。
as	引出的原因通常已為聽者／讀者所知，或者它不是句子裡最重要的信息。as和since子句常常放在句首，since相對於as而言更為正式。	As she wasn't ready, we went without her. 由於她沒有準備好，我們沒等她就先去了。
since		Since I knew very little French, I couldn't follow the conversation. 我法文懂得不多，因此聽不懂對話。
for	引出的原因通常為新資訊，但它暗示所提出的原因是後來想到的。for子句從不出現在句首，在正式的書面語中最為多見。	We went to a small restaurant, for we were hungry. 因為太餓，我們去了一家小餐廳。

此外，以上四個連接詞中，除because之外，其他三者都不能獨自成句。試比較以下句子：

• —**Why is Tom absent?** →湯姆為什麼沒來？
• —**Because he is sick.**
 →因為他病了。（不能説：~~As/Since/For he is sick~~.）

121. as, when和while表示同時發生的事情

每天5分鐘超有感

我們先一起來看下面三個例句：

• **She was having a bath when the telephone rang.**

　→電話響的時候她正在洗澡。

• **While we were having a nap, somebody broke into the house.** →有人趁我們打盹的時候闖了進來。

• **As I was driving home, I saw Peter.**

　→開車回家的路上我看見了彼得。

可以看出，as, when和while都可以用來談論同時發生的動作或同時存在的情況，那它們之間到底有沒有區別呢？

當某事正在進行的時候又發生了某事，在這種情況下，可以用as, when或者while來引導時間較長的「背景」情況，此時子句既可以放在句首，也可以放在句末。如：

• **As I was sleeping, someone knocked at the door. (= Someone knocked at the door as I was sleeping.)**

　→我正在睡覺的時候，有人敲門了。

• **While you were having a bath, your friend called you. (= Your friend called you while you were having a bath.)**

　→你洗澡的時候你朋友打電話來。

• **Jack hurt his arm when he was playing badminton. (= When he was playing badminton, Jack hurt his arm.)**

　→傑克打羽毛球時弄傷了手臂。

表示較長時間的「背景」情況一般用進行式，但當動詞為sit, grow, be等「狀態」動詞時，as和while後需要用簡單式。

• **As I was at work, my aunt came.** →我上班時我姑姑來了。

當主句和子句為兩個同時進行的動作或存在的狀態，我們可以用while引導子句，這時可以用進行式，也可以用簡單式。

- **While I was cooking dinner, my mother was cleaning the attic. (= While I cooked dinner, my mother cleaned the attic.)** →我做晚飯的時候，媽媽在打掃閣樓。

當主句動作伴隨子句動作同時發展變化，有類似中文「隨著」的意思，英語習慣上要用as，而不用when或while。如：

- **As you eat more, you will gain more weight.**
  →你吃得越多就會越胖。

當子句涉及談論年齡或者生活的不同階段時，常用when，而as或while則不用於此種情況：

- **She got married when she was twenty-one.** →她21歲的時候結婚了。（不能説：... ~~as/while she was twenty-one~~.）

若主句與子句表示兩個短暫性的動作或持續時間較短的事件同時發生，含有類似中文「剛要……就……」、「正要……卻……」的意思時，一般用(just) as/when。如：

- **I caught him just when/as he was leaving the building.**
  →他正要離開大樓的時候，我逮到了他。
- **Just as/when the two men were leaving, a message arrived.**
  →就在這兩個人要離開的時候，突然有了消息。

122. 條件子句中省略連接詞if的情況

每天5分鐘超有感

試比較下面幾組句子：

- **If he were older he might understand.**
  →要是他的年齡再大一點，他可能就會懂了。
- **Were he older, he might understand.**
  → 要是他的年齡再大一點，他可能就會懂了。
- **If you should meet a jaguar in the jungle, just turn slowly, and walk away.** →你在叢林中若碰上美洲虎，就慢慢轉身走開。
- **Should you meet a jaguar in the jungle, just turn slowly, and walk away.** →你在叢林中若碰上美洲虎，就慢慢轉身走開。

- **If you had been more careful, such mistakes could have been avoided.** →如果你更細心一些，這種錯誤本來是可以避免的。
- **Had you been more careful, such mistakes could have been avoided.** →如果你更細心一些，這種錯誤本來是可以避免的。

第一組句子是if與特殊結構連用，談論非真實的情況，即很有可能不會發生的事情、不真實的或想像的情況以及其他類似的意思。第二組句子常常出現在正式文體或文學性文體中，這時條件句中的if可以省略，把助動詞放在主詞前面。

- **Were he better qualified, he would apply for the position.**
  →要是他的條件再好一些，他就會申請這個職位。

在下面這種情況下，否定句中不用縮寫：

- **Had he not saved me, I might have drowned.**
  →若非他救了我，我可能已經溺死了。
  （不能說：Hadn't he saved me...）

123. in case和if
每天5分鐘超有感

一般情況下in case和if的用法並不相同。試比較以下幾組句子：

- **Take your swimsuit in case you decide to go swimming.**
  →帶上泳衣吧，說不定你們要去游泳呢。
- **We could add 20 years to our life expectancy if we all adopted better living habits.** →如果我們都能遵循更好的生活習慣，我們就有可能將生命延長20年。
- **Note down her telephone number in case you forget.**
  →把她的電話號碼寫下來，免得忘了。
- **We will pay an unacceptable price if we do not act now.**
  →如果現在不採取行動的話，我們將會付出難以承受的代價。

in case主要用來表示以防萬一，即我們做的事情是為了應付將來可能發生的情況。Do A in case B happens的意思是Do A (first) because B might happen later。if通常表示條件，即一件事必須首先發生，然後另一件事才能發生。Do A if B happens的意思是Do A if B has already happened。

在美式英語中，in case有時和if意思相同。例如：

- **In case I'm late, start without me.**
  →如果我來晚了，你們就別等我先開始吧。

124. 連接詞once的用法

先來看下面這個句子：

- **Once heated, the amber can be made into any shape.**
  →一旦加熱，琥珀可以製成任何形狀。

對於上述這個句子，不要把once錯解為副詞。在此處，once用作連接詞，表示after或as soon as的意思。

再來看幾個例子：

- **Once it is opened, this product should be kept refrigerated.**
  →本產品開封後應冷藏。
- **Once someone has died, he cannot be brought back to life.** →人死不能復生。
- **Once these difficulties were got over, the work would speed up.** →一旦克服了這些困難，工作進展就快了。

需要注意，once後面不能用that。上述例句不能說成：Once that it is opened...或Once that someone has died...

125. 什麼情況下連接詞that不能省略？

許多名詞、動詞或形容詞後可以跟that子句。大部分情況下，尤其是在非正式的文體中，that通常可以省略。

- **Look! There's the girl (that) we met in Madrid.**
  →看！那就是我們在馬德里遇見過的那個女孩。
- **Tom said (that) he was feeling better.** →湯姆説他感覺好些了。
- **I'm glad (that) you've got the job.** →我很高興你找到了這份工作。
- **There is a good chance (that) she may fail the exam.**
  →她很有可能考試不及格。

但是，在某些情況下，連接詞that不能省略。

在限定關係子句中，that可以作為關係代名詞代替who(m)或者which，如果that在關係子句中用作動詞主詞時，不能省略。試比較：

- **I've received a letter from a friend that lives in Singapore.**
  →我從一位住在新加坡的朋友那裡收到一封信。（that不能省略）
- **Can I have the book (that) I lent you?**
  →你能把我借給你的書還給我嗎？

在受詞子句中，一些較為正式的、不那麼常用的動詞後面，that不能省略。

- **He repeated that he disagreed.** →他反覆重申他不同意。
- **The manager objected that the plan was risky.**
  →經理反對説，這項計畫風險太大。

that引導名詞子句時，子句為主詞子句、同位語子句時，that也不能省。

- **It is impossible to disguise the fact that business is bad.**
  →生意不好這件事無法隱瞞。
  （不能説：... the fact business is bad.）
- **The idea that the sun goes round the earth has long been discredited.** →太陽繞著地球轉的觀念早已不為人們所信。
  （不能説：The idea the sun goes round...）

126. suggest, insist接受詞子句時 需注意的地方

試比較下面幾組句子：

- **He suggested that the work (should) be started at once.**
  →他建議立即開始工作。
- **The police suggested that the thief might be one of the family members.** →警方暗示竊賊可能是家中的一員。
- **I insist that you (should) be present.** →請您務必出席。
- **Mike insisted that he had never stolen anything.**
  →邁克強調他什麼也沒偷過。

不難發現，這兩組句子中第一句的受詞子句採用了(should) + 動詞原形的結構，是假設語氣，而第二句則未採用。那麼insist和suggest接受詞子句時，在什麼情況需要用假設語氣，什麼情況下則不需要呢？

當suggest的意思為「建議」時，受詞子句用假設語氣；當它作「提出（看法），暗示，啟發」講時，其後受詞子句的動詞不用假設語氣。試比較：

- **Her yawns suggests that she is sleepy.**
  →她打呵欠表明她睏了。
- **We suggested that she (should) stop by that evening to talk things over.** →我們建議她在那晚順便來找我們，討論一下事情。

insist作「強調」一意時，受詞子句不用假設語氣。只有當insist作「堅持（認為），堅持（應該）」解時受詞子句採用假設語氣。試比較：

- **Lincoln insisted that the slaves should be emancipated.**
  →林肯堅決主張解放奴隸。
- **He insisted that he wasn't sleepy.** →他硬說他不睏。

127. 每天5分鐘超有感 ⏰
轉述祈使句

轉述祈使句時，要將祈使句的動詞原形變為帶to的不定式，並在不定式的前面根據句子的意思加上tell, ask, order等動詞，成為tell/ask/order someone to do something的結構；如果祈使句為否定式，則需要在不定式的前面加not。如果祈使句中有please一詞，在改為間接引用時可以將please去掉。

- **He said, "Sit down, please."** →他說：「請坐。」
- **He asked me to sit down.** →他要求我坐下。
- **The teacher said, "Don't talk in class!"**
  →老師說：「上課不要講話！」
- **The teacher told us not to talk in class.**
  →老師要我們上課不要講話。
- **The captain said to his men, "Fire! "**
  →上尉對他的士兵們說：「開火！」
- **The captain ordered his men to fire.**
  →上尉命令他的士兵們開火。
- **The policeman said to the children, "Don't play football in the middle of the street."**
  →警察對孩子們說：「別在馬路中間踢足球。」
- **The policeman warned the children not to play football in the middle of the street.**
  →警察警告孩子們不要在馬路中間踢足球。

128. 每天5分鐘超有感 ⏰
轉述否定問句

我們通常用否定問句來表示感歎、驚訝、抱怨，或者有禮貌地提出請求、邀請、幫助、抱怨和批評。

- **Isn't she a lovely girl!** →她是個多可愛的女孩啊！
- **Hasn't he come yet?** →他還沒來嗎？
- **Wouldn't you like a little more?** →不再多來點嗎？
- **Won't you take a seat?** →請坐好嗎？
- **Can't you lend your car to me?** →你就不能把車借給我用用嗎？

當我們對否定問句進行轉述時，通常需要用特殊的方法。
- **Isn't she a lovely girl!** →她是個多可愛的女孩啊！
- **I remarked what a lovely girl she was.**
  →我說她真是個可愛的女孩。
- **Hasn't he come yet?** →他還沒來嗎？
- **I was surprised that he hadn't come yet.**
  →我很吃驚他居然還沒有來。
- **Won't you take a seat?** →請坐好嗎？
- **I asked her to take a seat.** →我讓她坐下。

129. 每天5分鐘超有感 間接問句中的whether和if

在間接引用中，whether和if都可以用來引導沒有疑問詞的問句。
- **I doubted whether/if she could have arrived in time.**
  →我懷疑她是否能及時到達。

當提出兩種選擇時，whether更常用，特別是在正式文體中。
- **We don't know whether he's alive or dead.**
  →我們不知道他是死是活。

在discuss這些在正式文體中較常用到的動詞後面，whether比if更常見。
- **We discussed whether children are now being equipped with the skills needed to make complex financial decisions.**
  →我們討論了孩子們現在是否具備能力做出複雜的財務決策。

但是，在介係詞後面和帶to的動詞不定式前，只能用whether，而不用if。

- **Americans are worried** about whether **their shot at the American dream is slipping away.**

  →美國人擔心他們實現美國夢的希望正逐漸化為泡影。

  （不能説：~~Americans are worried about if ...~~ ）

- **The question** of whether **life exists on other planets preoccupied the boy's mind.**

  →那男孩心中老是想著其他星球上是否存在生命這一問題。

- **She seemed undecided** whether to go **or stay.**

  →她似乎還沒有決定去留。

  （不能説：~~She seemed undecided if to go or stay.~~ ）

130. 每天5分鐘超有感 什麼情況下不能使用限定關係子句？

下面兩個例句，哪個才是正確的呢？

Thank you for all your help that you have given me with my studies.

Thank you for the help that you have given me with my studies.

這兩個句子涉及了形容詞子句的用法。我們通常用形容詞子句來限定前面出現的名詞。

- **Where is the girl that lent me the book?**

  →借我書的那個女孩在哪兒？

- **I've lost the pen that I bought yesterday.**

  →我把昨天買的筆弄丟了。

如果先行的名詞是專有名詞，或者有所有格或指示代名詞修飾，子句就不能使用限定關係子句。試比較：

- **Charles Smith, who was my former teacher, retired last year.** →查理·史密斯去年退休了，他曾經是我的老師。

- **The house that we live in has five bedrooms.**
  →我們住的房子有五間臥室。
  （可以說：My house, which we live...不能說：~~My house that we live in...~~）
- **She gave me back the book that she borrowed last week.**
  →她把上星期借的書還了我。
  （不能說：~~She gave me back my book that she borrowed...~~）

所以最前面的兩個句子中，第一句是錯誤的。

131. 非限定子句中限定詞的位置
每天5分鐘超有感

一起來看兩個典型的錯誤例句：
The book has 350 pages, which all of them have colour photographs.
The jacket had two pockets of which both of them were full of money.

在非限定子句中，限定詞（如some, any, none, all, both, several, enough, many及a few）可以與of whom和of which連用。通常這些限定詞會出現在非限定子句的開頭，後面緊跟of + 關係代名詞。

- **The buses, most of which were already full, were surrounded by an angry crowd.**
  →公車大多數都已經擠滿了人，它們被憤怒的人群包圍著。
- **I picked up the apples, some of which were badly bruised.**
  →我撿起那些蘋果，其中一些碰傷得很嚴重。

這一結構也可以跟其他表示數量的詞連用。

- **I bought a dozen eggs, six of which broke when I dropped the box.** →我買了一打雞蛋，盒子沒拿好摔破了6顆。
- **There are two bottles left, one of which is almost finished and the other of which is not quite.**
  →只剩兩瓶，一瓶快喝完了，另一瓶沒完全喝完。

132. 限定關係子句中現在簡單式表示未來的用法

每天 5 分鐘 超有感

大家知道,在if和表示時間的連接詞,如when, as soon as, after, before, while和until的後面,我們通常用現在簡單式代替未來式。實際上,在限定關係子句中,關係代名詞後面也常用現在簡單式代替未來式。

- **I intend to sell the house to the first person who makes a reasonable offer.**

  →我打算把房子出售給第一個提出合理價格的人。

  (不能說:~~I intend to sell the house to the first person who will make...~~)

- **Anyone who works out all the math problems will receive a special prize.**

  →誰解出這些數學題,誰就能得到一份特別的獎品。

  (不能說:~~Anyone who will work out...~~)

- **He'll give his daughter anything she asks for.**

  →他的女兒要什麼他就給什麼。

  (不能說:~~... anything she will ask for.~~)

看完前面的文法概念後，是否都學會了呢？快來試試「百分百核心命中練習題」檢測自己的學習成果吧！

----

① It was not _____ she took off her glasses _____ I realized she was a famous film star.
A. when; that
B. until; that
C. until; when
D. when; then

② —Is football John's favourite sport?
—Yes. _____ football, baseball is his greatest love.
A. Near to
B. Except
C. Beside
D. Next to

③ The journey around the world took the old sailor nine months, _____ the sailing time was 226 days.
A. of which
B. during which
C. from which
D. for which

④ _____ the loud noise going on in the workshop, I can hardly _____ on my lessons.
A. As; put
B. As; concentrate
C. With; reply
D. With; concentrate

⑤ It worried her a bit _____ her hair was turning grey.
A. while
B. that
C. if
D. for

⑥ After the war, a new school building was put up _____ there had once been a theatre.
A. that
B. where
C. which
D. when

⑦ Although he stayed only a few days in the village, _____ he got to know everybody there.
A. and
B. but
C. yet
D. so

⑧ The big fire lasted as long as 24 hours _____ it was brought under control.
A. after
B. before
C. since
D. while

⑨ _____ I admit that she has shortcomings, I still like her.
A. When
B. As
C. While
D. Once

⑩ Mr. Wang went to New York _____ October, 1998 and came back home the morning of November 5.
A. at; in
B. on; at
C. in; on
D. by; from

⑪ The internet has brought _____ big changes in the way we work.
A. about
B. out
C. up
D. back

⑫ They hadn't been out for long _____ she felt sick in the stomach.
   A. as   B. when   C. while   D. though

⑬ The manager, _____ it clear to us that he didn't agree with us, left the meeting room.
   A. who has made   B. having made
   C. made   D. making

⑭ —You know, Bob is a little slow _____ understanding, so…
   —So I have to be patient _____ him.
   A. in; to   B. on; with   C. in; with   D. at; for

⑮ —Do you go there _____ bus?
   —No, we go there _____ a train.
   A. in; on   B. on; on   C. by; in   D. by; with

⑯ You should make it a rule to leave things _____ you can find them again easily.
   A. when   B. where   C. that   D. in the place

⑰ Jack had traveled six miles across the channel _____ his engine failed and was forced to land on the sea.
   A. until   B. after   C. since   D. when

⑱ Please award the prize to _____ comes first in the competition.
   A. who   B. whom   C. whoever   D. whomever

⑲ They had a pleasant chat _____ a cup of coffee.
   A. with   B. during   C. over   D. for

⑳ It was a pity that the famous painter died _____ his painting unfinished.
   A. of   B. with   C. from   D. for

答對0～8題　別氣餒！重看一次前面的文法重點，釐清自己不懂的觀念吧！

答對9～17題　很不錯喔！建議可以翻找自己答錯的文法概念，重新理解，加深印象！

答對17題以上　恭喜你！繼續往下一章節邁進吧！

Keys:　1. B　2. D　3. A　4. D　5. B　6. B　7. C　8. B　9. C　10. C
　　　　11. A　12. B　13. B　14. C　15. C　16. B　17. D　18. C　19. C　20. B

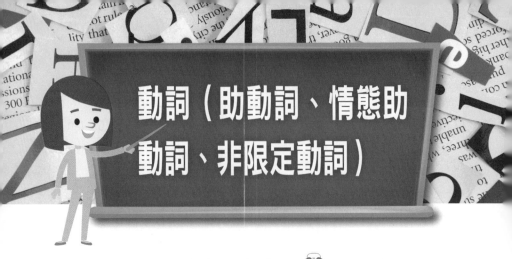

動詞（助動詞、情態助動詞、非限定動詞）

133. be + 動詞不定式的用法

每天5分鐘超有感

先來看下面幾個含有be + 動詞不定式結構的句子：

- **The Prime Minister is to make a visit to the United States next week.** →首相將於下週訪問美國。
- **If we are to catch that train, we shall have to get up very early.** →如果我們想要趕上那班火車，就得起得很早。
- **No food of any kind is to be taken into the examination room.** →禁止將食物帶入考場。

在正式文體（如報紙、廣播或電視報導）中，我們可以用be + 動詞不定式的結構來談論正式的或者官方的安排。

- **At the end of the course, all students are to take a written exam.** →課程結束後，所有學生都將參加筆試。
- **The council is to carry out extensive renovations to the building.** →市政會要對這座大樓進行大規模的整修。
- **The yen is to be revalued.** →日元將要升值。

be + 動詞不定式的結構也經常用來表示命令。

- **You are to learn this poem by heart.**
  →你得用心把這首詩記下來。
- **You are not to leave this house without my permission. Is that clear?** →沒有我的允許你不能離開這房子，清楚了嗎？

- **You** are not to do **that again.** →你不能再那樣做了。

這種結構還常常出現在if子句中，用來談論某件事情發生的先決條件，即某件事情必須在另一件事發生之前發生。

- If you are to work **here for more than three months, you must have a residence permit.**
  →如果你想在這工作三個月以上，就得獲得居留證。
- **A workman must sharpen his tools** if he is to do **his work well.** →工欲善其事，必先利其器。

在通知和說明中，我們常常會見到be + 動詞不定式的這種被動式結構。

- **Anyone not obeying the traffic regulations** is to be reckoned with. →任何人不遵守交通規章都要受到懲罰。
- **The course of study** is to be completed **within a year.**
  →學業預定在一年內修完。
- **This medicine** is to be applied **externally.** →這藥是用於外敷的。

需要注意的是，be + 動詞不定式的結構只能用於現在式和過去式，不能用於完成式或者是未來式。因此，我們可以說：

- **Mr. Smith** is to speak **at the meeting.**
  →史密斯先生將在會上發言。
- **Mr. Smith** was to speak **at the meeting.** →史密斯先生將在會上發言。（做了這樣的安排，而且他也發言了）

注意：was/were + to + 動詞不定式的完成式這一結構表示原定的某一事件並未真正發生。如：

- **Mr. Smith** was to have spoken **at the meeting, but he had to cancel because of his illness.** →史密斯先生原定在會議上發言，但他因為生病不得不取消計畫。

但不能說：

~~Mr. Smith has been to speak at the meeting.~~
~~Mr. Smith will be to speak at the meeting.~~

134. 用be還是have?

當我們談論身體常有的感覺（餓、渴、熱、冷等）時，一般用be動詞（或feel）＋形容詞，而不用have＋名詞。

- **be hungry/thirsty/sleepy**→覺得餓／渴／睏
- **be hot/warm/cold**→覺得熱／暖和／冷

be還可以用來談論年齡、身高、體重、大小、形狀和顏色。have則不可以。

- **She is 12 years old and she has been going to school for six years.**→她12歲而且已經上了6年學了。
- **The average height of a Wooly Mammoth is about 11 feet tall.**→長毛猛瑪象的平均身高大約為11英尺。

have除了可以充當助動詞，以及與動詞不定式連用（have to do/have got to do）談論必須做某事之外，還可以用作實義動詞。

在生活中，當我們使用正式的動詞時，有時會顯得過分做作。這時候，就可以使用have＋受詞的結構來談論動作行為和經歷，使得表達更加自然。這種結構在非正式文體中尤其常見。

在以上這類表達方式中，have表示「吃」、「喝」、「玩」、「經歷」等多種含義，其確切的含義取決於它後面所跟的名詞。常見的表達方式見下表：

have+名詞 代替普通動詞	
表示產生	have a baby, have an idea
表示吃喝	have breakfast/lunch/supper/dinner/tea/coffee/a drink/a meal

表示做事	have a swim/a walk/a ride/a dance/a game of tennis
	have a try/a go
	have a look/a bath/ a wash/a shave/a shower
	have a talk/a chat/a conversation/a disagreement/a row/a quarrel/a fight
	have a rest/a lie-down/a sleep/a dream
表示經歷	have a good time/a bad day/a nice evening/a day off/ a holiday
	have a good journey/flight/trip
	have an accident/an operation/a nervous breakdown
表示收到	have a letter, have a phone call

135. can/could與be able to表能力

can/could和be able + 動詞不定式（其否定形式是be unable + 動詞不定式）這種結構都可以用來表示能力，有時候兩者可以互相替換，尤其是在表示人的能力時。

- **They are able to/can run fast.** →他們能跑得飛快。
- **Susan is unable to/can't count yet.** →蘇珊還不會數數。
- **By the time he was fourteen, he could already speak five languages.** →他十四歲的時候已經會說五種語言。

由於can和could沒有不定式或分詞形式，在有些情況下，語法上不允許使用can/could，這時要用be able + 動詞不定式的表達方式。

- **He hasn't been able to seen his mother for years.**
  →他已經有好幾年無法見到他的母親了。
  （不能說：He hasn't could see...）
- **I will be able to take up my normal routine shortly.**
  →我不久就能處理日常事務了。
  （不能說：I will can take up...）

- **A good lawyer might be able to get you off.**
  →請位好律師有可能使你免受追究。
  （不能説：~~A good lawyer might can~~...）

我們多用can來表示「知道怎麼做」的意思。
- **Can you unfasten the lock catch of a box?**
  →你能打開箱子的鎖扣嗎？
  （比Are you able to unfasten the lock catch of a box?更為自然。）

can還常常與表示感知的動詞（see, hear, feel, smell, taste）連用，表達某一特定時刻看到、聽到等意思。
- **I can smell something burning.** →我聞到燒焦的氣味。
  （比I am able to smell something burning更為自然。）

此外，able後面一般不接動詞不定式的被動式。
- **You can be paid in cash weekly or by cheque monthly.**
  →你的工資可以按週以現金支取，或按月以支票支取。
  （比You are able to be paid...更為自然。）

最後，could只能表示「一般的能力」，若表示過去特定的能力（即某人在某一具體場合做某事的能力，往往暗示經過努力才具備的能力），通常用was/were able to（也可用managed to do something或succeeded in doing something）。因此當我們想要表達某人在過去的某個場合做了某事時，一般不能用could。試比較：
- **She started learning to play the piano at the age of eight and after only six months she could play it quite well.**
  →她八歲開始彈鋼琴，六個月之後就能彈得非常好了。
- **My brother wanted to carry on, but we managed to/were able to talk him out of it.** →我弟弟還想繼續，但我們説服他放棄了。
  （不能説：... ~~we could talk him out of it~~.）

值得注意的是，以上用法只適合於肯定句。若在否定句中，則可用couldn't代替 wasn't/weren't able to。
- **He worked hard but wasn't able to/couldn't pass the exam.**
  →他很努力讀書，但考試卻未能及格。

在感官動詞（see, hear, smell, feel, taste）以及表達思考過程的動詞（understand, believe, remember, decide）後，即使這時我們談論的是過去某個具體的場合，我們通常用could而不是was/were able to。

* **I could understand what she was talking about.**
  →我明白她在說些什麼。
* **He asked me when Julie's birthday was, but I couldn't remember.** →他問我朱莉的生日是哪天，但我想不起來了。

136. could have + 過去分詞結構

有時候，我們需要表達我們有能力做某件事，但是卻沒有去做，這時我們可以用一種特殊的結構來表達這個意思，即could have + 過去分詞。

* **I could have lent you the money. Why didn't you ask me?**
  →我本來可以借這筆錢給你的。你為什麼不問我？
* **She felt miserable. She could have cried.**
  →她感到很痛苦，差點哭了。
* **If I hadn't warned you, you could have been killed.**
  →要不是我警告了你，你可能就喪命了。
* **If the weather had been better, we could have had a picnic.** →如果天公作美的話，我們本可以去野餐的。
* **With a little care you could have avoided the accident.**
  →你要是小心一點，本來是可以避免這場事故的。

這種結構有時也可以用來表示過去可能已經發生的事情，此時其用法相當於may/might have + 過去分詞。

* **In the last 15 years, pilots have reported well over 100 incidents that could have been caused by electromagnetic interference.** →在過去的15年間，飛行員上報的飛機事故中，有100多起事故都可能是電磁干擾引起的。

- **All night the detective has been tossing and turning racking his brains to think what** could have possessed **the young man to kill himself.** →偵探整晚輾轉反側，絞盡腦汁想弄明白是什麼原因讓那個年輕人自殺。

137. 每天5分鐘超有感 may和might的區別

很多同學會有這種錯誤的觀念，認為may用於現在，might用於過去。實際上，might一般不表示過去，它和may相同，都用來談論現在和將來，但是在間接引用中might可以作為may的過去式來轉述已經給予的許可。兩者之間的主要區別如下：

1) may和might都可以用來請求准許，這兩個詞相當正式。might含有試探和猶豫不決的意思，主要用在間接問句結構裡。

- **May I have a customs declaration form, please?**
  →請給我一份海關申報表好嗎？
- **I wonder if I** might **trouble you to give me a lift to the airport?** →不知能否勞駕您載我到機場去？

（比Might I trouble you to give me a lift to the airport?更自然。）

2) may和might都可以用來談論可能性，這時might不是may的過去式。might所表示的可能性比may所表示的可能性更小一些——當人們認為某事可能發生但發生的可能性不大時，就用might。

- **He** may **be busy getting ready for the conference.**
  →他也許正忙著為會議做準備。

（或許有50%的可能性。）

- **She** might **be doing her lessons now.** →她也許正在寫功課吧。

（或許有30%的可能性。）

此外詢問某事發生的可能性時，may一般不用於直接問句中（但可以用於間接問句）。

- **Are you** likely **to be out late tonight?**
  →今天晚上你能在外面待到很晚嗎？

（不能說：~~May you be out late tonight?~~ 但可以說：Do you think you may be out late tonight?）

might可以用於直接問句，但這種用法相當正式。

• **Might you be out late tonight?**
 →今天晚上你能在外面待到很晚嗎？
（更自然的說法：Do you think you may/might be out late tonight?）

3) 在正式文體中，may可以用來表示願望和希望，但might不能這樣用。

• **Long may you live!** →願您長壽！
• **May you succeed!** →祝你成功！

138. must與should/ought

每天5分鐘超有感

should與ought都可以用來談論義務和職責以及推斷某事是確定的，意思與must類似，但它們之間在用法上還是有一些細微的差別。must語氣更強、更肯定，表示對某事的必要性或者對某事的真實性有很大的把握；should和ought則表示不是很有把握。

• **We ought to use re-usable bags when shopping.**
 →購物時我們應該使用可重複利用的購物袋。
（這一勸告可以照辦，也可以不照辦。）
• **Stores must give out recyclable plastic bags.**
 →商店必須使用可回收的塑膠袋。
（這一命令很可能得到執行。）
• **The pipes should be made of plastic. (= I think they are probably made of plastic.)** →這些管子應該是用塑膠製作的。
• **The pipes must be made of plastic. (= I'm sure they are made of plastic.)** →這些管子肯定是用塑膠製作的。

如果我們希望指示聽起來更客氣一些，可以用should代替must。

• **Employers should consider all candidates impartially and without bias.** →雇主應該公平而毫無成見地考慮所有求職者。

- **The school's approach should be complementary to that of the parents.** →學校與家長的教育方法必須相輔相成。

should和ought可以用來預測，表示從邏輯上或者按常理推測某事是可能的。must往往不這麼用。

- **My new bike is on order and should arrive next week.**
  →我訂購了一輛新的腳踏車，下個星期應該會到貨。
  （不能說：... and must arrive next week.）
- **He should be free tomorrow.** →他明天應該有空。
  （不能說：He must be free tomorrow.）

should have和ought to have + 過去分詞可以用來談論過去未完成的義務，must則不這樣用。

- **We should have had a proper discussion before making a decision.** →我們本應在做決定之前好好討論一下才是。
  （但不能說：We must have had a proper discussion...）

每天5分鐘超有感

139. 表示現在的義務：must, have to 和have got to

must, have to和have got to都有「必須」的意思，都可以用於談論責任和義務的陳述句中。

- **You must be prepared to give the job your undivided attention.** →你必須準備好全心全意投入工作。
- **He has to wear a belt to make his trousers stay up.**
  →他必須繫上皮帶褲子才不會掉下來。
- **I have got to pick up something on my way home.**
  →回家時我得順便買點東西。

一般情況下，must側重於說話者的主觀看法，表示說話者認為做某事是必要的；have to/have got to則側重指客觀需要，常表示某項義務是出於外部原因（如規章制度或他人命令）。have got to在非正

式文體中十分常見，have to相對來說稍微正式一些。試比較：

- **I must clean the house before mum gets back. I want her to find it all neat and tidy.** →我必須在媽媽回家前把房子打掃一下，我希望她看到房子又乾淨又整潔的樣子。

（強調由於說話者自身的原因而必須打掃房子。）

- **Sorry, I can't come out now. I've got to tidy up my room before my mum allows me out.** →對不起，我現在無法出門。我得整理我的房間，否則我媽媽不准我出去。

（強調由於媽媽的命令而不得不做某事。）

- **I'm so sorry that I have got to go. I have a business appointment right now.**

→非常抱歉我得走了，我現在有個商業會談。

（強調由於有商業會談而不得不離開，have got to常出現在口語表達中。）

have to常和頻率副詞always, often, sometimes, never等詞連用。

- **She usually has to wash the greasy pots and pans.**

→她通常得洗沾滿油污的鍋子。

- **We sometimes have to get our own suppers if mum is working late.** →有時候媽媽較晚下班，我們就得自己做晚飯。

140. 每天5分鐘超有感 如何表示過去和將來的義務？

must和have got to都沒有未來式或者過去式，那麼當需要表示將來或者過去的義務時，我們應該怎麼辦呢？

我們可以用will have to和have (got) to來表示將來的義務。will have to側重純粹談論將來必須做的事；have (got) to則用於現在已經確定將來有必要做某事的情況。試比較：

- **People will have to make decisions about what the best path is.** →人們得做出決定，確定最好的途徑。

- **My toothache is killing me. I have got to have that tooth extracted tomorrow.**
  →我的牙痛快要把我折磨死了。明天我得去把那顆牙拔了。

must可以用來對將來要做的事發出命令或指示。

- **You must let me have the annual report by ten o'clock tomorrow morning.** →你得在明天上午十點前把年度報告交給我。

但如果想讓指示和命令聽起來緩和一些，我們也可以用將來時態的will have/need to。

- **I'm afraid you will have to stay in hospital for several days.** →你可能需要住院幾天。

（比You must stay in hospital for several days語氣更緩和。）

除了在間接引用中用在轉述動詞的過去式之後，must一般不用來表示過去必須做某事。談論過去存在的義務，我們可以用had to。

- **The bus had to deviate from its usual route because the road was closed.** →因為道路封閉，公車只得繞道而行。
- **He had to drop out of the race because his leg was injured.**
  →因為腿受傷了，他不得不退出比賽。

must have + 過去分詞的結構表示猜測過去某事一定發生過，常用來談論對過去的確定性。

- **The president himself must have realized a failed operation would have been a political disaster.** →總統自己也一定已經意識到，一次失敗的行動將成為一場政治災難。
- **She must have been well disciplined for her orderliness.**
  →她有條不紊，一定受過良好的訓練。

141. 每天5分鐘超有感 needn't + have +過去分詞

needn't + have + 過去分詞常用來談論某人已經做了某件事情，但是不必要做。

- **I needn't have written to my mum because she phoned me shortly afterwards.**
  →我本來不需要寫信給媽媽，因為信寄出不久她就打電話給我了。
- **You needn't have watered the flowers, for it is going to rain.** →你本來不必澆這些花，因為就要下雨了。

注意在下面情況下needn't + have + 過去分詞與didn't need to的用法是有差異的。

- **You needn't have hurried; he never turned up.**
  →其實，你根本用不著這麼趕，他壓根沒來。
  （沒必要趕過來，但「你」著急地趕過來了。）
- **You didn't need to hurry.** →你沒有必要這麼趕。
  （沒必要趕，我們不知道「你」是否有趕。）
- **She needn't have brought her umbrella.**
  →她真沒必要帶雨傘。
  （她帶了傘，但是沒必要。）
- **She didn't need to bring her umbrella.** →她沒必要帶雨傘。
  （帶傘是不必要的──沒有說她最終是否有帶，可能帶了也可能沒帶。）

142. 每天5分鐘超有感 ought to的疑問句、否定句構成

ought to的疑問句和否定句不用do來構成。

- **Ought we to help them?** →我們是不是應該幫助他們？
  （不能說：~~Do we ought to...?~~）
- **It oughtn't to take much longer.** →照理說不應該再花太多時間。

在附加問句中，to需要省略。

- **Children ought to be able to read by the age of 7, oughtn't they?** →兒童在七歲時就應該具備閱讀能力，是不是？

在非正式文體裡，ought to很少出現在疑問句或否定句中，這時我們通常用should來代替ought to，或者用think... ought to...的結構。

- **Should we tell her?** →我們是否應該告訴她？
  （比Ought we to tell her?更自然。）
- **We ought to be more careful, shouldn't we?**
  →我們應該要更小心一點，不是嗎？
  （比We ought to be more careful, oughtn't we?更自然。）
- **Do you think I ought to consult a doctor?**
  →你認為我應該諮詢醫生嗎？
  （比Ought I to consult a doctor?更自然。）

143. 每天5分鐘超有感 ⏰ ought to have... 談論過去

ought to沒有過去式，但是我們可以用ought to have + 過去分詞的形式來談論本該發生但是沒有發生的事情。

- **I ought to have told you that yesterday, but I forgot.**
  →那件事我本應昨天就告訴你，但是我忘了。
  （不能說：~~I ought to tell you that yesterday, but I forgot.~~）
- **We ought not to have wasted so much time over it.**
  →我們真不應該在這件事上浪費那麼多時間。
- **They ought to have apologized, but they didn't.**
  →他們本應該道歉的，但他們沒有。

這個結構還可以用來猜測或推斷到現在或者將來某個時間應該已經發生了的事情。

- **If they had started at four o'clock, they ought to have got there by now.** →他們如果是四點出發的，現在該到那兒了。
- **The workers ought to have finished the work by the end of this month.** →到這個月底，工人們的工作就應該完成了。

144. ought與always, really等 副詞連用時的語序

像always, really, never等這些位於句中位置的副詞，可以放在 ought的前面或後面。在非正式文體中，放在ought前面更加常見。

• **You really ought to stay in bed; remember, Mother knows best!** →你真應當臥床靜養。記住，母親說的最有道理！（不太 正式）

• **A wise man ought always to follow the paths beaten by great men.** →一個聰明人應該永遠沿著偉大人物開闢的道路前進。（比 較正式）

145. should用於that-子句中

英式英語中，在表達動作重要性或必要性的形容詞後面的that-子句 中可以用should。

• **It is absolutely normal that there should be rules in place to protect sponsors.**
→制定相關政策以保護贊助商的利益，是十分正常的。

• **It is necessary that a person should provide against a rainy day.** →一個人應居安思危，未雨綢繆。

• **It is very important that we should follow the manufacturer's instructions.** →對我們來說，遵照廠商的說明很重要。

表示類似概念的某些動詞（如advise, suggest, order, propose, require, demand, request, insist, recommend）之後也可以這麼 用，特別是在時態是過去式的句子中。

• **Doctors recommended that the drug should be taken off the market.** →醫生建議市面上應停止出售該類藥物。

• **I insisted that we should wait for his return.**
→我堅決要求我們等他回來。

- **We suggested that these goods should be packed off at once in a special train.** →我們建議馬上用專車運走這些貨物。

在美式英語中，should的這種用法很少見，而是用假設語氣。

- **It is important that every member be informed of these rules.** →重要的是每個成員知道這些規則。
- **I insisted that we wait for his return.**
  →我堅決要求我們等他回來。

此外，should也可以用在表示對某事做出某種判斷和反應的詞語（如amazing, interesting, shocked, sorry, normal, natural）後面的子句中。這種用法在英式英語中更為常用，且不是特別正式。

- **It is strange that he should be here so late today.**
  →真奇怪他今天竟然來得這麼晚。
- **It is surprising that anyone should believe such a strange rumour.** →真奇怪竟然有人相信這種莫名其妙的謠言。
- **I am sorry that he should be so half-hearted about the important work.**
  →我很遺憾，對這麼重要的工作他竟這樣敷衍塞責。

在美式英語中，這種句子裡更常用would。

- **It is natural that he would disagree with you.**
  →他不同意你是當然的。
  （英式英語：... that he should disagree with you.）

這類句子也可以不用should，但不能用假設語氣。

- **It is surprising that a man like that was elected.**
  →那樣的人竟然當選真是令人驚訝。
  （不能說：~~It is surprising that a man like that be elected.~~）
- **I was shocked that the robbery was carried on in daylight.**
  →光天化日之下竟然發生搶劫案，我感到極為震驚。
  （不能說：~~I was shocked that the robbery be carried on in daylight.~~）

146. 每天5分鐘超有感 在過去式中如何表達should的含義？

should作為情態助動詞，與不加to的不定式連用時，一般不用來談論過去的事情，但如果直接引用中用should，那麼在表示過去的間接引用中仍用should。

- **I thought "I shouldn't be so careless". → I knew that I shouldn't be so careless.**
  →我想「我不應該那樣大意」。→我知道我不應該那樣大意。

如果想要談論過去的義務和對過去的事情的推斷時，我們可以用was/were supposed to...等形式來替代。

- **The bridge was supposed to have been completed by 2012.** →這座橋預計該在2012年前完工。
- **He was supposed to make the introductory speech, but he chickened out at the last minute.**
  →他本應該做開場致詞，但在最後一分鐘卻臨場退縮了。
  （不能說：He should make the introductory speech...）
- **The book was supposed to be good, but I thought it was a load of crap.** →傳聞說這本書很好，但我覺得它一派胡扯。
  （不能說：The book should be good...）

147. 每天5分鐘超有感 would和used to談論過去的習慣

would和used to均可以用來談論過去的習慣，指過去反覆發生的動作和事件。

- **When my parents were away, my grandmother would take care of me.** →以前爸爸媽媽不在家的時候，通常是奶奶照顧我。
- **When we were boys we used to/would go swimming every summer.** →小時候，每到夏天我們都要去游泳。

但是，只有used to可以表示過去持續的狀態或情形；would則只能用來表示反覆重複的動作，不能談論狀態。

- **My dad always used to read me a story before I went to bed. (= My dad would always read me a story before I went to bed.)** →以前爸爸總在我上床睡覺前給我講一個故事。

- **I used to live near my work place.**
  →我曾經住在離我工作地點很近的地方。
  （不能説：~~I would live near my work~~.）

- **When I was young I used to have a lot of free time.**
  →我年輕的時候常常很閒。
  （不能説：... ~~I would have a lot of free time~~.）

- **School children used to know the story of how Abraham Lincoln walked five miles to return a penny he'd overcharged a customer.** →過去，學校的孩子們都知道亞伯拉罕·林肯怎樣步行5英里退還向顧客多收的1便士的故事。
  （不能説：~~School children would know the story~~...）

請注意，would和used to都不能用來表示過去某件事情發生了多少次。

- **We went to Tokyo Disneyland several times when I was a child.** →我小的時候，我們去過東京迪士尼好幾次。
  （不能説：~~We would go to Tokyo Disneyland several times~~...或者 ~~We used to go to Tokyo Disneyland several times~~...）

每天5分鐘超有感
148. would表示過去的意願或過去拒絕做某事

would作為情態助動詞，可以泛指過去願意做某事。

- **I would sweep the floor, dust the cupboard, make the bed, but I didn't like washing the dishes.**
  →我願意掃地、擦櫃子和鋪床，但不喜歡洗碗。

would not則可以用來指在過去某一特定場合拒絕做某事。

- **I offered him some juice, but he wouldn't drink it.**
  →我請他喝果汁，但他不肯喝。
- **She wouldn't change it, even though she knew it was wrong.** →即使她知道這樣不對，她也不願意有所改變。

有趣的是，wouldn't表示拒絕時，其主詞有時可以是「物」。如：

- **Try as I might, the door wouldn't open.**
  →不管我怎麼試，這扇門就是打不開。

149. would與動詞wish連用表願望

wish後面的that-子句中，常常使用would，表示對某事不會發生感到遺憾或惱怒。

- **I wish you would turn the TV down a bit. (= Why won't you turn it down a bit?)** →我真希望你能把電視的音量調小一些。
- **I wish my mother would stop interfering and let me make my own decisions. (= My mother will keep interfering.)**
  →我希望我母親不再干預，讓我自己拿主意。

與wish... wouldn't...連用的句子指確實發生或將會發生的事情。

- **I wish you wouldn't mess up my room. (= You will keep messing up my room.)** →我希望你別把我的房間弄得亂七八糟。
- **I wish he wouldn't sing in the bath.** →我希望他洗澡時別唱歌。

有時，我們還可以用這種結構來表達命令或者提出批評性的要求。試比較：

- **I wish you wouldn't talk and give the show away. (= Please don't talk and give the show away.)**
  →我希望你不會多嘴而走漏消息。
- **I wish you didn't talk and give the show away. (= It's a pity.)** →要是你沒多嘴走漏消息就好了。

在間接引用中，動詞不定式可以和疑問代名詞who, whom, what, which和疑問副詞when, where, how以及連接詞whether連用，用來表示必要性和可能性之類的概念。

- **Thirty-seven percent said they had already decided who to vote for.** →百分之三十七的受訪者表示已決定投票給哪位候選人。
- **We're both uncertain about what to do.**
  →我們倆都拿不定主意該怎麼辦。
- **He taught me how to create and register a new web page.**
  →他教我如何製作和註冊新網頁。
- **They are trying to decide where to situate the hotel.**
  →他們正設法確定飯店的修建地點。
- **One must learn when to speak and when to keep silent.**
  →一個人必須學會知道什麼時候講話，什麼時候沉默。
- **You'd better decide for yourself whether to accept the work.** →是否接受這項工作，你自己拿主意吧。

但是，也有一個疑問詞是個例外，那就是why。在間接引用中，why後面不能用不定式結構。

- **I can't understand why I should leave.**
  →我不明白我為什麼應該離開。
  （不能說：I can't understand why to leave.）

注意，在直接問句中，我們通常不用When to..., What to...等開頭，而是常在疑問詞後用shall和should。

- **How shall we go there? By bike or by bus?**
  →我們怎麼去呢？騎腳踏車還是坐公車？
  （不能說：How to go there?）
- **What should we do?** →我們該怎麼辦呢？
- **Who shall we play as striker?** →我們要派誰擔任前鋒？

此外，説明書、廣告傳單、書籍等的標題也常採用疑問詞 + 動詞不定式的結構，但請注意，這些不是疑問句。

- **HOW TO TUNE YOUR GUITAR** →如何給吉他調音
- **WHAT TO DO IN CASE OF A HURRICANE** →發生颶風怎麼辦

151. 動詞不定式的否定形

動詞不定式的否定式一般是將否定詞not或never置於不定式之前，即構成not to do 或never to do 的形式。如：

- **You should try not to eat between meals.**
  →兩餐之間儘量別吃東西。
- **He strongly advised me not to do so.**
  →他強烈建議我別這樣做。

如果動詞不定式為完成式（to have +過去分詞）或被動式（to be + 過去分詞），否定詞應置於整個結構之前。如：

- **He pretended not to have heard this remark.**
  →他假裝沒有聽到這句話。
  （不能説：He pretended to have not heard this remark.）
- **He is not to be blamed.**
  →不應該怪他。

in order to...或so as to...的否定式通常是將否定詞置於不定式符號to之前，而不是整個結構前。如：

- **Don't make noise in the reading room in order not to disturb others.**
  →在閱覽室裡不要製造噪音，以免妨礙別人。
  （不能説：... not in order to disturb others.）
- **She's dieting so as not to get fatter.**
  →她正在節食以免發胖。
  （不能説：... not so as to get fatter.）

152. 動詞不定式什麼情況下省略to？

我們通常在動詞不定式前用to，但是在某些特殊情況下，to卻需要省略。這類用法歸納起來主要有以下幾種情形：

1) 在情態助動詞will, shall, would, should, can, could, may, might和must之後，要使用不帶to的動詞不定式。

• **You will need to complete four written assignments per semester.** →你每學期要完成四個書面作業。

• **Getting a visa isn't as simple as you might suppose.**
→辦簽證不像你想的那麼容易。

2) 在let, make, have, see, hear, feel, watch, notice和help等動詞後，需要用受詞 + 不帶to的動詞不定式。

• **She let the news slip by mistake.** →她一不留神洩露了消息。

• **I had not heard her cry before in this uncontrolled way.**
→我從未聽過她這樣失聲痛哭。

3) 兩個動詞不定式結構由and, or, except, but, than, as或like連在一起時，第二個動詞不定式常常不帶to。

• **I would like to skate and ski with my friends.**
→我想要跟朋友們一起滑雪溜冰。

• **We had nothing to do except hang around the ice cream parlor.** →我們無事可做，只是在冰淇淋店閒晃。

4) 在why (not) 之後使用不帶to的動詞不定式。why後面跟不帶to的不定式結構，表示某一動作是不必要的或是無意義的；why not + 不帶to的動詞不定式，用來提出建議。

• **Why take the trouble to do that?** →何必多此一舉？

• **You need a break. Why not take a day off from work?**
→你需要休息，為什麼不休一天假呢？

5) 在解釋do的精確意思的子句中（如All I did was..., What I do is ...），可以含有不帶to的動詞不定式。

• All I did was **(to) expose** him to the truth.
→我只是在告訴他真相。

• What I can do is **(to) sit** back and hope for the best.
→我所能做的只是坐在一旁往好處想。

153. 每天5分鐘超有感 動詞不定式完成式的用法

動詞不定式完成式的基本形式為to have done，它所表達的意思和完成時態一樣。

• I am sorry to have mentioned it. (= I'm sorry that I have mentioned it.) →我為提到這件事感到十分抱歉。

• We hope to have finished the task by next Friday. (= We hope that we will have finished the task by next Friday.)
→我們希望下週五前完成這項任務。

動詞不定式的完成式還可以表示與過去真實發生的情況相反的「不真實」的情況，即表示過去本來打算要做，但實際上沒有做成的動作。如：

• I would like to have emigrated, but my wife opposed the idea.
→我本想移居國外，但我妻子不贊成。

• I should like to have been told the result earlier.
→我倒是希望早點知道結果。

• I meant to have told you the result earlier, but I forgot to do so.
→我本想早點告訴你結果的，可是我忘記了。

154. 動詞不定式表目的

動詞不定式常用來談論人們的目的，即某人做某事的理由。

- **We began advertising in the local paper to attract more customers.** →為了吸引更多顧客，我們開始在當地報紙登廣告。
- **The government has taken a number of measures to alleviate the problem.** →政府採取了一系列措施來緩解這個問題。

同樣的概念我們還可以用in order to或者so as to來表達。

- **You should write clear definitions in order to avoid ambiguity.** →釋義要寫清楚以免產生歧義。
- **I got up at six so as to make certain of being in time.** →我六點起床以確保準時。

155. -ing形式與限定詞連用

所有格（如my, your, his等）、指示代名詞（如this, those等）、冠詞（如an, the等）可以與-ing形式連用。

- **Many attended the opening of the new stadium.** →很多人參加了新體育館的開幕典禮。
- **Would you mind my opening the window?** → 你介意我打開窗戶嗎？
- **I wonder at her doing that.** →我對她那樣做感到不解。
- **She is tired of this pointless arguing with her father.** →她厭倦了和父親的這種毫無意義的爭辯。

-ing也可以和所有格's的形式連用。

- **Mary made a great to-do about her husband's forgetting her birthday.** →瑪麗的丈夫把她的生日給忘了，她為此大吵大鬧一番。

在非正式英語中，更常見的是使用me, you, John這樣的形式，尤其是當它們用於動詞或介係詞之後時。

- **Would you mind me opening the window?**
  →你介意我打開窗戶嗎？

如果已經清楚知道誰是談話對象，動詞-ing形式之前就不用所有格和代名詞。

- **Thank you for lending me your car.** →謝謝你把車借給我。

另外，在某些動詞（如see, hear, watch, feel）之後，所有格一般不能和-ing形式連用。

- **I hear him knocking at the door.** →我聽見他在敲門。
  （不能説：~~I hear his knocking at the door.~~）

156. 每天5分鐘超有感 具有被動意義的-ing形式

在某些特殊的結構中，-ing形式具有被動意義。這種主動形式表示被動意義的結構在英式英語中更為常見，主要見於以下幾種情況：

1) 在need, require, want等表示「需要」的動詞後。

- **The interior of the house needs painting. (= ... needs to be painted.)** →房子內牆需要粉刷一下。
- **This machine requires regular servicing.**
  →這台機器需要定期檢修。
- **Your hair wants cutting.** →你需要理髮了。（只用於英式英語）

2) 在deserve, merit和worth等表示「值得」的詞後。

- **The idea is worth revisiting at a later date.**
  →這個觀點值得以後進一步探討。
- **Their orchestra deserves ranking with the best in the world.** →他們的樂隊稱得上是世界第一。

3) 在past, beyond等表示「超越」、「在……之外」這類介係詞後。

- **His behaviour is past understanding.**→他的行為讓人無法理解。
- **The military equipment captured was beyond counting.**
  →繳獲的武器裝備不可勝數。

157. to用作介係詞 + -ing

to可以是動詞不定式的標記，提示我們下一個詞是動詞不定式（如 to work, to play），也可以是介係詞，後面跟名詞（如I'm looking forward to your reply）。如果to用作介係詞，其後就不能跟動詞不定式，要用動詞的-ing形式。to用作介係詞的常用片語有：look forward to, object to, be/get used to, perfer (doing one thing to doing another), be accustomed to, in addition to, get around to。

- **I look forward to seeing you again.**→我期待與你再次相見。
- **Some people strongly object to developing private cars.**
  →有一些人強烈反對發展私人汽車。
- **Nowadays most kids prefer watching TV to reading.**
  →現在大多數孩子都喜歡看電視而不喜歡讀書。
- **It's hard to get used to living in a place without electricity.**
  →要習慣在一個沒有電的地方生活是十分困難的。

有些動詞和形容詞（如agree, consent, entitled, inclined）既可以與介係詞to連用，後面跟名詞或者-ing形式，也可以與to連用，後跟動詞不定式。

- **They agreed to cooperate with each other.**
  →他們同意相互合作。
- **He agreed to our sending Jack to Hong Kong.**
  →他贊成我們把傑克派去香港。

158. 每天5分鐘超有感 wish + 動詞不定式表願望

在正式文體中，我們可以用動詞wish + 動詞不定式表示want的意思。

- **I wish to take this opportunity to thank you all.**

  →我願借此機會向大家表示感謝。

  （非正式：I want to take this opportunity...或者I'd like to take this opportunity...）

- **I don't wish (= I don't mean) to be rude, but could you be a little quieter?** →我無意冒犯，但是您不能安靜點嗎？

請注意，wish不能用於進行式。

- **I wish to consult you on a few questions.**

  →我有幾個問題向您領教。

  （不能說：~~I am wishing to consult you on a few questions~~.）

也可以用受詞 + 動詞不定式的結構。

- **My aunt Lucy wishes me to visit her.**

  →我的姑姑露西希望我去探望她。

  （也可以說：My aunt Lucy wants me to visit her.）

159. 每天5分鐘超有感 懸垂分詞結構

Walking down the street, a limousine caught my attention.

在這個句子中，walking down the street這個動作本應該由某個人發出，但是後面的主句中所包含的兩個名詞limousine和attention都不能充當這個動作的發出者。狀語子句的主詞與主句的主詞不一致，這種情況被稱為懸垂分詞結構，一般認為是錯誤的。這個句子應該這樣改正：

- **While I was walking down the street, a limousine caught my attention.** →我走在街上時，一輛豪華加長轎車吸引了我的注意。

或者也可以說：
- **Walking down the street, I noticed a limousine.**
  →走在街上，我注意到了一輛豪華加長轎車。

再看一個例句：
To get the order out on time, temporary help had to be hired.

同樣的，在這個例句中，to get the order out on time這個動作應該由人發出，但主句中的主詞卻為temporary help。那麼到底應該由誰按時完成訂單呢？答案很顯然，應該是老闆（the boss）或者是公司（the company）。但這兩者在句中都沒有提到。因此，要使句子符合文法規則，必須加入一個合適的名詞作為不定式結構的邏輯主詞。
- **To get the order out on time, the company/Mr. Greg had to hire temporary help.**
  →為了按時完成訂單，公司／葛列格先生不得不雇用臨時幫手。

某些-ing分詞或由其構成的片語常用來表示說話者對所說的話的態度，它們已變成了固定說法，可以看作是獨立成分。如：
- **generally speaking**→一般來說
- **judging from...**→從……來判斷
- **talking of...**→說到……
- **allowing for...**→考慮到……
- **considering...**→考慮到……
- **counting...**→算上……
- **assuming...**→假定……
- **supposing...**→假定……

160. 不和副詞連用的動詞
毎天5分鐘超有感

你能發現下面句子中的錯誤嗎？
She always looks elegantly.
It seems improbably that the current situation will continue.

有些動詞，本身有詞義，但不能單獨用作謂語，後面必須跟主詞補語，來説明主詞的狀況、性質、特徵等，這類動詞稱作「連綴動詞」。常見的連綴動詞包括：appear, fall, feel, get, grow, keep, go, prove, look, remain, taste, turn, seem, smell, sound, stay等。

連綴動詞後面常和形容詞連用，不用副詞，試比較：
* **He feels confident of further success.**
  →他對於再次獲勝信心十足。
* **He spoke confidently and with ease.** →他自信從容地進行演講。
* **Everybody sounds very enthusiastic about the idea.**
  →每個人都對這個想法非常感興趣。
* **Everybody spoke enthusiastically at the meeting.**
  →會議上大家發言很熱烈。

但是需要注意，這類動詞中有些動詞也可以用作普通動詞，這種情況下，它們需要和副詞連用，而不和形容詞連用。像這樣有兩種用法的動詞有appear, look, taste和feel。試比較：
* **She didn't appear surprised at the news.**
  →她聽到這消息時沒有顯得吃驚。
  （不能説：... appear surprisedly at the news.）
* **Scenes from our childhood still appear vividly before us.**
  →我們童年時代的光景還歷歷在目。
  （不能説：... appear vivid before us.）
* **It tastes delicious, and makes one run at the mouth.**
  →這味道真好，讓人垂涎三尺。

- **Some people say they can taste immediately the difference between organic and nonorganic food.**

→有些人說他們能嚐出有機食品和無機食品的味道不同。

161. afraid to do something 還是afraid of doing something？

afraid of + -ing分詞和afraid + 動詞不定式，常常是兩者都可以用，而意思沒有多少區別。試比較：

- **My aunt Lucy is afraid to fly/of flying.** →我姑姑露西害怕坐飛機。

然而，如果談論那些我們自己並不希望也不能決定而會突然發生在我們頭上的事情，則只可用-ing分詞。afraid to do something常用來談論那些我們願意做卻因為擔心後果，以至於不敢做的事情。試比較：

- **It was so windy that I was afraid to open the umbrella.**
  →風太大了，我不敢打開傘。
- **I don't like to speak English because I'm afraid of making mistakes.** →我不愛說英語，因為我怕講錯。
  （不能說：... to make mistakes.）
- **The farmer was always afraid of being cheated.**
  →那農民總怕上當受騙。

162. chance to do something與 chance of doing something

在現代英語中，當chance表示「可能性」時，後面通常跟of doing something的結構，表示「做某事的可能性」。

- **Is there any chance of getting tickets for tonight?**
  →有可能弄到今晚的票嗎？
- **He stands a fair chance of going abroad.** →他大有出國的希望。

當chance表示「機會」時，其後可接to do something，表示「做某事的機會」。

- **It was a chance to start afresh.**
  →這是個重新開始的機會。
- **Did you have a chance to do any sightseeing?**
  →你有沒有出去遊覽的機會？

每天5分鐘超有感
163. like to do something還是 like doing something?

like之後可以跟帶-ing的形式，或跟動詞不定式，那麼兩者之間是否有區別呢？

like doing something通常用於泛指喜愛某項活動，此時like相當於enjoy，這種用法在英式英語中尤為常見。

- **My dog likes chasing rabbits.**
  →我的狗喜歡追捕兔子。
- **The old man likes raising rabbits, chickens, dogs and horses.**
  →這個老人喜歡養兔子、雞、狗和馬。
- **He likes working with the clay with his hands.**
  →他喜歡用手捏黏土。

like to do something可以用來談論選擇和習慣。like to可以表示 "choose to（喜歡做）", "in the habit of", "think it right to（認為那樣是對的）"等含義。

- **The boy likes to walk on the sand with bare feet.**
  →這男孩喜歡赤腳走在沙灘上。
- **My sister likes to learn art pottery in her spare time.**
  →我妹妹喜歡在空閒時間學習陶藝。

164. mean to do和mean doing

動詞mean之後可以跟受詞 + 動詞不定式，也可以跟名詞或-ing分詞，但兩者表達的意思卻不同，很多同學在使用時經常會出現誤用的情況。比如說下面這個例子：

Being a good parent means to make a child feel loved.

mean to do something表示的是「有意做某事」，此時mean相當於intend，其主詞通常是表示人的名詞或代名詞。

- **Sorry, I didn't mean to frighten you.**
  →對不起，我沒有嚇唬你的意思。
- **I don't mean to interrupt. Please go on.**
  →我並不想打斷你，請你繼續說。

mean doing something表示「意味著（必須要做某事或導致某種結果）」，這時mean相當於involve，其主詞通常是指事物的詞。

- **Children universally prefer to live in peace and security, even if that means living with only one parent.** →孩子們普遍願意過平靜安寧的生活，即使那意味著只能和單親生活在一起。
- **Missing the train means waiting for an hour.**
  →錯過火車就等於要等上一個小時。

因此，上面那個句子中將mean doing something誤用成了mean to do something，應改為：

- **Being a good parent means making a child feel loved.**
  →做一個好家長就意味著讓孩子感受到你的愛。

165. 動詞片語與受詞連用時的詞序

許多英語動詞後面可以跟短小的副詞構成動詞片語，這些動詞片語的意思往往與兩個詞拆開後的意思相差甚遠。

- **Tom has brought out another new book.**
  →湯姆又出版了一本新書。
  （brought out 的意思不同於brought + out。）
- **Let's put off our wedding till the Spring Festival.**
  →我們的婚事春節再辦吧。
  （put off 的意思不同於put + off。）

當動詞片語的受詞是名詞時，動詞片語中的副詞既可以放在作受詞的名詞前，也可以放在作受詞的名詞後。

- **They quickly put out the fire. (= They quickly put the fire out.)** →他們迅速將火撲滅。

但是，如果動詞片語的受詞是代名詞，則習慣上應將作受詞的代名詞放在動詞和副詞之間。

- **That coat is soaking—take it off.** →外套濕透了──脫下來吧。
  （不能說：... take off it。）
- **I felt for the electric light switch in the wall and turned it on.** →我摸索著找到了牆上的開關，把它打開。
  （不能說：... and turned on it。）
- **If a dog has babies, you can put an ad in the paper and give them away.**
  →如果狗生了狗寶寶，你可以在報紙上刊登廣告把它們送出去。
  （不能說：... and give away them。）

166. 每天 5 分鐘 超有感 afford的正誤用法

看看下面兩個句子，你會如何翻譯？

1. 我們買得起新房子嗎？
2. 我要是能天天吃到新鮮的肉就好了。

你知道可以這麼翻譯嗎？

1. Can we afford a new house?

2. I wish I could afford to dine off fresh meat every day.

這兩個句子的翻譯涉及動詞afford的一些用法，現在我們一起來看看。

afford意思是「負擔得起」，通常與can或could連用。我們常說 someone can/cannot afford something，但afford通常不直接以 money為受詞。afford可以與動詞不定式連用，我們常說someone can/cannot afford to do something，而不說someone can/cannot afford doing something；此外，現代英語中，afford通常不用於被動語態。試比較：

- **If we can't afford beef, we have to do with pork.**
  →如果我們買不起牛肉，就得將就用豬肉了。
  （不能說：~~If we can't afford the money for beef...~~）
- **If you can't afford to pay cash, buy the furniture on credit.**
  →若是你付不起現金，可以賒購這套傢俱。
  （不能說：~~If you can't afford paying cash...~~）
- **No ordinary families can afford to hire servants.**
  →普通人家雇不起僕人。

167. 每天5分鐘超有感 do it, do that還是do so？

do it, do that和do so都可以用來避免重複。一般說來，當被代替的動詞是表示動作的動詞和短暫動詞時，三者都可以使用，並無多少差別。如：

- **John drank too much yesterday. I wonder why he did so/that/it.** →約翰昨天喝太多了，不知道他為什麼要這樣做。

但是，當我們想要表示前面已經提到過的同一主詞的同一行為時，常用do so。在其他情況下，多用do it/that或單獨用do。

- **If you haven't reserved a seat yet, I would advise you to** do so **without delay.** →你如果還沒有預訂座位，我建議你趕緊預訂。
- **I had been asked to drive in heavy traffic and had** done so **successfully.** →我被要求在車輛繁多的街道上開車，這一點我已經成功做到了。
- **I haven't got time to return the books. Who's going to** do that? →我沒有時間去還書。誰能去？
  （不能説：... ~~Who's going to do so~~?）
- **Peter's getting his house painted. And I'd like to** do that.
  →彼得找人粉刷房子。我也想那樣做。
  （不能説：... ~~to do so~~.）

需要注意，不能用do so/it/that來代替fall, lose, like, remember, think, own等詞，因為它們通常表示非有意的行為或狀態。

- **I think she lied. I** did **when she first spoke to me.**
  →我認為她説了謊。她第一次跟我説的時候我就這樣覺得了。
  （不能説：... ~~I did so/it/that when~~...）

168. enjoy的用法

先看看大家在使用enjoy時容易出現的錯誤：
I enjoyed very much during the trip last summer.
Thanks. I really enjoyed.
I enjoy to play basketball.

enjoy後面總跟有名詞或代名詞，或者跟有-ing分詞，不會接介係詞或帶to的不定式。

- **The happiness we enjoy today was not won easily.**
  →我們今天的幸福生活得來不易。
- **Most old people who lead active lifestyles enjoy good health.** →生活方式積極向上的老年人大多身體健碩。

- **Their diet mainly consists of fish and they enjoy it.**
  →他們的飲食主要以魚肉為主，而且他們也愛吃魚。
- **Lucy and George enjoy dressing up in Mother's clothes.**
  →露西和喬治喜歡穿上媽媽的衣服玩。

我們可以用enjoy myself/yourself/himself等來表示玩得痛快。

- **Some people enjoy themselves wherever they are.**
  →有些人能夠隨遇而安。
- **Bars are places where people gather to drink and enjoy themselves.** →酒吧是人們相聚飲酒享樂的地方。

"Enjoy!" 表示希望某人好好享用你送給他的東西。

- **Here's that book I promised you. Enjoy!**
  →拿去！這就是我說的那本書。希望你喜歡！

169. 每天5分鐘超有感 enter後面可以加into嗎？

很多同學使用enter這個動詞時，經常會犯下面這樣的錯誤：
The thieves entered into the building by the front door.
Before you enter an agreement of this nature, you should read the contract carefully.

enter在表示「進入」時後面不需要使用介係詞。

- **Everybody stands up when the judge enters the court.**
  →法官進入法庭時，所有人都起立。
- **He witnessed to having seen the man enter the building.**
  →他作證說看見那個人走進那幢房子。

在非正式的英語中，一般多用come into或者go into，很少使用enter。

enter into後面常跟表示抽象概念的詞，比如discussion, agreement, relationship等。

- **I have not** entered into **any official agreements with them.**
  →我還沒有和他們達成任何正式的協議。
- **The United States and Canada may** enter into **an agreement that would allow easier access to jobs across the border.**
  →美國和加拿大可能會達成協議，簡化跨國工作程序。

170.feel
每天5分鐘超有感

我們知道，feel可以作連綴動詞，當談到某個特定時刻的感覺時，我們通常既可以用feel的簡單式，也可以用進行式，意思沒有太大區別。

- **I** feel **fine. / I'm** feeling **fine.** →我感覺良好。

feel除了作連綴動詞，還可以作普通動詞，用來表示反應和看法。在這種情況下，feel後面常跟that子句連用，通常不用進行式。
- **We** feel **sure your future here is golden.**
  →我們確信你在這兒前程似錦。
- **I** feel **that not enough is being done to protect the local animal life.**
  →我覺得在保護當地動物方面做得還不夠。
- **I** feel **certain that it will all turn out well.**
  →我覺得最後肯定一切都會很好。

表示反應和看法，還有一種結構是：feel it (to be) + 形容詞／名詞。
- **I** felt **it advisable to do nothing.**
  →我覺得最好什麼也不做。
- **I** feel **it is my civic duty to vote.**
  →我認為投票選舉是我作為公民的義務。

171. feel like

先一起來看兩個含有feel like的句子：

• **He is so ill that he doesn't feel like eating anything.**
  →他病得什麼也不想吃。

• **I feel like a small child on the shore of the ocean who has picked up a pretty shell.**
  →我感覺自己像一個在海岸上撿拾到美麗貝殼的小孩子。

這兩個句子中雖然都含有feel like這個表達，但feel like所表達的意思和搭配卻不盡相同。下面，我們就對feel like的用法進行分別說明。

1) feel like表示want, would like的意思，後面接名詞、代名詞或-ing分詞，表示「想要」某物或「想要做」某事。

• **I don't feel like a walk just now.** →我現在不想去散步。

• **—Why did you do that?** →你為什麼那麼做呢？

• **—Because I felt like it.** →因為我想那麼做。

• **I feel like going to Europe for a visit next summer vacation.**
  →明年暑假我想去一趟歐洲。

2) feel like表示「感覺像（是）……」，後面接名詞或-ing分詞，也可以跟句子。

• **I am sick. I feel like I've got a cold.** →我病了，像是得了感冒。

• **I feel like a newborn baby.** →我感覺像是個新生的嬰兒。

• **Sometimes I feel like I'm living with a stranger.**
  →有時我覺得自己是和一個陌生人一起生活。

feel like後面跟句子時，其中like的用法常常相當於as if或as though，尤其是在非正式文體中。

• **He feels like his heart is breaking.** →他感覺心都碎了。

• **I feel like something terrifying is on its way.**
  →我感覺某個可怕的事情就要發生了。

172. give + 間接受詞 + 名詞代替及物動詞的用法

在非正式的文體中，可以用give + 間接受詞 + 名詞的結構來代替及物動詞，這種用法在美式英語或英式英語中都很常見，大家可以掌握一下這種用法。常用的表達方式有：

give somebody a smile/look/kiss/hug/phone call

give somebody a push/kick

give it a try/go/shot

give it a miss

give it a thought

- **She gave him a look that made words superfluous.**
  →她看了他一眼，這已表明一切，無須多言了。
- **I'm not so sure I'll be able to fix your skateboard, but let's give it a go and see if it works.**
  →我不確定能不能把你的滑板修好，但試一試吧，也許能修好。
- **The last line is not clear, let's give it a miss.**
  →最後一行不清楚，我們跳過不看吧。
- **Please remember to give me a phone call when you get there.**
  →到了那裡記得打通電話給我。

173. 動詞mean構成的疑問句

在與某人交談時，如果不明白對方為何要做某事或為何這樣說，你可以用帶有mean的疑問句來詢問對方的意思或意圖。可是我們經常會聽到同學們這麼問：What means...或者What is... mean。需要注意，mean的用法與其他普通動詞一樣，構成疑問句要用do。

- **What does this sentence mean?**→這個句子是什麼意思？
  （不能說：~~What this sentence means?~~）

另外還需要注意與mean搭配使用的介係詞。

● **What does she mean by "change" in the last sentence?**
　→她最後一句話中的 "change" 是什麼意思？

有時這樣問帶有質問的口氣，可以用來引出憤怒的抗議。

● **What do you mean by coming home so late?**
　→你竟敢這麼晚才回家？

我們也可以用這樣的問句表示不滿或者不同意某人剛說過的事。

● **What do you mean, you don't like my cooking?**
　→什麼意思，你不喜歡我做的飯？

174. 每天5分鐘超有感 prefer的用法

prefer用作動詞，意為「更喜歡，（兩者中）寧願選擇（其中之一）」。我們往往在prefer後面用兩個-ing分詞，來表示喜歡一項活動勝過另一項活動，第二個詞可以用to或者rather than引出。

● **She prefers singing to acting.** →她寧願唱歌而不願演戲。
● **I prefer reading books rather than watching TV.**
　→我寧願看書而不是看電視。
● **He prefers cooking for himself to dining out.**
　→他寧願自己做飯，不願外食。

prefer後面也可以跟動詞不定式，這種用法在would prefer後面很常見。在這種情況下，rather than後面既可以跟不帶to的動詞不定式，也可以用-ing分詞。

● **I prefer to stay home rather than go/going to the movie.**
　→比起看電影，我更喜歡宅在家裡。
● **Aside from abnormally lazy people, there would be very few who would prefer to do nothing rather than work.** →除了那些懶得出奇的人之外，很少人會寧願無所事事而不願工作。

- **We would prefer to reschedule the meeting for next week rather than having it today.** →我們比較希望把會議改到下星期開而不是今天就開。

175. seem和seem to be

每天5分鐘超有感

當seem後接形容詞時，如果談論的是客觀事實，即看上去肯定是真實的東西，通常用seem to be；如果談的是主觀印象，則只用seem。但由於這種區別在沒有上下文的情況下並不總是很清楚，所以在許多情況下兩個結構均可以用。如：

- **He seems (to be) quite happy.** →他似乎十分快樂。
- **The pipe seems to be blocked.** →管子好像堵住了。
- **He seems to be sick, for he appears pale.**
  →看樣子他病了，因為他面色看起來很蒼白。
- **The idea seems good, but it needs to be tried out.**
  →這辦法似乎很好，不過需要檢驗。
- **As its population grows larger, the world seems smaller.**
  →隨著人口的增多，世界似乎在逐漸變小。
  （不能説：... the world seems to be smaller.）

在名詞前通常要用seem to be。

- **I spoke to a man who seemed to be the owner of the house.**
  →我和一個看上去像是房子主人的人説話。
  （不能説：... who seemed the owner of the house.）
- **There seems to be an extraordinary number of people around for this time of day.** →今天這個時間這裡人出奇地多。

不過，在著重表現主觀感受的名詞片語前面，to be可以省略。此時名詞前通常會有一個描繪性形容詞修飾。

- **He seems (to be) a conscientious and polite young man.**
  →他看起來是個認真有禮的青年。
- **It seems (to be) a real bargain.** →這東西似乎很便宜。

176. 用take談論花費時間時常用的五種句型

大家都知道，take可以用來談論做某事需要花費多少時間。那你知道它常用的五種句型結構嗎？

第一種：人作主詞

- **The lawyer took a long time to interrogate the witness fully.** →律師花了很長時間仔細詢問目擊者。
- **We took several hours to get the gymnasium ready for the ball.** →我們花了幾個小時把體育館收拾好供舞會使用。
- **The young couple took a long time to round up enough money for a trip to Europe.** →這對年輕夫婦花了很長時間才攢足去歐洲旅行的錢。

第二種：活動作主詞

- **The journey took approximately seven hours.**
  →旅程大約花了七個小時。
- **The correction of compositions took a large part of the teacher's time.** →批改作文花去了老師的大部分時間。
- **The descent of the mountain took nearly two hours.**
  →下山差不多花了兩個小時。

第三種：活動的受詞作主詞

- **The bicycle will take two hours to assemble.**
  →把這輛自行車組裝好要花兩小時。
- **The tower took about 2 years to build.**
  →建這座塔花了大約兩年時間。

第四種：it作形式主詞

- **It took her a mere 20 minutes to win.**
  →她只花了20分鐘就贏了。
- **It took us the whole day to trek across the rocky terrain.**
  →我們花了一整天的時間艱難地穿過那片遍佈岩石的地帶。

- It took **me two days to peel off the labels.**
  →我花了兩天時間才撕下這些標籤。

第五種：使用before或until

- **It took some two hours** before **the crowd was fully dispersed.** →大概花了兩個小時才把人群全部疏散。
- **It takes years to work your way through the examination system** until **you gain a degree.**
  →你需要花上幾年時間奮力通過全部考試才能獲得學位。

看完前面的文法概念後,是否都學會了呢?快來試試「百分百核心命中練習題」檢測自己的學習成果吧!

----

❶ A computer _____ think for itself; it must be told what to do.
　A. can't　　　　B. couldn't　　C. may not　　　D. might not

❷ Jenny _____ have kept her word. I wonder why she changed her mind.
　A. must　　　　B. should　　　C. need　　　　D. would

❸ —There were already five people in the car but they managed to take me as well.
　—It _____ a comfortable journey.
　A. can't be　　　　　　　　B. shouldn't be
　C. must have been　　　　D. couldn't have been

❹ The fire spread through the hotel very quickly but everyone _____ get out.
　A. had to　　　B. would　　　C. could　　　D. was able to

❺ The old professor gave orders that the experiment _____ before 6.
　A. was finished　　　　　B. will finish
　C. be finished　　　　　　D. shall be finished

❻ But for the snow, we _____ earlier.
　A. will arrive　　　　　　　B. should have arrived
　C. arrive　　　　　　　　　D. arrived

❼ The little hero's pale face suggested he _____ dead.
　A. is　　　　　B. was　　　C. should be　　D. be

❽ One ought _____ for what one hasn't done.
　A. not to be punished　　　B. to not be punished
　C. to not punished　　　　D. not punished

❾ Go on _____ the other exercise after you have finished this one.
　A. to do　　　B. doing　　　C. with　　　　D. to be doing

❿ She pretended _____ me when I passed by.
　A. not to see　　　　　　　B. not seeing
　C. to not see　　　　　　　D. having not seen

⓫ The secretary worked late into the night, _____ a long speech for the president.
　A. to prepare　　　　　　　B. preparing
　C. prepared　　　　　　　　D. was preparing

⑫ The salesman scolded the girl caught _____ and let her off.
A. to have stolen
B. to be stealing
C. to steal
D. stealing

⑬ Charles Babbage is generally considered _____ the first computer.
A. to invent
B. inventing
C. to have invented
D. having invented

⑭ Rather than _____ on a crowded bus, he always prefers _____ a bicycle.
A. ride; ride
B. riding; ride
C. ride; to ride
D. to ride; riding

⑮ _____ in thought, he almost ran into the car in front of him.
A. Losing
B. Having lost
C. Lost
D. To lose

⑯ I've worked with children before, so I know what _____ in my new job.
A. expected
B. to expect
C. to be expecting
D. expects

⑰ It's a pleasure to watch the face of a _____ baby.
A. asleep
B. sleep
C. sleeping
D. slept

⑱ Missing the last bus means _____ home.
A. to walk
B. walking
C. walked
D. walk

⑲ _____ made us much disappointed.
A. Her not coming back
B. Her not to come back
C. Not her returning
D. Not her being back

⑳ The baby was seen _____ model ships in the room.
A. made
B. make
C. makes
D. to make

答對0～8題　別氣餒！重看一次前面的文法重點，釐清自己不懂的觀念吧！

答對9～17題　很不錯喔！建議可以翻找自己答錯的文法概念，重新理解，加深印象！

答對17題以上　恭喜你！繼續往下一章節邁進吧！

Keys: 1. A　2. B　3. D　4. D　5. C　6. B　7. B　8. A　9. A　10. A
11. B　12. D　13. C　14. C　15. C　16. B　17. C　18. B　19. A　20. D

時、態及句型

177. 現在簡單式表示未來的用法

通常不用現在簡單式表示未來，然而當我們談到計畫和時間表的時候，現在簡單式可以用來表示「已經列入時間表」的未來事情。

• **The plane arrives in London at half past ten.**
　→飛機十點半抵達倫敦。
• **I submit my term paper tomorrow.**
　明天我將上交我的學期論文。

在if以及表示時間的連接詞（如when, while, until, as soon as）後，現在簡單式常常用來替代will...。

• **I'll be grateful if you give me a lift.**
　→你如果能讓我搭你的車，我會很感激。
（不能說：... ~~if you will give me a lift.~~）
• **The microwave will bleep when your meal is ready.**
　→烹調結束時，微波爐會發出嗶嗶聲。
（不能說：... ~~when your meal will be ready.~~）

另外，現在簡單式還常常和why don't you連用，表示請求或者勸告。

• **Why don't you listen to me?** →你為什麼不聽我的話？
• **Why don't you quit your job?** →你為什麼不把工作辭了？

178. 每天5分鐘超有感
現在簡單式表示過去的用法

在講故事的時候或者在作評論時（如解説一場足球比賽時），我們常用現在簡單式來描述一系列已經完成的動作和事件。

- **He waits for me to speak. I clear my throat nervously and clasp my hands behind my back. "Grandpa, I have a big favour to ask you," I say in Spanish, the only language he knows. He still waits silently.** →他等著我開口。我緊張地清了清嗓子，雙手緊握放在背後。「爺爺，我要您幫我一個大忙。」我説的是西班牙語，他唯一能聽懂的語言。他仍靜靜地等著。

- **Messi passes to Sean, Sean to Jackson—and Jackson shoots, but the ball hits the post and Alex clears.** →梅西把球傳給肖恩，肖恩傳給傑克遜——傑克遜射門，但是球碰到柱子上，接著亞力克斯解了圍。

179. 每天5分鐘超有感
其他表示未來的方式

在英語裡，除了最常見的幾種表示未來的結構（shall/will, be going to結構、現在進行式、現在簡單式）外，還可以用其他方式表示未來。

1) 未來完成式shall/will have + 過去分詞
未來完成式可以用來表示某事到某個時候為止將會完成或結束。

- **By the end of the year the steel output will have greatly increased.** →到今年年底，鋼的產量將大大增加。

- **If my plan isn't approved of by the committee, all my work will have been wasted.**
→如果我的計畫得不到委員會的批准，我的努力就白費了。

- **Workers will have completed the new roads by the end of next year.** →明年年底工人們將會修築好新的馬路。

表示連續性的活動，可以用進行式。

- **By the end of the month I will have been living here for ten years.** →到月底我在這裡居住就滿十年了。

2) 未來進行式shall/will + be + -ing
未來進行式可以用來表示未來某個特定時刻某事正在進行之中。

- **He will be commentating on the game this time tomorrow.**
  →明天這個時候他將對這場比賽進行現場解說。

也可以用未來進行式表示已經安排或決定了的未來的事情。

- **We will be exhibiting our new products at the trade fairs.**
  →我們將在商品交易會上展出我們的新產品。

未來進行式也可以用來表示發生的可能性較大、按計劃安排進行的事情。

- **The band will be playing at 20 different venues on their UK tour.** →這個樂隊在英國巡迴演出期間將在20個不同的地點演出。

3) be +動詞不定式可以用來談論計畫、安排、日程和命令。

- **A famous actor is to play in our next production.**
  →一位著名演員將會出演我們的下一個劇本。
- **You are not to be back late.** →你不能太晚回來。

4) be about +動詞不定式表示某事即將發生。
- **The plane is about to take off.** →飛機即將起飛。

180. 每天5分鐘超有感 用will還是用現在式？

will是表示未來的最常用的方法，是未來式的「基本」結構。除非有必要，否則不用現在式而要用will表未來，但以下兩種情況除外。

1) 如果談論的是未來很有可能發生的事情，更常用現在式（現在進行式或be going to...結構）；如果只是提供有關未來的資訊，或者表示事情還未決定或未必即將發生，通常要用will。試比較：

- **I'm having my eyes checked on Saturday afternoon.**
  →我預約了週六下午檢查眼睛。（已有這個安排）
- **I'm going to get my hair cut this evening.**
  →我今晚去理髮。（已有這個打算）
- **She will start work some time next month.**
  →她將在下個月某個時候開始工作。（未必即將發生）

2) 如果沒有明顯的事實依據，而單憑主觀猜測，即根據自己所知道的、認為的或推測的進行猜測，常用will。如果有外在事實能夠證明自己的預測是對的，就用be going to。

- **In 100 years the world will be a very different place.** →一百年後的世界將大不一樣。（説話者的看法──因為沒有人確切地知道世界一百年後會是什麼樣子。）
- **It's damp and cold. I think it's going to rain.** →空氣又濕又冷，我看是要下雨了。（有依據──空氣又濕又冷。）
- **It was a fierce battle. It's going to be some time before the troop recovers its strength.** →那真是一場惡戰。這支部隊要過一段時期才能恢復實力。（有依據──經過了一場惡戰。）
- **Regular exercise will improve blood circulation.** →經常運動會促進血液循環。（根據説話者在健康方面的知識做的猜測。）

181. 每天5分鐘超有感 ⏰ 未來進行式與未來簡單式的區別

兩者的基本區別是：未來進行式表示未來某時正在進行的動作，未來簡單式表示未來某時將要發生的動作。如：

- **They will be exhibiting their new designs at the trade fairs.**
  →他們將在商品交易會上展出他們新的設計。
- **Next week those goods will exhibit in that shop.**
  →下個星期這些貨物將在那家商店展出。

雖然兩者均可表示未來，但用未來進行式語氣更委婉，比較：

- **When will you pay back the money?**
  →你什麼時候還錢？（似乎在直接討債）
- **When will you be paying back the money?**
  →這錢你什麼時候還呢？（委婉地商量）

另外，未來簡單式中的will有時含有「願意」的意思，而用未來進行式則只是單純地談未來情況。如：

- **Bob won't pay this bill.** →鮑伯不肯付這筆錢。（表意願）
- **Bob won't be paying this bill.**
  →不會由鮑伯來付錢。（單純談未來情況）

182. 每天5分鐘超有感 現在進行式與be going to的區別

現在進行式和be going to結構都可以用來表示未來，在許多情況下，這兩種結構可以用來表示相同的意思。

- **She is having/is going to have a baby.** →她要生孩子了。

但這兩種結構也有區別。現在進行式用來表示有一定現實性的未來行為和事情，即已經計畫好的或者即將發生的事情。這種用法在討論個人安排和固定計劃時很常見，但如果不是談論已有的安排，而是談論意向和決定，則常用be going to結構。試比較：

- **Who is cooking dinner?**
  →誰做晚飯？（詢問已經安排好的事情）
- **Who is going to cook dinner?** →誰來做晚飯？（詢問決定）
- **I'm flying to a conference in Amsterdam.**
  →我要搭飛機去阿姆斯特丹參加一個會議。（強調安排）
- **I am definitely going to tell him what has happened.**
  →我肯定要告訴他所發生的事情。（強調意向）
- **What are you doing next year?**
  →你明年將要做什麼？（強調已有安排）
- **What are you going to do next year?**
  →你明年打算做什麼？（強調意向）

當表示預測時，我們用be going to結構，也可用未來簡單式，一般不用現在進行式。

- **I think it is going to snow/it'll snow this evening.**

  →我想今天晚上會下雪。

  （不能說：~~I think it's snowing this evening.~~）
- **You're going to love/You'll love this film.**

  →你會喜歡這部電影的。

  （不能說：~~You're loving this film.~~）

183. 哪些動詞不適用於進行式？

每天**5**分鐘超有感

在英語中，有些動詞從來不用或幾乎不用進行時態。比如：

- **Do you believe what he says?** →你相信他所說的嗎？

  （不能說：~~Are you believing what he says~~?）
- **Does this pen belong to you?** →這支筆是你的嗎？

  （不能說：~~Is this pen belonging to you~~?）
- **I can see someone in the distance.** →我看到遠處有人。

  （不能說：~~I am seeing someone in the distance.~~）

這些動詞包括以下幾類：

感官感覺類	feel, see, smell, sound, hear, taste
思想狀態類	know, understand, believe, forget, remember, think (= have an opinion), feel (= have an opinion), imagine, recognize, doubt, suppose, see (= understand), realise
交流反應類	(dis)agree, deny, look (= seem), promise, surprise, appear, mean, satisfy, astonish, impress, please, seem
情感類	love, hate, (dis)like, want, mind, hope, prefer, wish
包含持有類	have, belong to, own, consist, contain, include, involve, possess

其他	concern, depend, deserve, fit, lack, matter, measure (= to be a particular size，length, or amount), need, owe, weigh (= to have a particular weight)

184. see可以用於進行式嗎？

先一起來看下面兩個句子：

• **I'll be seeing him just now.** →我待會就去看他。

• **The movie we are seeing is billed as a romantic comedy.**
 →我們正在觀看的這部電影被宣傳成一部浪漫喜劇。

可能會有同學覺得不解，動詞see不是不可以用於進行式嗎？那這兩個句子是不是出現文法錯誤了呢？

事實上，當see意為「遇見」或「會見」時，可以用於進行式。在談到電影和戲劇時，也用see代替watch，此時也可以用進行式。試比較：

• **Mr. Smith is seeing people all morning.**
 →整個上午史密斯先生都在接待來客。

當see意為「用自己的眼睛看」時，一般不用進行式，而常常用can see和could see的形式。

• **You can see him on the TV screen quite often.**
 →你經常能從電視螢幕上見到他。

185. 瞬間動詞可以用於進行時態嗎？

通常情況下，瞬間動詞不用於進行時態。但在某些特殊場合，瞬間動詞也可用於進行時態。

有少數瞬間動詞可以用於現在進行式表示不斷重複的動作，這類動詞主要有jump, knock, kick, hit, nod, tap, wink, cough, shoot, drop等。如：

• **I am sorry I have to hang up now. Someone is knocking at the door.**
  →對不起，我得掛電話了，有人敲門。
• **John is nodding his head.**
  →約翰頻頻點頭。
• **The clown is jumping to and fro on the stage.**
  →小丑在舞台上來回地跳。
• **Why is she blinking her eyes?**
  →她為什麼老眨眼睛？

如果主詞為複數，某些動詞的現在進行式往往有「不斷」或「一個接一個」的含義，如：

• **The flowers he planted in June are dying off in the heat.**
  →他六月份種的花，因天氣炎熱而相繼枯萎死亡。
• **Men are dropping with malaria, dysentery and simple starvation.**
  →士兵們由於瘧疾、痢疾或僅僅因為饑餓一個接一個地倒了下去。

有些瞬間動詞的現在進行式並不表示動作的重複，而是表示動作即將發生。如：

• **How many people are coming to the party?**
  →有多少人來參加晚會？
• **My cousin is getting married next month.**
  →我表姐下個月結婚。
• **She writes that she is leaving tomorrow.**
  →她信上說她明天要走。
• **We're having a party next week.**
  →下星期我們將開一個晚會。

186. 進行時態與always, forever, constantly等頻率副詞連用

always可與進行時態連用，表示所談論的事情經常發生而且又是沒有想到的。試比較：

- **I always meet Alex in the pub.** →我總是在酒吧跟亞力克斯見面。
  （那是我們定期會面的地方。）
- **I'm always meeting Alex in the pub.**
  →我常常在酒吧碰見亞力克斯。
  （我們常常在酒吧相遇，但出於偶然。）

此外，這一結構還常常用來表示一定的感情色彩（贊許、不快、厭惡等）。這時除了always之外，進行時態還可以跟其他類似的頻率副詞如forever，constantly和continually連用。

- **He's always picking on me.** →他老是挑我的毛病。
- **She is constantly making fun of me.** →她總是取笑我。
- **My aunt is forever complaining about the food.**
  →我姑姑老是抱怨伙食不好。

187. 現在完成式還是過去簡單式？

當我們談論與現在有關聯的過去的事情時，就用現在完成式；如果我們不考慮現在，只是單純談論過去的情況，就用過去簡單式。

- **I've lost my key.** →我的鑰匙不見了。（現在還沒有找到，同時考慮現在和過去。）
- **I lost my key.** →我把鑰匙弄丟了。（單純地談論過去的情況。）

現在完成式通常不與表示過去的時間狀語（如yesterday, last year, in 1769等）連用，但是可以與表示「到現在為止的某個時間」的詞語（如already, up to now, lately等）連用。試比較：

- **The book was published in 1994.** →這本書是1994年出版的。
- **Up to now, the work has been quite smooth.**
  →到目前為止，工作很順利。

一般情況下，在宣佈新聞時用現在完成式，但如果提及了更多的詳細資訊，就需要改用過去簡單式。

- **The police have arrested two men in connection with the robbery.** →警方逮捕了兩名搶劫嫌疑犯。（新聞）
- **Typhoon Usagi has affected 3.5 million people in China. More than 80,000 people were moved to safety in Fujian Province. The typhoon caused 7,100 homes to collapse and led to direct economic losses of 3.24 billion yuan.** →中國有350萬人受到颱風天兔的影響。福建省超過8萬人被轉移到安全地帶。颱風造成7,100所房屋倒塌，直接經濟損失達到32.4億元。

188. 每天5分鐘超有感 未來完成式的用法

我們用未來完成式（will/shall + have + 過去分詞）表示到未來某個時間為止，某件事情已經完成了。

- **By that time the steel output will have greatly increased.**
  →到那時鋼產量將大大增加。
- **By the end of next year, they will have finished working on the new stadium.** →到明年年底，他們將建成這個新體育場。

這種情況也可以用未來完成進行式。

- **By this time next week, I will have been working for this company for 10 years.**
  →到下星期的這個時候，我在這家公司工作就有10年了。

我們也可以用未來完成式表示某種狀態將一直持續到說話者所提及的某一未來時間。

- **I'll have been here for eleven years next September.**
  →到九月份我就在這住了11年了。
- **They will have been married a year on June 25th.**
  →到6月25日他倆結婚就滿1年了。

未來完成式還可以談論過去，表示認為很可能或肯定是某種情況。如：
- **That will have been Roland. He said he'd be back at 7.**
  →一定是羅蘭。他說他7點回來。

189. 每天5分鐘超有感 用現在完成式還是現在完成進行式？

現在完成式用來表示已經完成而又與現在存在某種聯繫的動作或事件；現在完成進行式則常用於強調活動的連續性，表示從過去到現在仍在進行的動作或情況。試比較：
- **She has been reading the novel. (= She hasn't finished it.)**
  →她一直在看那本小說。
- **She has read the novel. (= She has finished it.)**
  →她看過那本小說。
- **I have been working for twenty hours without letup.**
  →我一連工作了20小時沒有停止。
- **I have worked in an advisory capacity with many hospitals.**
  →我曾在多家醫院做過顧問工作。

有一些常見的動詞一般不用於進行時態，即使從意思上來看進行式更加適合。常用的這類動詞包括know, have, be, like等。
- **Scientists have known how to harness the limitless power of the sun.** →科學家們已知道如何利用無窮盡的太陽能。
  （不能說：Scientists have been knowing...）
- **He has always liked working with machinery.**
  →他總是喜歡搞機械。
  （不能說：He has always been liking...）

- **Since 1977 otter hunting** has been **illegal.**
  →1977年以後捕獵水獺就被列為非法了。
  （不能説：~~Since 1977 otter hunting has been being illegal.~~）

當談論某事完成的程度或頻率時，我們通常用現在完成式。試比較：
- **I**'ve been playing **a lot of basketball recently.**
  →我近來經常打籃球。
- **I**'ve played **basketball twice this week.**
  →這星期我已經打過兩次籃球了。

每天5分鐘超有感

190. since可與現在完成式之外的時態連用嗎？

since是一個用法極為活躍的詞，它可以用作介係詞、連接詞和副詞，經常與完成時態連用。
- **His quality of life has improved dramatically** since **the operation.** →手術後他的生活品質大大改善了。
- **We've lived here** since **2006.** →我們自從2006年就一直住在這。
- **Great changes have taken place in our school** since **you left.** →自從你離開這裡，我們學校發生了很大的變化。
- **Nothing has happened** since. →從那以後未發生什麼事。
- **She's a changed woman** since **she got that job.**
  →她自從得到了那份工作，變得判若兩人。

在下列情況中，since也可以與現在簡單式的主句連用。

在It is/seems/appears... + 時間 + since...這一句型中，主句動詞可以用現在簡單式，表示「從……起已有多長時間了」。這種用法常見於口語或非正式文體中。
- **It**'s just a week since **we arrived here.** →我們到這裡才一個星期。
- **It seems like years** since **we last met.**
  →我們似乎幾年未見面了。

- **It is three years** since **she left here.** →她離開這裡已經3年了。
- **It is over sixty years** since **the People's Republic of China was established.** →中華人民共和國已經成立60多年了。

每天 5 分鐘 超 有 感

191. 過去簡單式與it's time..., would rather和wish連用

當我們表示某人該做某事時，我們常用it's time + 主詞 + 動詞的過去式這一結構，其含義表示現在或未來，而不指過去。

- **It is time that we stopped the machine and found the trouble.** →該停機檢查故障了。
- **It is time you left home and learnt to fend for yourself.** →你應該離家自立了。
- **It is time you went to bed.** →你該上床睡覺了。

在would rather前後可以用不同的主詞來表示某人寧願讓另一個人做某事，這時，一般用過去式表示現在或未來要做的事情。

- **My boss would rather you came tomorrow than today.** →我的老闆比較希望你明天來，而不是今天。
- **I would rather you toasted after dinner.** →我比較希望你等到晚餐過後再敬酒。
- **—Shall I close the window?** →我可以把窗戶關了嗎？
- **—I'd rather you didn't.** →你最好別關。

當我們用wish表達願望，希望事物與現狀不一樣時，跟在wish後面的子句中的動詞要用過去式。

- **I wish I were grown-up.** →我要是個大人就好了。
- **I wish I could say anything to comfort you, but it is wholly out of my power.** →我真想說幾句話安慰安慰你，可惜一句也說不出。

192. one day和some day 都與什麼時態連用？

每天5分鐘超有感 ⏰

one day與some day均可用作時間副詞，表示「有一天」，但它們所在的句子在時態上稍有區別。

one day可指過去或未來，因此既可以用於過去式，也可以用於未來式。如：

- **One day a letter from my father arrived at the school.**
  →有一天學校收到了我父親的一封信。
- **The tragedy took place one day in September.**
  →這件慘案發生在9月的某一天。
- **He cheated me, but I'll get even with him one day.**
  →他騙了我，有朝一日我會報復他的。
- **If you go on behaving in this way, you'll land up in prison one day.** →你如果繼續這種行為，總有一天你會坐牢。

some day通常只指未來，多用於未來時態。如：

- **His pride will undo him some day.**
  →他的傲慢總有一天會毀了他。
- **She cherishes a hope that she will be a singer some day.**
  →她懷有一個希望，那就是總有一天她會成為歌手。

需要注意的是，雖然有時候句子不是未來時態，但意義上表示的是未來。

- **You're sure to regret one day.** →你總有一天會後悔。
- **I want to get married one day. But before that, I want to travel.** →總有一天我要結婚。但在那之前，我要旅遊。

另外，在特定語境中some day有時可指過去未來。

- **I never realized that some day I should be living in Hong Kong.** →我從未想到未來有一天會在香港居住。

在英語中透過使用一些表示與當前現實「拉開距離」的時態，可以使要求、問題、建議和敘述顯得更加委婉，從而也更有禮貌。以下幾種時態可以起到這種作用。

1) 過去時態

在表示請求或提問的時候，用過去式比現在式更加禮貌。試比較：

• **Could you help me with my math?** →您能幫我補習數學嗎？
（比Can you help me with my math?更婉轉。）

• **How many days did you intend to stay?** →您打算待幾天？
（比How many days do you intend to stay?更為禮貌。）

2) 進行時態

進行式聽起來比簡單式更隨便，且不太肯定，因為它們表示所談的事情是暫時的、未完結的。當我們用進行式表達請求時，給人的感覺是並不需要立即答覆或給出明確答覆，所以顯得更有禮貌。試比較：

• **I'm hoping to be in the marathon next year.**
→我希望明年能參加馬拉松賽。
（不像I hope to be...那樣肯定。）

• **What courses are you planning to take next term?**
→下學期你想修什麼課？
（比Please let us know what courses you plan to take next term 聽起來更隨便。）

過去進行式結合了過去式和進行式，因而更為禮貌和委婉。試比較：

• **I wonder whether you have any comments about that.**
→不知你對此有何見解。

• **I am wondering whether you have any comments about that.** →不知您對此有何見解。

• **I was wondering whether you had any comments about that.** →請問您對此有何見解？

3) 未來時態

未來式是另外一種與現實拉開距離的辦法。will need/have to可以用來緩和指令或命令的語氣。

• **You'll need to fill out this form to apply for your licence.**

→您需要填好這張表才能申請執照。

• **Excuse me , but I'll have to cut you short.**

→對不起，打斷你一下。

未來進行式常常用來客氣地詢問別人的計畫，以避免打探別人意圖之嫌，因此比起未來簡單式更為禮貌。

• **When will you be visiting us again?**

→你什麼時候會再來看我們呀？

194. 每天5分鐘超有感 何時使用被動結構？

由於中英兩種語言表達習慣不同，英語中被動語態的使用頻率比中文多得多。台灣學生因受中文影響，往往在該用被動語態時不用被動語態而出差錯。因此有必要弄清英語在什麼情況下使用被動語態。

選用主動或者被動結構通常取決於已經說過什麼，或者取決於聽話者已經知道什麼。我們通常把已經知道的事情或者正在談論的情況放在句首，把新資訊放在句末。這是選用被動結構的一個常見的原因。

• **John chose the least expensive of the book in these books.**→約翰在這些書中選了一本最便宜的。

• **A new dictionary was bought for Marie by John.**

→約翰給瑪麗買了一本新辭典。

在第一句裡，約翰是聽話者所知道的一個人；新情況在於他選了一本書。說話者更喜歡把這點放在句末，所以把約翰放在句首，用了表示主動的動詞。在第二句裡，被動結構使說話者能夠先談那本書

（關於這本書聽話者已經知道了），而把新情況（書是誰買的）放在句末。

我們常常更喜歡把長又「重」的表達放在句子後面，這也是選用被動結構的原因之一。試比較：

- **The girl's vanity surprised me. (Or: I was surprised by the girl's vanity.)** →這個女孩子的虛榮心讓我吃驚。（或：我為這個女孩的虛榮心而感到吃驚。）
- **Everyone was surprised by the speed with which the dispute was settled.**

→每個人都為這一爭端解決得如此之快而感到吃驚。

第一句採用主動語態或被動語態都可以。但是，第二句如果變成主動語態，主詞就太冗長了。在這種情形下，被動結構顯得自然一些。

當我們談到一個動作，但不太關注是誰做了這個動作時，常常選用被動結構。

- **The figures for 2013 were used as a baseline for the study.**

→這項研究以2013年的資料作為比較的基數。
- **Ten new cases of bird flu were reported yesterday.**

→昨天新增10例禽流感病例。

在科技文章和學術著作中，由於人們所關注的主要是所發生的事件和過程，因此，不指明「動作者」的被動結構尤為常見。

195. 每天5分鐘超有感 ⏰ 不能用於被動語態的動詞

並非所有的動詞都有被動形式。像rise, happen這些不及物動詞不能帶受詞，因此不會有被動結構。某些「靜態」的及物動詞（表示狀態而不是動作的動詞）如have, fit, suit, hold, cost, resemble等也很少用於被動語態。

- **That dress doesn't fit her.** →那件洋裝她穿不合身。

（不能説：~~She isn't fitted by that dress~~.）

- **That holiday cost me a small fortune.**

→那次度假花了我一大筆錢。

（不能説：~~I was costed a small fortune by that holiday~~.）

- **We are having a very warm and friendly talk.**

→我們談得很融洽。

（不能説：~~A very warm and friendly talk is being had by us~~.）

- **He may resemble his father facially, but in other respects he's not at all like him.**

→他儘管臉像父親，但其他方面卻一點也不像。

（不能説：~~His father may be resembled by him~~...）

另外，不是所有帶介係詞的動詞都能用於被動結構。比如我們可以説He is never listened to（他的話根本沒有人聽），但是不能説She was agreed with by everybody。在這個問題上沒有明確的規則可循，學習者要盡可能有意識地積累相關用法。

196. 每天5分鐘超有感 雙受詞動詞的被動式

像give, send, show, lend等動詞，後面可以跟兩個受詞，這兩個受詞通常涉及人（間接受詞）和事物（直接受詞）。

- **I will send you a copy of the report.**

→我會寄給你一份報告的影本。

當這些動詞用於被動語態時，有兩種結構可以用。

You will be sent a copy of the report.
A copy of the report will be sent to you.

兩種被動結構選用哪一種，可能取決於前面説過什麼，或取決於哪些內容需要放在句末。通常，會把人（間接受詞）用作被動式結構的主詞。

- **You will be given a reading list at enrolment.**
  →註冊時你會收到一份閱讀書目。
- **He was paid an undisclosed sum.**
  →他得到了一筆數目不詳的錢。
- **She was told to pay the fine, but refused to comply.**
  →她被通知繳納罰款，但她拒不服從。
- **They were shown the tragedy of war.**
  →他們了解到戰爭的悲慘。

需要注意的是，explain和suggest的被動語態只能用間接受詞作主詞。

- **Its advantages were explained to the customer.**
  →它的諸多優點已經向顧客們解釋過了。
  （不能說：~~The customers were explained its advantages~~.）
- **A new method was suggested to us.**
  →有人向我們建議了一個新方法。
  （不能說：~~We were suggested a new method~~.）

每天 5 分鐘 超 有 感
197. 過去完成式或過去簡單式 與after, as soon as等連用

過去完成式常常和表示時間的連接詞（如when, after, as soon as）連用，用以強調第一個動作是獨立的，與第二個動作無關，且在第二個動作開始之前就已經完成。

- **As soon as the words had escaped his lips, he was sorry he had uttered them.** →這些話剛出口，他就後悔了。
- **After it had stopped snowing, we all went sledging.**
  →雪停了以後我們全去玩雪橇了。

但是當我們談論兩個連續發生的動作或事件時，可以用過去簡單式來代替過去完成式。

- **As soon as Marie opened the door, the dog ran in.**
  →瑪麗一打開門，狗就跑了進來。
- **I felt so lonesome after he left.** →他離開後我感到非常孤單。

與when連用時，我們常常需要透過動詞的時態來表達確切的時間關係。試比較：

- **When I had written my letters, I did some gardening.**
  →寫完信以後，我做了一些園藝工作。（第一個動作完全獨立於第二個動作。）
- **She was made her father's attorney when he became ill.**
  →她在父親生病時代理父親的事務。（第一件事和第二件事之間有關聯。）

198. been表示come或gone的用法

先一起來看下面幾個句子：

- **He has been to the Nile Delta.** →他曾去過尼羅河三角洲。
- **Those who have been to Dalian all say it's beautiful.**
  →凡是去過大連的人都說大連很美。
- **She hasn't been to see us for a long time now.**
  →她好久沒有來看過我們了。

從上面的翻譯我們可以看出，been可以用來表達「去過」、「來過」的意思。實際上，been常用作come和go的過去分詞，但是需要注意的是，been只用於事情已經完成的情況。試比較：

- **Hawaii is the most fascinating place I have ever been to.**
  →夏威夷是我去過最迷人的地方。（已經到達某地並且已經返回）
- **Bob and his family are on vacation; they've gone to Hawaii.**
  →鮑伯和他全家在度假，他們去夏威夷了。（已到達某地）
- **The owner of this umbrella has been here already.**
  →這把傘的主人已經來過了。（來了又走了）
- **He has come to claim his umbrella.**
  →他來認領雨傘了。（來了還沒走）

199. get + 過去分詞與 be + 過去分詞之間有區別嗎？

get + 過去分詞是一個比較常用的結構，常用來構成被動語態。但許多初學者對該結構的用法並不是很熟悉，尤其是不知道它與普通的被動語態，即be + 過去分詞的用法有何區別。

一般來説，能夠用於get後構成被動語態的過去分詞不多，常見的有arrested, broken, caught, cheated, confused, delayed, divorced, dressed, drowned, drunk, elected, engaged, hit, killed, lost, married, stuck等。get + 過去分詞這個結構多用於非正式的文體，常用於談論兩種特定的情況：用於談論突然發生的、不期而遇的和偶然出現的事，或用於談論為自己做的事（如get washed, get dressed）。

- **Are you crazy? We could get killed doing that.**
  →你瘋了？我們那樣做會沒命的。
- **Hurry up and get dressed.** →快點穿上衣服。
- **He worked in a factory and got paid by the piece.**
  →他在一家工廠工作，按件計酬。

get +過去分詞通常不用於談論持續時間較長、經過精心安排的行為。

- **The palace was built in the fifteenth century.**
  →這座宮殿建於15世紀。
  （不能説：~~The palace got built in the fifteenth century.~~）

200. 帶受詞子句的句子的被動式

先看下面兩個句子：

- **People believed that the soul is immortal.**
  →人們認為靈魂不滅。
- **Nobody knew whether he could pass the exam.**
  →沒人知道他是否會通過考試。

這兩個句子的受詞都是子句，這些子句通常不能成為被動句的主詞。所以我們不能説~~That the soul is immortal was believed by them~~或者~~Whether he could pass the exam was known by nobody~~。

不過，我們通常可以用it作為先行主詞來將上述句子轉換為被動句。

- **It was believed that the soul is immortal.**
  →人們認為靈魂不滅。
- **It was not known whether he could pass the exam.**
  →沒人知道他是否會通過考試。

201. 每天5分鐘超有感 動詞 + 受詞 + 動詞不定式的被動式

許多動詞後面可以跟受詞 + 動詞不定式的結構。

- **We asked her to come to our party.**
  →我們請她來參加我們的派對。
- **They consider him to be nothing but a liar.**
  →他們認為他不過是個騙子而已。

在大多數情況下，這種結構可以轉化為被動式。

She was asked to come to our party.
He is considered to be nothing but a liar.

就think, feel, believe, know等這一類表示思想、感覺的動詞而言，後面跟受詞 + 動詞不定式的結構相當正式，往往不常用。然而，這類動詞的被動結構卻很常見，常常出現在新聞報導中。試比較：

- **They believe the fugitive to be headed for the border.**
  →他們認為逃犯正逃往國境。
- **The fugitive is believed to be headed for the border.**
  →據悉，逃犯正逃往國境。

請注意，動詞say後面不能跟受詞 + 動詞不定式，但在被動句中後面可以跟不定式結構。

- **The minister is said to have already been removed from office.** →據説該部長已經被免職了。

（但不能説：~~They say the minister to have...~~）

另外，hear, see, make和help這類動詞在主動結構中通常跟受詞 + 不帶to的動詞不定式，但在被動結構中，需要用帶to的動詞不定式。試比較：

- **She heard him say good-bye in Chinese to the guards.**
  →她聽見他用中文對衛兵説再見。
- **He was heard to say good-bye in Chinese to the guards.**
  →有人聽見他用中文對衛兵説再見。

每天 5 分鐘 超 有 感
202. 陳述句中含seldom等否定詞時，附加問句用什麼形式？

當陳述句部分含有seldom, hardly, few, little, never等這些本身具有否定意義的詞時，附加問句部分用肯定式。如：

- **You seldom play tennis, do you?** →你很少打網球，對吧？
- **You've never been in Hong Kong, have you?**
  →你從沒來過香港，對吧？
- **He has few friends here, does he?**
  →他在這兒幾乎沒什麼朋友，是嗎？
- **He knows little about it, does he?**
  →他對此事幾乎一無所知，對嗎？

注意，如果陳述句部分含有像dislike, unfair, fearless之類由否定的字首或字根構成的否定詞時，簡略問句部分仍用否定式。如：

- **Some people dislike big cities, don't they?**
  →有些人不喜歡大城市，對嗎？

203. 含有受詞子句的複合句的附加問句

每天**5**分鐘超有感

先一起來看下面兩個句子：

- **He said that he would come, didn't he?** →他說他會來，對嗎？
- **I don't believe he knows it, does he?**
  →我相信他不知道這件事，對嗎？

以上兩個例句都是含有受詞子句的複合句，一般情況下，附加問句的主詞以及限定動詞的人稱、數、時態通常要與主句保持一致。

- **I said that not everyone could do it, didn't I?**
  →我說過不是每個人都能做這件事的，不是嗎？
- **He thinks that the price is too high, doesn't he?**
  →他認為這價格太高了，不是嗎？

當陳述部分的主句為 I think, I suppose, I believe等結構時，附加問句通常與子句保持一致（注意否定的轉移）。如：

- **I think that he is wrong, isn't he?** →我認為他錯了，是不是？
- **I don't think he likes it, does he?** →我認為他不喜歡它，是嗎？

204. let引導的祈使句的附加問句

每天**5**分鐘超有感

英語中沒有第一人稱祈使句，也沒有第三人稱祈使句，當我們想要表達不是向聽者／讀者（或不僅僅是向聽者／讀者）發出的建議和命令時，我們可以用let引導的動詞不定式結構。

- **Let's go for a walk.** →去散散步吧。
- **Let us face up to the danger.** →讓我們勇敢面對危險吧。
- **Let me think.** →讓我想想。
- **Let him have a try.** →讓他試一試吧。

let's引導的祈使句表示「建議」，在英式英語中，常用"shall we?"作為附加問句。

- **Let's have a talk, shall we?** →我們談談吧，好嗎？
- **Let's have a rest, shall we?** →休息一會吧，好嗎？

let me或let us引導的祈使句表示「請求」，附加問句用will you：

- **Let me have a try, will you?**
  →讓我試試吧，好嗎？
- **Let us keep on with our work, will you?**
  →讓我們繼續做吧，好嗎？

205. 表示條件的祈使句
每天5分鐘超有感

先來看下面兩個句子：
- **Try your best and you will succeed.**
  →只要全力以赴，定會成功。
- **Wear a smile often and you will feel young always.**
  →笑口常開，青春常在。

這兩個句子中都出現了「祈使句 + and + 陳述句」這一結構。在這種用法中，and前面的祈使句表示一個條件，相當於if引導的條件狀語子句，而and後面的句子表示一種結果。

- **Leave me and I'll die of a broken heart. (= If you leave me, I'll die of a broken heart.)**
  →如果你離開我，我就會心碎而死。
- **Look on the bright side of things, and you will live a happy life. (= If you look on the bright side of things, you will live a happy life.)**
  →如果看事情的光明面，你就可以活得很快樂。
- **Do that again, and I will call the police.(= If you do that again, I will call the police.)**
  →再這樣我就要叫警察了。

206. 帶有how和what的感歎句

每天5分鐘超有感 ⏰

先來看看大家在使用how和what構成感歎句時常常犯的典型錯誤：
How all these people work hard!
What interesting story it is!
What a bad weather it is!

how引導感歎句時，可有以下幾種結構：

How +形容詞
• **How foolish!** →真笨！

How +形容詞／副詞 + 主詞 + 動詞
• **How dangerous they are playing in the street!**
→他們在街上玩多危險呀！
• **How beautifully he dives!**
→他跳水的動作多優美！

注意，形容詞和副詞要緊跟在how的後面。不能說：~~How he dives beautifully!~~

How +主詞 + 動詞
• **How she's grown!**
→她都長這麼大啦！

在感歎句中，what要和名詞（或形容詞 + 名詞）連用。遇到單數名詞時一定要用不定冠詞a或者an。
• **What a lovely little hat!**
→多麼可愛的小帽子啊！
（不能說：~~What lovely little hat!~~）
• **What an adorable girl!**
→多可愛的小女孩呀！
• **What bad weather!**
→多糟糕的天氣呀！

207. 疑問句形式的感歎句

每天5分鐘超有感 ⏰

先來看下面幾個句子：
- **Just smell the rose. Isn't it sweet?** →你聞聞這玫瑰。多香啊！
- **Wasn't the movie amusing?** →這部電影真搞笑！
- **Hasn't he been quite helpful?** →他真是幫了大忙！

疑問結構的否定形式常常可以用作感歎句，其意義是肯定的。

不是否定形式的疑問結構也可以用作感歎句，這種用法在美式英語中更為普遍。
- **Am I hot and thirty!** →我又熱又餓！
- **Wow, did he overdo it!** →噢，他的確做得過火了！

208. 含有情態動詞must的句子的附加問句

每天5分鐘超有感 ⏰

在一般情況下，當陳述部分含有情態動詞（can, may, need等）時，附加問句會重複前面同樣的情態動詞。但是陳述句部分含有情態動詞must時，附加問句則要分兩種情況：

如果must表示「必須」或「有必要」，附加問句用mustn't或needn't：
- **You must go home right now, mustn't/needn't you?**
  →你必須現在回家，是嗎？

如果陳述部分含有mustn't，表示禁止，附加問句一般用must：
- **You mustn't walk on grass, must you?**
  →不能在草地上走，知道嗎？

如果must表示推測，作「想必」解時，附加問句不能用must，而應根據must後的動詞結構採用相應的動詞形式。如果陳述句強調

對現在情況的推測，附加問句部分用aren't/isn't。比如：

- **You must be tired, aren't you?**→你一定累了，對吧？
- **She must be very proud of herself, isn't she?**
  →她一定非常自豪，是嗎？

如果陳述句為must have + 動詞過去分詞時，附加問句可用haven't（hasn't），也可用didn't。但若句中出現了過去時間狀語，強調對過去情況的推測，附加問句中則通常用didn't。試比較：

- **He must have seen the film, hasn't/didn't he?**
  →他一定看過這部電影，是嗎？
- **He must have left yesterday, didn't he?**
  →他昨天一定走了，是嗎？

209.yes還是no：否定疑問句及其回答

否定疑問句即否定形式的疑問句。試比較：

- **Can he drive?**→他會開車嗎？
- **Can't he drive?**→他不是會開車嗎？
- **Do you think so?**→你這樣認為嗎？
- **Don't you think so?**→難道你不這麼認為嗎？

要注意否定疑問句的回答，尤其要注意對否定疑問句回答的翻譯。如：

- **—Isn't the boy clever?**→這個男孩不是很聰明嗎？
- **—Yes, he is.**→不，他很聰明。（不能説：Yes, he isn't.）
- **—No, he isn't.**→是的，他不聰明。（不能説：No, he is.）

其中的Yes, he is實際上是Yes, he is clever的省略形式；而No, he isn't則是No, he isn't clever的省略形式。所以其中的Yes和No與中文的翻譯不一致。那我們為什麼不說No, he is或Yes, he isn't呢？這樣不是與中文翻譯保持一致了？這樣雖然與中文保持一致了，但又不符合英語習慣了，因為在英語中Yes後習慣上要用肯定式，而No的後面則習慣上要跟否定式。

210. 否定疑問句在口語中的用法

否定疑問句在口語中非常常見，我們常用否定疑問句表示：

1) 說話者預期或希望得到肯定回答。

- **Haven't you finished yet?** →你還沒有結束嗎？
- **Don't you like my new dress?** →你不喜歡我的新洋裝嗎？

2) 驚訝、責難、批評或不快。

- **Didn't you go and see your grandparents yesterday?**
  →你難道昨天沒去看你爺爺奶奶？
- **Can't you do anything but ask silly questions?**
  →你別一個勁地提愚蠢的問題好嗎？
- **Don't you see I'm busy?** →你難道沒看見我正忙著嗎？
- **Haven't you got up? It's eleven o'clock.**
  →難道你還沒起床？都已經11點了。

3) 讚歎或感慨，其意為「真是……」。

- **Isn't the baby cute!** →這寶寶真可愛！
- **Isn't it a lovely day!** →今天天氣真好！

4) 委婉地提出請求、邀請等。

- **Won't you come in for a few minutes?** →你可否進來幾分鐘？
- **Don't you think we should try again?**
  →你不覺得我們應該再試試？
- **Wouldn't it be better to play some classic music?**
  →放點古典音樂是不是更好？

NOTE

看完前面的文法概念後，是否都學會了呢？快來試試「百分百核心命中練習題」檢測自己的學習成果吧！

----

❶ —Where _____ the recorder? I can't see it anywhere.
　—I _____ it right here, but now it's gone.
　A. did you put; have put　　　　B. have you put; put
　C. had you put; have put　　　　D. were you putting; have put

❷ No permission has _____ for anybody to enter the building.
　A. been given　B. given　　　　C. to give　　　D. be giving

❸ In some parts of the world, tea _____ with milk and sugar.
　A. is serving　B. is served　　C. serves　　　D. served

❹ My dictionary _____. I have looked for it everywhere but still _____ it.
　A. has lost; don't find　　　　B. is missing; don't find
　C. has lost; haven't found　　　D. is missing; haven't found

❺ I don't really work here. I _____ until the new secretary arrives.
　A. just help out　　　　　　　B. have just helped out
　C. am just helping out　　　　D. will just help out

❻ If you don't like the drink you _____ just leave it and try a different one.
　A. ordered　　　　　　　　　B. are ordering
　C. will order　　　　　　　　D. had ordered

❼ — Guess what, we've got our visas for a short-term visit to the UK this summer.
　— How nice! You _____ a different culture then.
　A. will be experiencing　　　　B. have experienced
　C. have been experiencing　　　D. will have experienced

❽ When I got on the bus, I _____ I had left my wallet at home.
　A. was realizing　　　　　　　B. realized
　C. have realized　　　　　　　D. would realize

❾ They _____ last week after they _____ several years.
　A. married; had engaged
　B. got married; had been engaged
　C. married with each other; had been engaged
　D. were married; had engaged

❿ These kinds of shoes _____ well.
　A. were not sold　　　　　　　B. won't be sold
　C. are not sold　　　　　　　　D. don't sell

⑪ When the speaker entered the hall, all the listeners _____.
A. had seated
B. were seated
C. seated
D. were seating

⑫ Don't get that ink on your shirt, for it _____.
A. won't wash out
B. won't be washing
C. isn't washing out
D. doesn't wash out

⑬ The girl has a great interest in sports and _____ badminton classes twice a week over the last three years.
A. took
B. is taking
C. takes
D. has been taking

⑭ Around two o'clock every night, Sue will start talking in her dream. It somewhat _____ us.
A. bothers
B. had bothered
C. would bother
D. bothered

⑮ Hearing the steps on the stairs, the students pretend _____.
A. to sleep
B. to be slept
C. to be sleeping
D. sleeping

⑯ _____ again and again but he didn't tell me the truth.
A. Having been asked
B. He was asked
C. having asked him
D. Though he was asked

⑰ Hurry up! Mark and Carl _____ us.
A. expect
B. are expecting
C. have expected
D. will expect

⑱ Is this the watch which you wish _____?
A. to repair it
B. to have it repaired
C. to have repaired
D. will be repaired

⑲ He _____ you more help, even though he was very busy.
A. might have given
B. might give
C. may have given
D. may give

⑳ Look! It's cloudy now. I'm sure _____.
A. it will rain
B. it is going to rain
C. it is to rain
D. it will be raining

答對0～8題　別氣餒！重看一次前面的文法重點，釐清自己不懂的觀念吧！

答對9～17題　很不錯喔！建議可以翻找自己答錯的文法概念，重新理解，加深印象！

答對17題以上　恭喜你！繼續往下一章節邁進吧！

Keys: 1. B 2. A 3. B 4. D 5. C 6. A 7. A 8. B 9. B 10. D 11. B 12. A 13. D 14. A 15. C 16. B 17. B 18. B 19. A 20. B

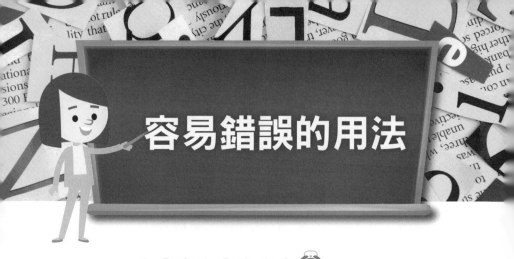

容易錯誤的用法

211. 每天 5 分鐘 超 有 感
使用according to的常見錯誤

一起來看下面三個錯句：

According to Professor Li, he says management is a science.
According to me, the movie lacks content.
According to his opinion, nuclear energy is our best hope to relieve the energy crisis.

想要表達某人的看法時，可以用according to結構。這一結構的意思是「按……的看法，如果……所說的是真的」，後面通常直接加somebody或something。當句子中有according to結構時，就不需要再出現主詞 + 轉述動詞（如say等）的結構。

• **According to Dick, it's a great movie.**
  →據迪克說，這是一部了不起的電影。
（也可以說：Dick says it's a great movie.）

表達自己的看法時，一般不用according to me，而說in my opinion。試比較：

• **According to observers, the plane exploded shortly after take-off.** →據目擊者說，飛機起飛後不久就爆炸了。
• **In my opinion, it's better not to go.** →我的意思還是不去為佳。
（不能說：~~According to me,...~~）

212. 每天⑤分鐘超有感 ⏰ 談論年齡

談論年齡時，我們常用be + 數字或者be + 數字 + years old這兩種結構。在正式的文體中，還可以用be + 數字 + years old of age來談論年齡。

- **She is 24.** →她24歲。
- **She is 24 years old.** →她24歲。
- （不能説：~~She is 24 old~~或~~She is 24 years~~。）
- **She is 24 years old of age.** →她24歲。

注意在下面這種be +... age的結構中，不能用介係詞。

- **I used to play tennis there when I was your age.**
  →我在你這個年紀的時候，常在那裡打網球。
- （不能説：~~... when I was at your age.~~）

在其他表達年齡的結構中，age前面常常要用介係詞at。

- **He started his acting career at the age of 18.**
  →他18歲開始演藝生涯。

213. 每天⑤分鐘超有感 ⏰ aid還是aids？

下面兩個句子哪個是正確的？哪個是錯誤的？

They decided not to count on foreign aid to relieve the famine.
They decided not to count on foreign aids to relieve the famine.

這兩個句子涉及名詞aid的用法。當表示金錢、事物、設備等一般意義上的「幫助」或「援助」時，aid是不可數名詞；表示具體意義上的「助手」、「輔助用品」時，aid是可數名詞。試比較：

- **How much overseas/foreign aid did America give?**
  →美國在對外援助方面捐助了多少資金？

- **A dictionary is an important aid in learning a new language.**
  →辭典是學習一種新語言的重要工具。
- **One remarkable use for transistors is in hearing aids.**
  →電晶體的一項突出應用是在助聽器方面。
- **Motion pictures, slides, and cards were used as training aids.**
  →電影、幻燈片和卡片被用作輔助訓練的工具。

因此，上文給出的兩個例句中，第一句是正確的，第二句是錯誤的。

214. amount

先來看下面兩個句子：

The amount of visitors increases every year.
Since the death penalty was abolished, the amount of crime in the country have almost doubled.

上面兩個句子中出現了大家使用amount時容易犯的兩個典型錯誤。

第一個例句把amount和number的用法弄混了。amount和number用作名詞時都表示「數目，總數」之意，但用法卻大有不同。amount後接不可數名詞，表示「量」；number用於可數名詞複數之前，表示「數」。試比較：

- **The man has contributed a considerable amount of money to the school.** →這個男人捐了一大筆錢給那所學校。
- **Every year the Guangzhou Trade Fair draws a large number of companies.** →每一年的廣州貿易會都會吸引大量的企業。

第二個例句的錯誤在於限定動詞不應使用複數形式。an amount of 或the amount of後的限定動詞應為單數形式。

215. any的用法
每天 5 分鐘 超 有 感

1) any用作限定詞

any可以用於表示不確定的數量或數目，與不可數名詞或複數名詞連用，常用於疑問句和否定句，以及其他帶有疑問或否定意義的場合。

- **I didn't eat any meat.** →我半點肉都沒吃。
- **Are there any stamps in that drawer?** →那抽屜裡有郵票嗎？
- **I've got hardly any money.** →我幾乎身無分文。
- **He went out without any shoes.** →他沒穿鞋就出門了。

any常用在if或whether引導的子句中。

- **If you find any ice cream, save some for me.**
  →你要是看見冰淇淋，可要給我留一點。

any還會緊接在某些動詞如prevent, ban, forbid, avoid等之後。

- **He forbids any talking in class.** →他嚴禁課堂上講話。

有時候any的意思是no matter which，表示「不論哪個，任何一個」，用來強調隨便哪一個都行。表達這一含義時，any不僅用於疑問句和否定句，也常用於肯定句；既可與不可數名詞和複數名詞連用，也常與可數名詞單數連用。

- **You can use this printer with any computer.**
  →你能搭配任何一台電腦使用這台印表機。
- **They are all free—take any (of them) you like.**
  →所有的東西都是免費的，你喜歡哪個就拿哪個。

2) any用作副詞

在疑問句和否定句裡，any可以用作副詞，來加強形容詞或副詞的語氣。

- **I can't stay any longer.** →我不能再久留了。
- **Do you feel any better?** →你覺得好一點了嗎？

- **I asked her to polish the floor but it doesn't look any different.**
  →我叫她擦地板，但我看不出地板（和擦以前）有什麼不同。

此外，還需要注意any good和any use這兩個表達方式。
- **Was the book any good?**→這本書好嗎？
- **—Is it any use talking to him?**→和他談談有什麼用嗎？
- **—It's no use at all.**→一點用也沒有。

216. appear

appear有兩個不同的意思，其用法也不同。

appear表示「出現，露面，到達」時，是不及物動詞，後面不能接受詞，也不能用於被動語態。
- **New programmes will appear on television in the fall.**
  →秋季將有新節目在電視上播出。
  （不能說：~~New programmes will be appeared...~~）
- **The first signs of the dawn appear on the horizon.**
  →黎明的曙光出現在地平線上。

當appear表達「看上去」這個意思時，為連綴動詞。這時appear可以與形容詞連用，也可跟不定式或-that子句。
- **He appears quite poor.**→他看上去很窮。
- **He appears to be living in the town.**
  →他似乎就住在這個小鎮上。
- **It appears that there has been a mistake.**→看來有一個差錯。

appear有時可以用there作先行主詞，常用的結構是：There appears to be...
- **There appears to be a mistake.**→好像有一個錯誤。
- **There appears to be no alternative.**→似乎沒有別的選擇。

- **In some hospitals** there appears to be **a shortage of beds.**
  →有些醫院似乎出現了床位短缺的情況。
  （不能說：~~In some hospitals appears to be...~~）

217. 每天5分鐘超有感 BC和AD

BC是Before Christ的縮寫，表示「西元前」，AD是Anno Domini
的縮寫，表示「西元」。我們用這兩個縮寫來區分耶穌降生前和降
生後的日期。BC寫在日期後面；AD既可以放在日期前，也可以放
在日期後。

- **Soon after** 2,000 BC, **the people of Crete began building towns.** →西元前2000年後不久，克里特人開始修築城市。
- **Charlemagne was crowned Emperor on Christmas Day** 800 AD/AD 800. →查理曼於西元800年耶誕節加冕為皇帝。

218. 每天5分鐘超有感 be used to

be used to的意思是「習慣於……」，表示某人很熟悉某事，所以
不覺得陌生或新鮮。這一結構中的to是介係詞，因此後面只能跟名
詞、代名詞或-ing分詞，而不能接動詞原形。

- **He comes from India and** isn't used to **the cold weather.**
  →他是印度人，不習慣這寒冷的天氣。
- **I** am used to **making a plan in advance before traveling.**
  →我習慣在旅行前預先把行程計畫好。
  （不能說：~~I am used to make a plan...~~）
- **The experienced teacher** is used to **keeping his students hard at work.** →有經驗的老師習慣督促學生念書。
- **She** was used to **having her own way.** →她任性慣了。

若要強調從不習慣到習慣的過程，可用get, become等代替動詞be。

- **You will soon become/get used to the weather here.**
  →你很快就會習慣這裡的天氣。
- **I've gotten used to being a vegetarian.** →我已經習慣吃素了。

這個結構中的used是一個形容詞，可以用quite或very來修飾。

- **I've gotten quite used to working in the pit.**
  →我已經很習慣在礦坑工作了。

219. believe還是believe in？
每天 5 分鐘 超有感

這一對詞語都表示「相信」的意思，但詞義上有細微的區別。

believe表示「相信，信以為真」（to accept as true），為及物動詞，其後直接跟受詞。

- **I don't believe you!** →我不相信你！
- **In ancient times it was believed that the earth was flat.**
  →古時候，人們認為地球是扁平的。

believe in則表示「相信……存在」、「信任」（to have faith in somebody or something）。其後常跟a religion, ghosts, fairies, a theory, a friend等詞，其中的believe為不及物動詞。如：

- **We do not believe in ghosts.** →我們不相信有鬼。
- **Do you believe in a cosmic plan?** →你相信冥冥中的安排嗎？

試比較下面兩句的不同含義：

- **I believe him. (= I believe what he says.)** →我相信他（的話）。
- **I believe in him. (= I trust him.)** →我信任他。

220. be gone和have gone的用法
每天5分鐘超有感

gone可以作形容詞用在be之後，表示某人或某物已經消失、用完或不再存在。

- **He knows how hard it was for her while he was gone.**
  →他知道他不在的時候她的生活有多艱難。
- **The era when foreign goods flooded the Chinese market is gone for ever.** →洋貨充斥中國市場的時代已經一去不復返了。
- **Johnny will come home when his money is gone.**
  →強尼把錢花光了就會回家。

當我們想表示的是動作或動作的方向、目的地，而不只是人和物的消失時，就用have代替be。

- **Everybody has gone except her.** →別人都去了，唯獨她沒去。
- **The last bus has gone, and I'll have to foot it.**
  →末班車已經開走，我只能用走的了。

221. but和however的區別
每天5分鐘超有感

表示轉折時，but是連接詞，常用於連接兩個分句，位於第二個分句之首。

- **I like cats, but unfortunately I'm allergic to them.**
  →我喜歡貓，但遺憾的是，我對貓過敏。
- **The house was terribly small and cramped, but the agent described it as a bijou residence.**
  →房子十分狹小擁擠，但仲介卻把它說成是小巧別緻的住宅。
- **He was born in France but his parents are American.**
  →他生在法國，但父母是美國人。

however是副詞，表示「然而，可是」、「不管多麼」，但不起連接句子的作用，在句子中的位置多變。通常根據它所在的位置，由一個或兩個逗號將它和句子其他部分隔開。試比較：

- **I'd like to go with you; however, my hands are full.**
  →我很想和你一起去，可是我忙不過來。
- **My father, however, did not agree.** →但是，我父親不同意。
- **She has the window open, however cold it is outside.**
  →不管外面多冷她都開著窗戶。

當用however連接兩個句子時，其前通常用分號，或另起新句。

- **It's raining hard; however, he has made up his mind to go.**
  →雨下得很大，但他已經下定決心要去。
- **It's raining hard. However, I think we should go out.**
  →雨下得很大，但我認為我們應該出去。

222. 每天 5 分鐘 超 有 感 can't... too句型

先看下面兩個句子，你會怎麼翻譯呢？
One can't be too careful in matters like this.
When you drive home, you can't be too careful.

你會這樣翻譯嗎？
在這種問題上我們不能太仔細。
開車回家時，你不能太小心。

上面的翻譯是不是看起來非常奇怪？怎麼能説「開車的時候不能太小心」呢？其實這裡can't... too + 形容詞／副詞是一個習慣用法，意思是「無論……都不為過」。上面的兩個句子應該這樣譯：
在這種問題上再怎麼仔細都不為過。
開車回家時，你怎麼小心都不為過。

再舉兩例：

• I can't **speak too** highly of the unstinting help I received.
→我對我得到的慷慨幫助無論怎樣稱讚都不會過分。

• A woman **cannot have too** many clothes.
→女人買的衣服再多也不算多。

每天 5 分鐘超有感
223. on the contrary與 on the other hand

contrary常用於片語on the contrary中。那麼on the contrary與on the other hand之間有什麼不同呢？先一起來看美劇《慾望師奶》和《童話小鎮》中出現的兩句臺詞：

• **People are complicated creatures, on the one hand, able to perform great acts of charity;** on the other hand, **capable of the most underhanded forms of betrayal.** →人是一種複雜的生物。一方面，能樂善好施；另一方面，也能背信棄義。

• **I haven't come here to ruin anything.** On the contrary, **I've come to give you a gift.**
→我不是來搗亂的。相反地，我是來送你們禮物的。

我們用on the other hand說明問題的另一方面，意為「然而，……也是對的」。on the contrary則是用來表示相反意見的，即表示某事不是真的，意為「正好相反」。

• **The thin look is associated with youth, vigour, and success. The fat person,** on the other hand, **is thought of as lazy and lacking in energy, self-discipline, and self-respect.** →人們通常會把瘦子與年輕、活力和成功聯繫在一起。另一方面，胖子通常被認為是懶惰的，缺乏精力、不懂自律和自愛。

• ─You must be tired. →你一定累了。

─On the contrary, **I feel wide awake.** →相反，我覺得很清醒。

224. dress

dress既可以作名詞，也可以作動詞。

可數名詞dress指洋裝。

- **Very few people buy couture, since one dress can easily cost fifty thousand dollars.**
  →很少有人會買高級訂製服裝，因為一件洋裝可能就需五萬美金。

dress作不可數名詞時，通常指某種特定的服裝，如traditional dress, national dress, evening dress等。

- **Do we have to wear evening dress for this party?** →我們一定得穿晚禮服去參加這次聚會嗎？（不能說：... ~~wear an evening dress for this party?~~）

動詞dress可以表示兩個不同的概念：「（給……）穿衣服」和「穿某種衣服」。

表示「（給……）穿衣服」這個概念時，dress可以表示給自己或別人穿衣服，反義詞為undress。

- **The little girl is too young to dress herself.**
  →這小女孩年紀太小，還不能自己穿衣服。
- **Could you undress the baby for me?**
  →你替我把小孩的衣服脫了好嗎？

但是在非正式的英語中，要表達自己穿衣服時卻更常說get dressed或put on。如：

- **I got up and got dressed/put on my clothes.**
  →我起床穿上了衣服。

dress也可以表示「穿某種衣服」。

- **Dress warmly if you're going out for a walk.**
  →如果你出去散步要穿得暖和些。
- **The twins dress similarly.** →這對雙胞胎穿得差不多。

225. enough

每天 5 分鐘超有感

enough的用法很多。它可以修飾形容詞或副詞，也可以修飾名詞，還可以用作代名詞。

enough與形容詞和副詞連用時，通常放在形容詞和副詞的後面。

- **You're not big enough for football.**
  →你個頭不夠大，不能踢足球。
  （不能說：... enough big...）
- **Let's leave it at that; we've worked hard enough today.**
  →我們就到這兒吧，今天也夠辛苦的了。

enough還可以作限定詞，放在複數名詞或者不可數名詞前。

- **Have you made enough copies?** →你影印的份數夠嗎？
- **There was just enough room for a car.**
  →這地方僅夠容下一輛車。

現代英語中，enough用在名詞後面的情況已經很少出現，很多人認為這種用法過於正式或書卷氣，但time enough這樣的表達還是偶爾能看到。

- **There'll be time enough to relax when you've finished your work.** →等你工作完成後就會有足夠的時間放鬆了。

enough本身也可以單獨使用，後面不跟名詞，表示一定的數量。

- **Three bottles should be enough.** →三瓶就夠了。
- **Have you had enough (to eat)?** →你吃飽了嗎？
- **We've nearly run out of paper. Do you think there's enough for today?** →我們的紙快沒了。你看今天還夠用嗎？
- **—Do you want more beer?** →還要來點啤酒嗎？
- **—That's enough, thank you.**
  →夠了，謝謝。（不能說：The beer is enough.）

此外enough後面還可跟動詞不定式。

- **This work is exhausting enough to run everyone down.**
  →這項費力的工作足以使人精疲力竭。

226. 「向某人解釋某事」能說成 explain somebody something嗎？

先看兩個使用explain時的典型錯誤句子：
The old lady explained us that the bag was full of cheese.
First, I would like to explain you the travel arrangements.

explain的意思是「（口頭或書面）說明，解釋」。explain不能直接跟間接受詞，如果間接受詞在直接受詞之前，必須在表人的間接受詞前加一個介係詞to。

- **The lawyer explained to us the new law.**
  →律師向我們講解了新法律。
  （不能說：~~The lawyer explained us the new law.~~）
- **He explained to us what it was all about.**
  →他向我們解釋了事情的原委。
  （不能說：~~He explained us what it was all about.~~）

用法跟explain相似的動詞還包括 admit（容許）, announce（宣佈）, confess（坦白）, confide（吐露）, declare（宣佈）, demonstrate（表明）, describe（描述）, entrust（委託）, introduce（介紹）, mention（提到）, propose（提議）, prove（證明）, repeat（重複）, report（報告）, say（說）, state（陳述）, suggest（建議）等。

227. 每天5分鐘超有感 ⏰ have + 受詞 + 動詞不定式等的結構

have後面可以跟受詞 + 動詞不定式（不帶to），受詞 + -ing分詞，或者受詞 + 過去分詞。

have + 受詞 + 動詞不定式（不帶to）可以用來發出指令或命令，表示「讓某人做某事」的意思，常見於美式英語中。

- **Have him return my call.** →讓他回電給我。

have + 受詞 + -ing分詞的結構可以表示「讓某人一直做某事」的意思。

- **His imitation of famous politicians had us rolling in the aisles.** →他模仿著名政治家的即興表演讓我們樂得前仰後合。

have +受詞 + 過去分詞可以表示「讓其他人做某事」，過去分詞含有被動的意義。

- **He had his hair cut yesterday.** →他昨天理了頭髮。
- **I must have my bike repaired.** →我得把自行車拿去修一修。

228. 每天5分鐘超有感 ⏰ have got的用法

在日常會話以及非正式的書面語中，我們常用have got代替have。試比較：

- **I have got a new bike.** →我有一輛新自行車。
  （在口語中比I have a new bike更自然。）

其否定句和疑問句形式分別為：

- **I haven't got a new bike.** →你有新自行車嗎？
  （不能説：~~I don't have got...~~）
- **Have you got a new bike?** →你有新自行車嗎？
  （不能説：~~Do you have got...~~）

簡答句和附加問句中不用have got。

- **Carol hasn't got any money, hasn't she?** →卡蘿沒有錢，是嗎？
- **—Have you got a five pence?** →你有一枚五便士硬幣嗎？
- **—No, I haven't.** →沒有。
（不能説：~~No, I haven't got.~~）

需要注意的是，have got不常用於過去式中。

- **They had three very amenable children.**
  →他們有三個很聽話的孩子。
（不能説：~~They had got three very amenable children~~.）

此外，got一般不與動詞不定式或have的-ing形式連用，一般不説to have got...或having got...。另外，在have lunch/a rest/a swim/a wash/a drink/a meeting/a party等固定片語中也不用have got。

在表示重複出現或習慣性的狀態時，不常用have got，而是用have。試比較：

- **We haven't got any meat.** →我們沒有肉了。
- **We don't usually have meat in the house.**
  →我們家通常沒有肉。

229. 每天5分鐘超有感 home的前面加介係詞嗎？

看看下面兩個句子，你能説出它們出現的問題嗎？

When he arrived at home, there was a letter waiting for him.
On my way to home, I stopped at the supermarket.

當home跟在具有運動意義的動詞之後時，home是方位副詞，前面不能用介係詞。

- **Not knowing what to do, the child went home.**
  →那孩子不知道怎麼辦好，於是就回家了。
（不能説：... ~~the child went to home~~.）

- **We arrived home towards evening.** →快天黑時我們到家了。

（不能說：~~We arrived at home towards evening.~~）

- **What time did you get home last night?**

→你昨晚什麼時候到家的？

（不能說：~~What time did you get to home last night?~~）

對於片語at home，at常常省略，在美式英語中尤其如此。下面兩個句子都正確。

- **I like to stay home in the evenings.** →晚上我喜歡宅在家裡。
- **I like to stay at home in the evenings.** →晚上我喜歡宅在家裡。

230. 每天5分鐘超有感 how後面的詞序

how可以用來引導問句，也可以用於感歎句中，但兩種情況下語序不一樣。試比較：

- **How hot is it?** →熱到什麼程度？
- **How hot it is!** →天真熱啊！
- **How do you like traveling by air?** →你喜歡搭飛機旅行嗎？
- **How I love traveling by air!** →我真喜歡搭飛機旅行！

（不能說：~~How do I love traveling by air!~~）

- **How have you been these years?** →這些年你過得如何？
- **How you've grown!** →你長高了！

（不能說：~~How have you grown!~~）

在間接引用中，how引導的受詞子句也要用陳述句的語序，而不是問句的語序。試比較：

- **How will these changes affect us?**

→這些變化對我們會有什麼影響？

- **Tell me how these changes will affect us.**

→告訴我，這些變化對我們會有什麼影響。

- **How much did you pay?** →你花了多少錢？

- **He asked me how much I paid.** →他問我花了多少錢。
（不能説：~~He asked me how much did I pay.~~）

231.I know和I know it

試比較以下兩段對話：
- **—The company has been bought up.** →公司被人收購了。
  —I know. (= I know that the company has been bought up.) →我知道。
- **—I stayed at the hotel on Fifth Avenue.**
  →我住在第五大街上的那家旅館。
- **—I know it. (= I know the hotel.)** →我知道那家旅館。

從上面這兩段可以看出I know和I know it這兩個答話意思是有區別的。I know指的是事實，I know it指的是句中提到的事物（例如地點、書籍、歌曲、遊戲、電影等）。試比較：
- **—James is a solid type of person.** →詹姆斯是個可信賴的人。
  —I know. →我知道。
- **—There's a Ukrainian film at the Angelica that's supposed to be very powerful.** →在安傑利卡有部不錯的烏克蘭電影。
  —I know it. →我知道那部電影。

232.lack還是lack of？

先一起來看下面這個句子，你會怎麼翻譯？
這個國家缺乏有經驗的工人。

以下是這個句子的三個翻譯版本，哪個才是正確的呢？
The country is lack of skilled workers.
The country lacks skilled workers.
The country has a lack of skilled workers.

很多同學在使用lack的時候會有這樣的疑惑，到底什麼時候該加of，什麼時候不該加？下面我們就一起來看看lack的用法。

lack既可以用作動詞，也可以用作名詞。lack作為動詞時，通常表示「缺乏，不足」，後面可以直接跟受詞。

- **She lacks patience in dealing with children.**
  →她缺少耐心與孩子打交道。
- **Sharing a flat means that you often lack privacy.**
  →和別人合租意味著經常沒有隱私可言。
  （不能說：... that you often lack of privacy.）

當lack用作名詞時，經常會跟of連用。試比較：

- **He cannot buy it because of his lack of money.**
  →他因缺錢買不起這個。
- **The plants died for lack of water.** →因為缺水植物枯死了。

此外，需要注意形容詞lacking，表示「缺少的，不足的」，它常與介係詞in搭配出現，通常指缺乏某種品質或特點等。

- **You will not be lacking in support from me.**
  →你將得到我的支持。
- **I was happy as a child because there was nothing lacking in my life.** →我在孩童時期很幸福，因為我什麼也不缺。

因此，「這個國家缺乏有經驗的工人」這個句子，正確的翻譯應該是：

The country lacks skilled workers.
The country has a lack of skilled workers.

233. make和brand

每天5分鐘超有感 ⏰

名詞make和brand都表示「牌子」，但是brand僅用於小的或便宜的東西。試比較：

- **This make of computer comes in several different models.**
  →這種牌子的電腦有好幾種型號。
- **She couldn't tell what make of car he was driving.**
  →她看不出他開的是什麼牌子的車。
- **What brand of toothpaste/soap powder do you use?**
  →你用什麼牌子的牙膏／洗衣粉？
- **—How's this brand of cigarettes?** →這種牌子的香菸怎麼樣？
  —Not so bad. Try one. →馬馬虎虎，你來一支試試。

234. be made of還是be made from？

片語be made of和be made from意義非常相近，它們在用法上的區別在於：當成品和原來的材料已完全改變時，常用be made from；當原材料在成品中還能認得出來時，就用be made of。

- **The soles are made of leather.** →鞋底是皮革做的。
- **The pipes should be made of plastic.**
  →這些管子應該是用塑膠製作的。
- **Formerly most of our household utensils were made of brass.** →以前我們用的家庭器皿多數是黃銅做的。
- **Nylon is made from air, coal and water.**
  →尼龍是由空氣、煤和水製成的。
- **Maple sugar is made from the sap of maple trees.**
  →楓糖是由楓樹的樹液製成的。
- **Wine is made from grapes.** →葡萄酒由葡萄製成。

談論原材料也可以用be made out of。

- **Venice is noted for its many items made out of glass.**
  →威尼斯以盛產玻璃製品而聞名。

當談論產地時，我們通常用be made in。

- **A great deal of whiskey is made in Scotland.**
  →很多威士忌酒產自蘇格蘭。

235. 每天5分鐘超有感 make oneself understood

先一起來看一道選擇題：

I found I could easily make myself _____ by using sign language.

A. understood　　　　　**B. understand**

C. to understand　　　　**D. being understood**

很多同學容易誤選B，他們的理由是：make作使役動詞時，後接受詞 + 不帶to的動詞不定式。但是大家忽略了一點，就是make + 受詞 + 不帶to的動詞不定式這個結構中的受詞應與其後的動詞有邏輯上的主謂關係。對於上面一題，myself與其後的動詞understand顯然不是主謂關係，而是動賓關係，或者說是被動關係，故此時的動詞應用過去分詞表被動。

在少數場合中，make後可以跟myself, yourself等加過去分詞。這種結構中常用的過去分詞有understood和heard。

- **He doesn't speak much Japanese but he can make himself understood.** →他日語說得不太好，但尚能表達清楚自己的意思。
- **The speaker tried to make himself heard, but the crowd roared him down.**

  →發言者試圖讓人們聽他講話，但被人群的吼叫聲壓了下去。

236. 每天5分鐘超有感 marry

marry作動詞時，通常不帶介係詞。

- **King Edward VIII abdicated in 1936 to marry a commoner.**

  →國王愛德華八世於1936年退位，與一個平民結婚。

- **She predicted that I would marry a doctor.**

  →她預言我會和一位醫生結婚。

  （不能說：... that I would marry with a doctor.）

如果沒有直接受詞，更為常見的說法是get married，尤其是在非正式的英語中。

- **When he got married, he said nothing to his wife about his job.** →他結婚時對妻子隻字未提有關自己工作的事。

（比When he married...更自然。）

- **Who'd have dreamt it? They're getting married!**
  →誰能想到？他們都快結婚了！

get married和be married這兩個片語都可後接介係詞to + 受詞。

- **My sister got married to an engineer last month.**
  →上個月我姐姐和一個工程師結了婚。
- **I'll be married to Joseph.** →我就要和約瑟夫結婚了。

237. 每天5分鐘超有感 the third floor是二樓還是三樓？

在英語中，談到樓層的時候（說明某人住在幾樓），要用序數詞來表示，介係詞用on。但是說到樓層的表達，英國和美國的習慣不同。英國把地面樓叫做the ground floor（一樓），上面一層叫the first floor（二樓）；而美國把地面樓叫做the first floor（一樓），再上一層就是the second floor（二樓）。試比較：

美式英語	英式英語	中文
the third floor	the second floor	三樓
the second floor	the first floor	二樓
the first floor	the ground floor	一樓

「地下室」在英語中通常用basement來表示。乘坐電梯時可以看到B1、B2等樓層標記，意思就是the first basement（地下一層）、the second basement（地下二層）。

238. 每天 5 分鐘 超 有 感 如何談論國籍？

你會如何翻譯「她的丈夫是個典型的英國人」這個句子？

你會這樣翻譯嗎？
Her husband is a typical British.

當談論某一特定國家的人或事物時，通常需要了解四種詞語：

1) 國家的名稱
Greece, Denmark, France, Japan

2) 用於指稱這個國家及其文化、物產等的形容詞
Greek, Danish, French, Japanese

3) 用來表示其國民的單數名詞
a Greek, a Dane, a Frenchman, a Japanese

4)（與定冠詞連用）表示全部人口的複數表達方式
the Greeks, the Danes, the French, the Japanese

在一般情況下，單數名詞通常和形容詞相同（如American, Thai）；複數形式通常和形容詞 + -s相同（如the Americans, the Thais）；以-ese結尾的詞，其複數形式不帶-s（如the Chinese, the Portuguese）。

但是，也有一些例外。比如說Poland（波蘭），其形容詞是Polish，當表示這個國家的國民時，單數用a Pole，複數用the Poles（不能說the Polish）。這類國家和地區還包括：Denmark, Finland, Iceland, New Zealand, Scotland, Turkey, England, France, Holland, Ireland, Spain, Wales等。

因此，「她的丈夫是個典型的英國人」這個句子，不應該翻譯成Her husband is a typical British，因為British可以與定冠詞連用，表示英國人的總稱，但如果要表示一個英國人，則需要用a

British man/woman。因此這個句子應該翻譯為：Her husband is a typical British man。另外注意不要把英國人譯為an Englishman/ Englishwoman，這樣表達是指英格蘭人。

239. 否定的轉移
每天5分鐘超有感

先一起來看下面兩個句子：

- **I don't think that it is true.** →我認為那不是真的。
- **I don't suppose I'll trouble you again.**
  →我想我不會再麻煩你了。

當think, suppose, believe, imagine, expect, feel這類動詞用來引導一個否定概念時，如果主句的主詞是第一人稱，且限定動詞為沒有任何副詞修飾的現在簡單式，這時它們的否定式實際上是對受詞子句的否定，表示說話者提出一種委婉的看法或主張，因此我們通常把引導動詞（think等）變成否定形式。

- **I don't think that will happen.** →我認為那種情況不會發生。
- **I don't suppose that he will agree to the plan, will he?**
  →我認為他不會同意這個計畫，是嗎？
- **I don't believe that money talks.** →我認為金錢並非萬能。

當think, suppose, believe和imagine這些動詞不是現在簡單式或主詞不是第一人稱I時，否定不轉移。

- **I thought that they were not interested in the project.**
  →我原以為他們對這個計畫不感興趣。
- **He thinks that she isn't fit for the job.**
  →他認為她不適合這份工作。
- **He doesn't believe that what we told him is true.**
  →他不相信我們告訴他的事是真的。

當引導動詞前有其他副詞修飾時，通常也不會發生否定轉移。

- **I really don't think it's necessary for us to go there now.**
  →我的確不認為我們現在有必要去那兒。
- **I feel strongly that he shouldn't do such a thing.**
  →我堅決認為他不應該做那樣的事。

240. own

每天❺分鐘超有感

來看看下面這個典型的錯誤句子：
As a child, I always wanted to have an own room.

own只能在名詞所有格或所有格（my, your, his, her等）的後面使用。

- **The agency will make travel arrangements for you. Alternatively, you can organize your own transport.**
  →旅行社將為你安排行程，或者你也可以自己安排交通工具。
- **He is aware of his own failings.** →他了解自己的弱點。

如果被修飾名詞前面已經有a, any, some, no, this, that等限定詞，名詞所有格或所有格 + own就要與of構成片語放在該名詞的後面作後置定語。

- **Our dog has a corner of its own in this room.**
  →我們家的狗在這個房間裡有它自己的一角。
- **He has a new proposal of his own for dealing with environmental pollution.**
  →他自己想出了一條對付環境污染問題的新建議。

因此，上面出現的第一個句子應該這樣改：
As a child, I always wanted to have my own room.
或
As a child, I always wanted to have a room of my own.

每天5分鐘超有感

當pair of與表單數概念的限定詞（如a/an, this, each等）連用修飾可數名詞複數時，限定動詞通常用單數。如果是two, three, some等與pairs of連用修飾主詞，則句子的限定動詞需要用複數形式。試比較：

- **This pair of leather shoes is red.**→這雙皮鞋是紅色的。
- **Several pairs of shoes were tried on, but none of them were satisfactory.**→試了好幾雙鞋，但沒有一雙令人滿意。

當談論的名詞是兩件東西但習慣上一起使用，如a pair of shoes, a pair of gloves, a pair of earrings等，我們通常用複數形式的代名詞如they, them, their來指代，而不用it或者是its。試比較：

- **I still remember the time when I bought a pair of shoes in a sale. Everything was fine, except that they felt a little tight.**→我還記得有一次我買了一雙促銷的鞋子。除了有一點緊，其他都很好。

（不能說：... ~~it felt a little tight.~~）

此外，我們通常不在表示泛指概念的名詞前使用a pair of。試比較：

- **He hates wearing shorts.**→他討厭穿短褲。
- **He wears a pair of blue shorts.**→他穿著一條藍色短褲。
- **He wears glasses only for reading.**
  →他只在看書的時候戴眼鏡。
- **He left behind a pair of glasses and some books.**
  →他留下了一副眼鏡和幾本書。

242. 不用open表示「開」的場合

每天⑤分鐘超有感 🕐

open作動詞時，表示「打開」，我們可以說open a door/a window/a small shop/one's hand/one's eyes/one's mouth/fire等。

- **I opened my coat and let him see the belt.**
  →我解開外套，讓他看了看腰帶。
- **When I opened my eyes I saw Melissa standing at the end of my bed.** →我睜開雙眼時，看見梅麗莎站在我的床尾。
- **He opened the heavy Bible.** →他翻開了那本厚厚的《聖經》。
- **I opened the letter.** →我拆開了那封信。
- **He opened the window and looked out.** →他打開窗戶往外看。

但是，在某些場合中，我們不能用open來表示「開」的意思。比如解開襯衫用undo或untie，打開水、瓦斯龍頭用turn on，打開電器用品的開關用turn on或者switch on等。

- **My dead fingers could not untie the knot.**
  →我的手指麻了，解不開結。
  （不能說：~~My dead fingers could not open the knot~~.）
- **Can you unfasten the lock catch of a box?**
  →你能解開箱子的鎖扣嗎？
  （不能說：~~Can you open the lock catch of a box~~?）
- **It is so gloomy in the room that you should turn/switch on the light.** →房間內太暗，你應該打開燈。
  （不能說：... ~~you should open the light~~.）
- **Connect the hose to the tap and turn on the tap.**
  →把水管接在龍頭上，打開水龍頭。
  （不能說：... ~~and open the tap~~.）

243. present用法知多少

看過《功夫熊貓》的同學一定對裡面的龜大仙印象深刻。龜大仙對熊貓阿波說過一句非常經典的話：There is a saying. Yesterday is history. Tomorrow is a mystery. But today is a gift. That is why it's called the present. 在這句話裡，大仙巧妙地用了present這個多義詞。那麼使用present這個詞時有哪些需要注意的地方呢？

present表示「禮物」時為可數名詞，注意當談論某人給的禮物時，介係詞用from而不是of。

- **The watch was a present from my grandfather.**
  →這支手錶是爺爺送我的禮物。
  （不能說：~~The watch was a present of my grandfather.~~）

present表示「贈送」時為及物動詞，我們可以說present something to somebody或者present somebody with something。

- **When Mr. Smith left the firm, the director presented a gold watch to him.** →史密斯先生離開公司時，主管送了一支金錶給他。
  （也可以說：When Mr. Smith left the firm, the director presented him with a gold watch. 但不能說：~~When Mr. Smith left the firm, the director presented him a gold watch.~~）

present作形容詞表示「出席的，在場的」時，後面跟受詞時常用介係詞at，作定語時需要後置。

- **I had never been present at such an important event before.** →我以前從未出席過這麼重要的場合。
- **During the meeting several of the teachers present said that more money should be spent on books.**
  →會議期間幾位與會的老師提出應該增加書籍開支。
  （不能說：~~During the meeting several of the present teachers said...~~）

244. 使用reason時的常犯錯誤

每天 5 分鐘超有感

先一起來看幾個寫作中使用reason時常犯的錯誤：

He explained his reasons of being late.

Their main reason for sending their children to England to study is because they have relatives there.

reason後面的介係詞用for，而不是of。

- **He cited his heavy workload as the reason for his breakdown.** →他說繁重的工作量是導致他累垮的原因。
- **The reason for the flood was that heavy rain.**
  →水災是那場大雨造成的。
- **There must be some other reason for him to refuse to help.**
  →他不肯幫忙一定另有原因。

reason後面可以跟以why...或that...開頭的子句，在非正式文體中why或that也可以省略。

- **There is no conceivable reason why there should be any difficulty.** →想不出有什麼理由可以解釋為什麼會遇到困難。
- **One important reason that gold is so valuable is that it is scarce.** →黃金如此值錢的一個重要原因就是因為黃金非常稀少。

有些人認為the reason... is because that...這樣的英語是不好的英語，也就是說reason後面不要用because引導的子句作為補語，最好是說the reason... is that...。

- **The reason why she didn't get the job was that her English was not very good.**
  →她沒有得到這個工作是因為她的英語不是很好。
- **The reason why I stayed at home was that I was tired.**
  →我待在家的理由是我累了。

245. Great Britain, England和 the United Kingdom有什麼區別？

Great Britain通常用來指大不列顛島，包括英格蘭（England）、蘇格蘭（Scotland）和威爾斯（Wales）。大不列顛島是不列顛群島（the British Isles）中最大的島嶼，而不列顛群島是一個地理概念，並非政治概念。Great Britain（大不列顛）和Northern Ireland（北愛爾蘭）合稱為the United Kingdom（聯合王國）。

England （英格蘭）只是英國的一部分。蘇格蘭和威爾斯並不包括在英格蘭之內，而且蘇格蘭人和威爾士人也不喜歡被稱為English。

246. 如何表示相似和相同？

想要表示人與人、物與物之間在某一特定方面相同或類似時，我們可以用以下結構或表達法：

1) as或like
- **They treat their mother like a servant.**
  →他們像對待傭人一樣對待自己的母親。
- **He was as cunning as a fox.** →他像狐狸一樣狡猾。

2) so/neither do I及類似的結構
- **Mary can speak Chinese, so can her brother.**
  →瑪麗會講中文，她的兄弟也會講中文。
- **The weather was unusually variable and so were tempers.**
  →天氣格外多變，脾氣也陰晴不定。

3) 副詞too, also和as well
- **—She is kind.** →她人很親切。
- **—Her sister is as well.** →她妹妹也是。

- —I've got a stomachache. →我胃痛。
- —I have too. →我也是。

4) the same (as)
- **My opinion is on the whole the same as yours.**
  →我的意見大體上與你的差不多。
- **The weather of this year is not the same as that of the past years.** →今年的氣候與往年不一樣。

247. 每天5分鐘超有感 避免不必要的重複

中文通常有冗餘現象（redundancy），即不必要的內容重複。比如說，我們經常會聽到有人說「這完全是不切實際的幻想」，而事實上，既然是「幻想」，自然是「不切實際的」，否則何來幻想一說呢？

英語是特別講究邏輯性和簡潔的語言，因此，這類不必要的重複在英語中一定要避免。為了進一步說明這個問題，我們一起來看幾組句子：

We wish to repeat again what we said in our first letter. （錯誤）
We wish to repeat what we said in our first letter. （正確）
（repeat的意思是 "to say or write something again or more than once"，其本身就包含了again的意思，所以第一句中的again就顯得十分多餘。）

I shall return back to Athens at the end of August. （錯誤）
I shall return to Athens at the end of August. （正確）
（return的意思是 "to come or go back from one place to another"，其本身就帶有back的意思，所以不能說return back。）

There is an ATM machine nearby. （錯誤）

There is an ATM nearby. （正確）

（ATM是automatic teller machine的縮寫，其本身就有machine一詞，因此後面不能再跟machine。）

248. 每天5分鐘超有感 網路用語中的縮寫

如果你是美劇迷或是手機愛用者，那麼對下面的這些縮寫就一定不陌生了。現代人發手機訊息的時候經常使用縮寫來節省時間和空間，例如用CUL8R（晚點見）、Gr8（好極了）來代替正統拼寫。在這些縮寫中，字母和數字被用來代替與其讀音相同的單字或者單字的某些部分，某些常用說法有時只以其開頭的字母來表示。以下是一些典型的例子：

c u b l8r	call you back later 待會打給你
btw	by the way 順便一提
f2f	face to face 面對面
hand	have a nice day 玩得開心
lol	laughing out loud 大笑
r u cumin 2day	Are you coming today? 你今天來嗎？
tx 4 a gr8 party	Thanks for a great party. 聚會棒極了，謝謝。
just 2 let u no	Just to let you know. 只是告訴你一聲。

249. 每天5分鐘超有感 the number of和a number of的不同

你能發現下面兩個句子中存在的錯誤嗎？

The number of pupils are increasing.

A number of pupils is absent today.

大家很容易混淆the number of和a number of。兩者在形式上相差甚微，一個用定冠詞the，另一個用不定冠詞a，可是它們在語義和用法上差別很大。

"A number of" 的意思是「若干，一些」，相當於some，常和複數名詞連用。當它出現時，限定動詞要和of後面的複數名詞的數保持一致。而「the number of + 名詞」這個結構的中心詞是number，不是名詞，限定動詞必須用單數。試比較：

- The number of people employed in agriculture has fallen in the last two decades. →過去二十年，農業從業人數已經下降。
- The number of suicides has increased.
  →自殺案件的數量增加了。
- A number of measures are to be taken to solve the problem.
  →將採取一系列措施以解決這個問題。
- A number of priceless works of art were stolen from the museum. →博物館中一些價值連城的藝術品被盜。

250. 每天 5 分鐘 超 有 感 ⏰ 縮寫究竟怎麼唸？

說到冬季的禦寒神器，就不得不提雪靴了。而雪靴的「洋名」UGG的發音也困擾過諸多同學，那麼把UGG讀成「油嘰嘰」到底正確嗎？

英文中最常見的縮寫是以單字的字首組成，有的縮寫可以像單字一樣發音。

- AIDS [edz] = acquired immune deficiency syndrome →愛滋病
- NATO [ˋneto] = North Atlantic Treaty Organization →北約組織
- laser [ˋlezɚ] = light amplification by stimulated emission of radiation →雷射

但並不是所有由字首組成的縮寫都可以像單字一樣發音，有的以字母為單位逐個發音，這類詞通常把重音放在最後一個字母上。

- **BBC** [bibisi] **= British Broadcasting Corporation**
  →英國廣播公司
- **WTO** [ˈdʌbljutio] **= World Trade Organization** →世界貿易組織

那麼UGG到底是可以像單字一樣發音還是應該以字母為單位逐個發音呢？這就不得不談到UGG雪靴的起源了。據說這個詞可能與一戰期間澳洲鄉村地區飛行員所穿的飛行羊毛靴（flying ugly boots）有關。這種靴子一度被稱為FUGG，後來演變出UGG這個詞。它的正確讀音應該是[ʌg]，而不是[udʒidʒi]。

此外，你知道[æp]才是APP的蘋果官方讀法嗎？因此，當我們遇到一個縮寫時，查閱辭典以確保讀音的規範是十分必要的。

251. 每天5分鐘超有感 常見拼寫錯誤

有時候同學們會錯把一個完整的詞拼寫成兩個單字。

錯誤	正確
an other	another
can not	cannot
may be	maybe (= perhaps)
where as	whereas

注意，下列這些詞通常寫作一個單字：

nowadays, somehow, anyhow, everybody, into, moreover, cannot, together, today, sometimes, everyone, afterwards, everywhere, nobody, meanwhile, outside, already, anything, anyone

下列片語通常要分開寫作兩個單字：

all right, at once, at least, no one

252. 每天 5 分鐘 超有感 ⏰ 不能省略的逗號

先來看幾組例句：
- **I need to pay off all my debts** before I leave the country.
  →我得在離開該國前償清所有債務。
- Before I leave the country, **I need to pay off all my debts.**
  →我得在離開該國前償清所有債務。
- **I find it hard to work at home** because there are too many distractions. →我發覺在家裡工作很難，因為使人分心的事太多。
- Because there are too many distractions, **I find it hard to work at home.** →我發覺在家裡工作很難，因為使人分心的事太多。
- **Try advertising in the local paper** if you want to attract more customers.
  →如果你要吸引更多顧客，就試試在當地報紙上登廣告。
- If you want to attract more customers, **try advertising in the local paper.**
  →如果你要吸引更多顧客，就試試在當地報紙上登廣告。

從上述例句可以看出，because, before, if引導的子句既可以放在主句之前，也可以放在主句之後。當子句放在後面時，子句表達的資訊處於更加重要的位置。當子句置於句首時，需要注意後面要加逗號。

253. 每天 5 分鐘 超有感 ⏰ 在什麼情況下單字字首需要大寫？

英文字母有大寫和小寫兩種形式。那你知道什麼情況下單字的字首需要大寫嗎？以下是常見的字首需要大寫的情況。

1) 人名、地名、機構等的名稱，以及恆星和行星的名字。

- **I saw Tom three days ago.** →我三天前見過湯姆。
- **Oceania is mainly made up of Australia and New Zealand.**
  →大洋洲主要是由澳洲和紐西蘭組成的。
- **The Grand Hotel, venue of this week's talks, is packed out.**
  →格蘭德酒店是本週演講的會場，已經客滿。
- **When will you go up to Cambridge University?**
  →你什麼時候要去劍橋大學念書？
- **As of now we don't know much about Mars.**
  →目前我們對火星還知之甚少。

（但是the earth, the sun, the moon一般不大寫。）

2) 一個星期中的每一天、月份和特殊節日。

- **Monday**→星期一　　　• **July**→七月　• **Spring Festival**→春節
- **Friday**→星期五　　　• **May**→五月　• **Valentine's Day**→情人節

3) 人的頭銜或稱謂。

- **Mr. Brown**→布朗先生　　　　• **Professor White**→懷特教授
- **Dr. Daniel**→丹尼爾醫生
- **The President was given a blank check by Congress to continue the war.** →國會授予總統全權可繼續這場戰爭。

4) 涉及國籍、地區、語言、民族和宗教的名詞和形容詞。

- **I was amazed at her knowledge of French literature.**
  →她的法國文學知識之豐富使我大為驚奇。
- **He is quite at home with the Japanese language.**
  →他對日語很熟。
- **Friday is a holiday in Muslim countries.**
  →在伊斯蘭教國家星期五是假日。

5) 報紙和雜誌的名稱。

- **New York Times** →《紐約時報》
- **Vogue** →《時尚》

6) 書籍、電影、劇本等名稱，虛字如果不是第一個單字字首不需要大寫。

- **The Little Prince** →《小王子》
- **Sleepless in Seattle** →《西雅圖夜未眠》
- **Twelfth Night** →《第十二夜》

看完前面的文法概念後，是否都學會了呢？快來試試「百分百核心命中練習題」檢測自己的學習成果吧！

- -

❶ Not that I'm unwilling to go with you, _____ I'm busy now.
A. because　　B. but　　　　C. but that　　D. however

❷ She doesn't like to _____ a black dress.
A. wear　　　B. put on　　　C. dress　　　D. put in

❸ Good food, not _____, that's how one gets fat.
A. enough exercises　　　　B. exercises enough
C. enough exercise　　　　D. exercise enough

❹ It was not rare in _____ for people in _____ fifties to go to university for further education.
A. 90s; the　　B. the 90s; their　C. the 90s; /　　D. 90s; their

❺ These photographs will show you _____.
A. what does our village look like　B. what our village looks like
C. how does our village look like　D. how our village looks like

❻ As long as the sun shines, the earth will not _____ energy.
A. short of　　B. be lack of　　C. run out of　　D. in need of

❼ Your explanation made the question ever more difficult _____.
A. understand　　　　　　B. to understand
C. to be understand　　　D. being understood

❽ _____, she knew she'd never been there before.
A. As familiar it seemed to her　B. As it seemed familiar to her
C. As familiar as seemed to her　D. Familiar as it seemed to her

❾ Today is Betty's Wedding Day. She _____ to Henry.
A. just has been married　　B. had just married
C. was just married　　　　D. has just been married

❿ The Aborigines _____ in Australia for thousands of years, but their present lifestyle and culture differ little from _____ of their ancestors.
A. have lived; that　　　　B. had been living; the one
C. have been lived; ones　　D. have been living; those

⓫ — Congratulations to you! I hear you got the first place in the English speech test.
— _____.
A. Don't mention it.
B. Thanks. But I think I could have done better.
C. There's nothing to cheer for.
D. I know.

⓬ He hurried to the station only _____ that the train had left.
A. to find   B. finding   C. found   D. to have found

⓭ — Come on in, Peter. I want to show you something.
— Oh, how nice of you! I _____ you _____ to bring me a gift.
A. never think; are going   B. never thought; were going
C. didn't think, were going   D. hadn't thought, were going

⓮ Learning a new language is never easy. But with some work and devotion, you'll make progress. And you'll be amazed by the positive reaction of some people when you say just a few words in _____ own language.
A. their   B. his   C. our   D. your

⓯ The guy who _____ that door first will be an April Fool, for there is a broom on it.
A. will open   B. has opened   C. opens   D. should open

⓰ The suggestion that the mayor _____ them with prizes was accepted by everyone.
A. would present   B. present
C. presents   D. ought to present

⓱ I enjoy watching some of the television programs on _____ affairs.
A. actual   B. current   C. present   D. passing

⓲ She keeps a supply of candles in the house in case of a power _____.
A. short   B. omission   C. absence   D. failure

⓳ In this factory, suggestions often have to wait for months before they are fully _____.
A. admitted   B. acknowledge
C. absorbed   D. considered

⓴ No one has _____ been able to trace the author of the poem.
A. still   B. yet   C. already   D. just

答對0～8題	別氣餒！重看一次前面的文法重點，釐清自己不懂的觀念吧！
答對9～17題	很不錯喔！建議可以翻找自己答錯的文法概念，重新理解，加深印象！
答對17題以上	恭喜你！繼續往下一章節邁進吧！

Keys:　1. C　2. A　3. C　4. B　5. B　6. C　7. B　8. D　9. D　10. D
11. B　12. A　13. D　14. A　15. C　16. B　17. B　18. D　19. D　20. B

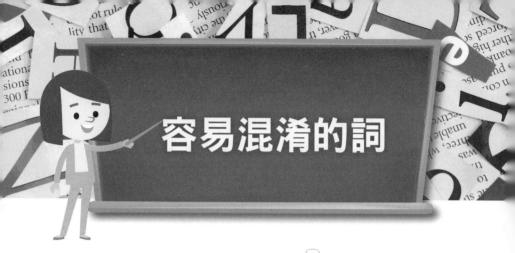

254. affect和effect

affect和effect在拼寫上雖然只有一個字母的差異，但是意思和詞性卻相差甚遠。

affect通常用作動詞，表示（某事物）影響（某人或物）。

- **Smoking affects health.** →吸菸影響健康。
- **More than seven million people have been affected by drought.** →700多萬多人受到了乾旱的影響。

effect通常用作名詞，表示結果、效果或者影響。

- **Parents worry about the effect of music on their adolescents' behaviour.**
  →家長們擔心音樂對其青春期子女行為的影響。
- **The advertising campaign didn't have much effect on sales.** →廣告宣傳活動對銷售額沒起到多大的作用。

effect雖然也可以用作動詞，但是十分正式，意為按照某人的願望「產生，引起」。

- **He was able to effect certain changes in government policy.** →他成功地使政府的政策發生某些變化。
- **We have tried our best to effect an agreement between the two parties.** →我們已盡了最大努力希望促成雙方達成協議。

255. ago和before
每天5分鐘超有感

ago和before都可以放在表示一段時間的片語之後,都有「一段時間以前」的意思。兩者的區別在於,ago表示從現在回溯,即現在的過去,意思是「在現在以前」,因此通常與過去簡單式連用;而before則表示從過去回溯,即過去的過去,意思是「在那時以前」,因此通常與過去完成式連用。試比較:

- **I met her once several years** ago. →幾年前我曾見過她一面。 (相對於現在而言的幾年前)
- **His acting days had ended six years** before. →他的演藝生涯六年前就已經結束了。(相對於過去某個時間而言的六年前)

但是如果一個句子中含有「since + 一段時間 + ago」這種結構時,就該用現在完成式,而不是現在簡單式了。如:

- **We have known each other** since ten years ago.
  →我們十年前就認識了。
- **Some of them have removed TV from their lives** since years ago. →他們中的一些人在幾年前就不再看電視了。

和ago不同的是,before有時也可單獨使用,泛指一般意義的「以前」,此時可用於現在完成式或者過去完成式,表示「現在或過去以前的任何時間」。

- **It's never happened to me** before. →我以前從沒遇到過這種事。
- **As soon as I saw him I knew that I had met him** before.
  →一看到他我就知道我們以前見過。

256. almost和nearly
每天5分鐘超有感

almost和nearly意思相近,都可以用來表示空間或時間方面的進展,或用來修飾可以衡量或比較的東西。在許多情況下,兩者沒

有太多的區別。一般說來，almost所表示的意思比nearly更接近一些。試比較：

- **It is nearly 12 o'clock. (= perhaps 11:45)**
  →快十二點了。（可能是11點45分）
- **It is almost 12 o'clock. (= perhaps 11:55)**
  →要十二點了。（可能是11點55分）
- **The couple had been dating for nearly three years.**
  →這對情侶談戀愛快三年了。
- **The couple had been dating for almost three years.**
  →這對情侶談戀愛差不多三年了。

請注意，當一個句子談論的不是向某個目標發展的趨勢，也不是易於衡量的東西時，就不能用nearly，而要用almost。
He is almost like a father to me. →對我來說他就像父親。（不能說：He is nearly like a father to me.）

- **She has got a strange accent. She almost sounds foreign.**
  →她說話帶著奇怪的口音，聽起來簡直像個外國人。

almost和nearly都可以用在all, every和always之前。

- **They almost/nearly always have coffee for breakfast.**
  →他們幾乎每頓早餐都喝咖啡。
- **Almost/Nearly all the guests are here.**
  →差不多所有的客人都來了。

在nearly之前可以用very, pretty, not等詞，而在almost之前就不能用這些詞。

- **We pretty nearly missed the train.** →我們差點錯過火車。
- **I've not nearly finished.** →我還剩一點點沒有做完。

此外，在any或no, none, never, nobody, nothing等否定詞之前可以用almost，但不能用nearly。

- **Almost any bus will do.** →幾乎所有線路的公車都行。
- **The speaker said almost nothing.** →發言者幾乎沒說什麼。（可以說：The speaker said hardly anything. 不能說：The speaker said nearly nothing.）

- **Almost nobody came.** →幾乎沒什麼人來。（可以説：Hardly anybody came.不能説：~~Nearly nobody came.~~）

257. alone, lonely, lonesome和lone

alone的意思是「獨自的（地），單獨的（地）」，它不含有任何的感情色彩。而lonely和lonesome（常用於美式英語，非正式表達）則表示「孤獨的，寂寞的」。試比較：

- **She lives on tea and cake when she's alone.**
  →她一個人用餐時只喝點茶，吃點蛋糕。
- **He has been desperately lonely/lonesome since his wife left him.** →自從妻子離開他之後，他一直極其孤寂。

alone不能用作定語放在名詞前面，而lone則可以。lone在指物時，意思是「只有一個」，比如：

- **a lone tree in the garden** →園子裡唯一的一棵樹

但lone在指人時，就跟lonely或lonesome一樣，含有哀傷的意義。

- **I approached a lone drinker across the bar.**
  →我走向吧台對面一位獨自飲酒的客人。

258. also, as well和too

also, as well和too具有相同的含義，但它們在句子中的位置卻不同。also常與動詞連用，出現在句中，而as well和too更常用於句末。

- **My brother not only goes to school; he also works part time for a company.**
- **My brother not only goes to school; he works part time for a company as well.**

- **My brother not only goes to school; he works part time for a company too.**
- **He is smart, and he is also a diligent employee.**
- **He is smart, and he is a diligent employee as well.**
- **He is smart, and he is a diligent employee too.**

相比之下，also要比as well和too更正式，因此在非正式文體中，also不如as well和too常用。

- **She can sing and also dance.** →她能歌善舞。
- **She can sing and dance too/as well.**
  →她會唱歌，舞也跳得不錯。（不如前一句正式）

also不可以用於簡答句或祈使句中，而as well和too則可以。

- **—Sarah is a confident girl. —Her sister is （confident） as well.**
- **—I met him yesterday. —I did too.**
  （不能說：~~I did also~~. 在非正式文體中，也可以說成：—I met him yesterday. —Me too.）

與as well和too不同的是，also可以用作句子狀語，放在句首，後面用逗號隔開，這時also的意思相當於moreover。

- **The house is far from the city centre. Also, it is too small for us.** →這個房子離市中心遠，而且，對我們來說也太小了。

需要注意的是，also, as well和too一般都不用於否定句。表示否定可以用not... either或者neither/nor...。

- **He is coming too.** →他也會來。
- **He isn't coming either.** →他也不會來。
- **I like him as well.** →我也喜歡他。
- **I don't like him either.** →我也不喜歡他。
- **She also wants some juice.** →她也要一點果汁。
- **She doesn't want any juice either.** →她也不要果汁。
- **—Does she eat meat?** →她吃肉嗎？
  —No, and neither does she. →不，她也不吃。

259. another, other, others和the others

another既可作形容詞，也可作代名詞。當它作形容詞時，可以表示「又一，再一，另一」，含有「增加的，額外的」含義，一般情況下，後面可以接單數名詞、of加複數名詞、數字（或者few）加複數名詞。如：

- **Can you cite** another case **like this one?**
  →你能再舉一個像這樣的例子嗎？
- **I got** another of those calls **yesterday.**
  →昨天我又接到一通那樣的電話。
- **We've still got** another forty miles **to go.** →我們還要走40英里。

在最後一個句子中，可以用more代替another，但需要注意詞序的變化。

- **We've still got forty** more **miles to go.** →我們還要走40英里。

another也可以作代名詞，泛指同類事物的三者或三者以上中的「另一個」。

- **The conversation drifted from one subject to** another.
  →談話從一個話題轉到另一個話題。

other作形容詞用時，其後可跟單數名詞，也可跟複數名詞。

- **They were just like any** other **young couple.** →他們那時就和其他任何年輕夫婦一樣。（不能說：~~They were just like any others young couple~~.）

other作代名詞時，若指兩個人或物中的一個，只能用the other，不能用another。如：

- **He has two daughters. One is a nurse,** the other **is a worker.**
  →他有兩個女兒，一個是護士，另一個是工人。

other如果單獨使用，不跟名詞，則可以使用複數形式others，意思是other ones（另外幾個）或者other people（其他的人），表泛指。如：

- **Some of us like singing and dancing, others go in for sports.** →我們之中有些人喜歡唱歌和跳舞，其餘的人愛好運動。
- **Give me some others, please.** →請給我別的東西吧。

the others的意思是「其他東西，其餘的人」。它特指某一範圍內「其他的（人或物）」，是the other的複數形式。如：

- **Two boys will go to the zoo, and the others will stay at home.** →兩個男孩會去動物園，其餘的留在家裡。

260. 每天5分鐘超有感 anyone和any one

anyone的意思是「任何人」。

- **I won't tell anyone I saw you here.**
  →我不會告訴任何人我在這兒看見了你。
- **Anyone could be doing what I'm doing.**
  →任何一個人都可能做我在做的事。

any one的意思是「你選擇的任何一個（人或物）」，用來表明只限一個。

- **So many different ideas are milling about in my head, but I can't settle down to work on any one of them.** →我腦中浮現出很多不同的想法，但我卻不能安下心將其中任何一個付諸行動。

261. 每天5分鐘超有感 arise和rise

arise的意思是「出現，呈現，發生」，通常以抽象名詞作主詞。

- **Some unexpected difficulties have arisen.**
  →出現了一些意外的困難。

- **We keep them informed of any changes as they arise.**
  →如果有任何變化，我們隨時通知他們。

rise的意思是「上升，（數量或水準）的增加／提高」。
- **Smoke was rising from the chimney.** →煙從煙囪裡升起。
- **Interest rates rise from 4% to 5%.** →利率從4%上升到5%。

rise也可以表示「起身，起床」。
- **Luther rose slowly from the chair.**
  →盧瑟慢慢從椅子上站起身來。
- **He was accustomed to rising early.** →他習慣於早起。

這裡需要注意的是，只有在非常正式的場合下，才用rise表達「早上起床」這個意思，否則一般説get up。

262. 每天 5 分鐘 超 有 感 beach, shore和coast

beach主要指平坦而沒有懸崖、岩石的沙灘，適宜游泳、曬日光浴、停靠小船等。shore指水與陸地交界的「岸」（如海岸、湖岸、河岸等），是一個較為籠統的説法，既可以包括beach，也可以指突兀或陡峭的岸邊。
- **They love to run about on the sandy beach.**
  →他們喜歡在那片沙灘上跑來跑去。
- **There is a boat about a mile off the shore.**
  →離岸約一英里處有一條船。

coast屬地理用詞，主要指從遠處看到的海洋與陸地的分界線，或把這一分界線當作一個整體來看待。它通常只能指海岸，不指湖岸或河岸。
- **They're going to have a holiday on the north coast of Spain.** →他們打算去西班牙北海岸度假。

因此，不能説I saw him lying on the coast之類的話。

263. beat和win

先看下面這兩個典型的錯誤例句：

She always wins me when we play poker.

Alice won John to win the first prize.

win的後面可以接比賽、辯論、戰鬥、獎品、金錢等；但在beat的後面要接比賽、辯論或戰鬥中的對手。試比較：

- **Arsenal beat Royal Madrid last Saturday.**
  →上週六阿森納隊戰勝了皇家馬德里隊。
- **Arsenal won the game.** →阿森納隊贏了這場比賽。

因此，上面的兩個錯誤例句應該改為：

She always beats me when we play poker.

Alice beat John to win the first prize.

264. because和because of

because為連接詞，通常引導子句，放在主詞和動詞的前面。because引導的子句既可以出現在主句之前，也可以出現在主句之後。

- **He went abroad because he won a scholarship.** →因為拿到了獎學金，所以他出國了。（也可以説：Because he won a scholarship, he went abroad.）

because引導的子句有時候也可以單獨使用，這種情況在回答問題時較為常見。

- **—Why is Tom absent today?** →湯姆今天為什麼沒來？
  —Because he is sick. →因為他病了。

because of為介係詞片語，通常接名詞、代名詞或動名詞。

- **One in six Bangkok residents reportedly suffers from allergies** because of **the bad air.** →據稱，因為空氣品質差，曼谷的居民六個中就有一個患有過敏症。

試比較：

- **We didn't go out** because **it was raining.** →因為下雨我們沒有出門。（不能説：... ~~because of it was raining~~.）
- **We didn't go out** because of **the rain.** →因為下雨我們沒有出門。（不能説：... ~~because the rain~~.)

265. 每天5分鐘超有感 beside和besides

beside是介係詞，意思是「在……的旁邊」，相當於close to或next to。

- **Don't plant evergreens** beside **a house, because they contain highly flammable chemicals.** →別在房子旁邊種常綠植物，因為它們含有高度易燃的化學物質。
- **I love sitting** beside **a cosy fire on a cold winter's night.** →我喜歡在寒冷的冬夜坐在暖和的火爐旁。

besides作介係詞時，意思是「除……之外」，相當於in addition to，可以用來對已知的情況作補充説明。

- **Besides** **the two novels, she has bought two reference books.** →除了那兩本小説，她還買了兩本參考書。
- **How do the teenagers share their information** besides **blogs?** →除了部落格之外，青少年們還透過什麼方式來分享資訊呢？

besides也可以作副詞，表示「此外，而且」，相當於furthermore，一般用於句首。

- **The house was out of our price range and too big anyway.** **Besides, I'd grown fond of our little rented house.** →這個房子超出了我們的預算範圍，而且也太大了。再説，我已經漸漸喜歡上我們租的小房子了。

- **Getting to know yourself will make you a better person. Besides, you really won't achieve anything significant in life until you know the real you.** →了解自己會幫助你成為更優秀的人。而且,只有了解真實的自己方能有所成就。

266. 每天5分鐘超有感 big, large和great

big和large通常和具體名詞(看得見、摸得著的東西)連用,表示尺寸大小,但large稍微正式一些。

- **China is a big country.** →中國是一個幅員遼闊的國家。
- **If your bag is too big, you don't get to bring it on the airplane.** →如果你的包包太大,就不能隨身攜帶上飛機。
- **My large suitcase could stow all of your clothes.**
  →我的大行李箱能裝下你所有的衣服。
- **She has lovely and large brown eyes.**
  →她有一雙嫵媚的棕色大眼。
- **That coat doesn't fit you; it's too big/large.**
  →那件外套太大了,不適合你。

在非正式的文體中,big可以和可數抽象名詞連用。

- **He would have made a big mistake without your advice.**
  →要不是聽了你的勸告,他可得犯大錯了。

當large和可數抽象名詞連用時,通常表示數量和比例。

- **He spent large sums on hunting.** →他在打獵上花很多錢。

great也可以與具體名詞連用,用於指人時,意為「著名的,重要的」;用於指物時,意為「巨大而令人印象深刻的」。

- **They have raised a monument in memory of the great man.** →他們修建了一座紀念碑來紀念這位偉人。
- **The great ship sank into the sea.** →這艘巨輪沉入了大海。

great常和不可數名詞連用，big和large則不這樣用。

- **She showed** great courage **in the earthquake.** →她在地震中顯示出超乎尋常的勇氣。（不能説：... ~~big/large courage~~...）
- **I've got** great admiration **for him.** →我非常敬重他。（不能説：... ~~big/large admiration~~...）

267. bring, take, fetch和carry

這四個單字都含有「某人帶著某物與自己一起移動」的意思，並不容易正確選用。一般來説，bring用來表示向説話者或聽者所在的位置移動，強調「由遠至近」；take用來表示向其他方向運動，指把某物帶到另一地方去，強調「由近至遠」；fetch是指去取某物並把它帶來；carry不含有任何方向的意思，而是指用手或身體的某個部位攜帶。

- **Could you** bring **me that newspaper, please?**
  →請幫我把報紙拿來，可以嗎？
- **We** took **our dog with us on vacation.** →我們帶狗一起去度假。
- **Could you** fetch **me a clean T-shirt from my bedroom?**
  →你能替我從臥室裡拿一件乾淨的T恤來嗎？
- **She** carried **the CDs in a strong paper bag.**
  →她把那些CD裝在厚紙袋裡提著。

bring也可以用來表示朝説話者或聽者曾經待過的地方或者將要去的地方移動。試比較：

- **Allen** brought **some documents to your office this morning.** →艾倫早上帶了些文件到你辦公室來。
- **Allen** took **the documents to Jack's office.**
  →艾倫把文件送到了傑克的辦公室。
- **Come to the cinema with us tonight. You might** bring **your new friend.**
  →今晚和我們一起去看電影吧。不妨把你新交的朋友也帶來。

- **I stopped a taxi and took my friend to his own hospital without delay.** →我馬上攔了一輛計程車,把朋友送到了他工作的醫院。

268. centre和middle

每天 5 分鐘 超 有 感

- **Stand in the middle of the circle.** →站在圓圈中間。
- **He was in the centre of the street.** →他在路中間。

上面兩個句子中,in the middle of和in the centre of都表示「在……的中間」,那麼centre和middle之間到底有什麼不同呢?

centre與middle的意義相近,但centre常指一個準確的點,含有「正中心」的意思,而middle則指中間或中部,它所表示的位置不如centre精確。試比較:

- **the centre of the room** →房間的正中央
- **the middle of the room** →房間的中間(不一定在正中間)
- **the centre of Paris** →巴黎市中心
- **the middle of France** →法國中部

考慮事物的長度而非面積時,middle更常用。middle還常指兩點的中間,表示兩邊有等量的人或物。比如:

- **She was driving along the middle of the road.**
  →她把車開在馬路中間。
- **Angela was on the left, Kate was on the right and Jenny was in the middle.** →安琪拉在左邊,凱特在右邊,珍妮在中間。

centre只用於空間,而middle既可以用於空間,也可以用於時間或活動等。試比較:

- **The new stadium will be located in the centre of town.**
  →新體育館將建在市中心。
- **Who's knocking at the door in the middle of the night?**
  →三更半夜,不知誰在敲門?

- **The lights went out in the middle of the performance.**
  →演出途中燈突然熄滅了。

此外，比喻用法中的「中心」，如學術、工業、商業中心等，或者引申意義上的「中心」等，通常只能用centre，而不能用middle。如：
- **The city has developed into a centre of industry.**
  →這座城市已經發展成為一個工業中心。
- **Shanghai is one of the financial centres of the world.**
  →上海是世界金融中心之一。
- **He is the centre of this event.** →他是這次事件的核心人物。

269. close和shut

close和shut都表示「關閉」，在很多情況下可互換。
- **Close/Shut the window for fear of rain.** →關上窗戶以防下雨。
- **The exhibition centre closes/shuts at 17:30.**
  →展覽中心17：30關門。
- **Close/Shut your eyes and imagine waking up to a perfect day.** →閉上眼睛，想像醒來時是完美的一天。

動詞close和shut的過去分詞分別為shut和closed，都可用作形容詞，但shut通常不用在名詞前。試比較：
- **The post office is closed/shut on Saturday afternoon.**
  →這間郵局星期六下午不營業。
- **a closed system** →封閉體系（不能說：a shut system）

結束會議、關閉交通（公路、鐵路等）、結清銀行帳戶等通常要用close，不用shut。
- **At eleven the meeting closed.** →會議於11點結束。
- **They've closed the road for repairs.**
  →他們已關閉這條公路，準備維修。
- **To withdraw funds or close an account, fill out and sign the form.** →如果您想要提款或銷戶，您需要填寫該表格並簽字。

表示緩慢的動作時，一般用close。試比較：

- **Close your mouth while you chew.** →嚼東西的時候閉上嘴巴。
- **Shut your mouth!** →閉嘴！

270. 每天5分鐘超有感 clothes, cloth和clothing

這三個詞經常容易混淆。clothes的發音為[kloz]，是指我們所穿衣服的常用詞彙，沒有單數形式。cloth的發音為[klɔθ]，作不可數名詞時指做衣服的布匹和衣料，作可數名詞時指用作某種特殊用途的布（如桌布、抹布）。clothing的發音為['kloðɪŋ]，為「衣服」的總稱，是不可數名詞，比clothes更正式。指一件衣服時，可以說a piece/an item/an article of clothing。

- **She rifled through her clothes for something suitable to wear.** →她在衣服堆裡快速地翻找合適的衣服穿。
- **I wanted to have a dress made so I bought two and a half yards of cloth.** →我想做件洋裝，於是買了2碼半布料。
- **Cover the dough with a damp cloth and set aside.**
  →在麵團上蓋一塊濕布，放在一旁醒發。
- **Breathable, waterproof clothing is essential for most outdoor sports.**
  →透氣防水的衣服對於大多數戶外運動是不可或缺的。

271. 每天5分鐘超有感 compose, comprise, consist of和constitute

compose常見於被動語態，構成be composed of的結構，表示「由……構成」；在用於主動語態時，一般包含「融合為一」的意思，而且主詞是複數名詞或者是集體名詞。例如：

- **Concrete is composed of cement, sand and gravel mixed with water.** →混凝土由水泥、沙、石子與摻和而成。

- **Christians compose 40 percent of the state's population.**
  →基督徒占該州人口的40％。

comprise表示「包含，包括」，也可構成be comprised of的結構，表示「由……組成」。例如：
- **The committee comprises men of widely different views.**
  →這個委員會由見解甚為殊異的人組成。
- **The committee is comprised of 20 members representing all segments of the industry.**
  →這個委員會由來自該行業所有領域的20個成員構成。

consist of意為「由……構成」，強調結果是一個統一的整體。例如：
- **New York City consists of five boroughs.**
  →紐約市由五個行政區組成。

constitute的主詞可以是複數名詞也可以是單數名詞，所「構成」的事物在屬性、特徵或組織上與組成成分是一致的。例如：
- **Seven days constitute a week.** →七天構成一個星期。

272. condition和conditions

試比較下列兩個句子中condition的區別：
- **Apart from a few scratches, the piano was in good condition.**
  →除了有些刮痕之外，這台鋼琴狀況良好。
- **Too many poor people are living in overcrowded conditions.**
  →有太多貧民居住環境擁擠不堪。

當描述某個物品的狀態或品質時，condition為不可數名詞或單數名詞。當condition表示「情況，環境」時，通常用複數形式。試比較：
- **Economic conditions were very bad.** →經濟情況非常糟糕。
- **The house needs painting. It's in bad condition.**
  →這間房子很破舊，需要粉刷。

273. continual(ly)和continuous(ly)

continual(ly)通常修飾不時重覆、往往令人不快的事；continuous(ly)則只用來修飾不停止、連續發生的事。

- **He has continual arguments with his father.**
  →他屢次跟他父親爭論。
- **The child's continual crying drove me to distraction.**
  →那孩子不斷的哭聲弄得我心煩意亂。
- **He borrowed money from people continually.**
  →他總時不時地向人借錢。
- **She was continually being pestered by journalists and autograph hunters.**
  →她不斷遭到新聞記者和要求簽名者的糾纏。
- **The brain needs a continuous supply of blood.**
  →大腦需要不斷的血液供給。
- **A continuous stream of visitors came to the exhibition.**
  →參觀展覽會的人絡繹不絕。
- **He took up office as the Prime Minister for ten years continuously.** →他連任十年首相。
- **Athletes have to train continuously to stay in peak condition.**
  →運動員必須不斷訓練才能保持最佳競技狀態。

274. costume, custom和customs

這三個字在拼寫上非常相似，可在詞義上卻相差甚遠。costume的意思是「衣服，禮服」，尤其是指演員或表演者的戲服、某歷史時期或某國的服裝；custom的意思是「習慣，習俗」；customs指「海關」或「政府的海關部門」，指後者時頭文字常用大寫形式。

- **The kimono is part of the national costume of Japan.**
  →和服是日本民族服裝的一部分。

- **The gorgeous costume added to the brilliance of the dance.** →華麗的服裝使舞蹈更加光彩奪目。
- **The custom of worshiping ancestors has been passed down since the 18th century.** →祭拜祖先的風俗從18世紀就沿襲下來。
- **Customs have made their biggest ever seizure of cocaine.** →海關查獲了有史以來最大的一批古柯鹼。
- **A customs union would integrate the economies of these countries.** →關稅同盟把這些國家的經濟緊密結合在一起。

275. 每天5分鐘超有感 dead, death, die和dying

這幾個詞都與「死亡」這個概念有關係，但用法上有所區別。dead為形容詞，表示「死去的，已故的」；die為動詞，表示「（人或動物）死亡；（植物）枯萎，凋謝」，其過去式和過去分詞均為died。試比較：

- **The victim was pronounced dead at 16:45 GMT.** →受害者於格林威治標準時間下午4：45被宣佈死亡。
- **40, 000 women a year still die from this disease.** →每年仍有4萬名女性死於這種疾病。
- **My mother's dead; she died in 2001.** →我母親不在了，她是2001年去世的。

death是名詞，意思是「死亡」。

- **When Vivian was fourteen, her mother became sick and was on the verge of death.** →薇薇安14歲的時候，她的母親身患重病，徘徊在死亡的邊緣。

dying是動詞die的現在分詞，作形容詞表示「臨終的，垂死的」。

- **They could not perform even a simple act of human compassion to a dying man.** →他們甚至不能對一個已經奄奄一息的人表示出人類最基本的慈悲心。

dead和dying還可以放在定冠詞the的後面，表示複數概念，泛指一類人。the dead指all dead people或the dead people（死去的人們，死者）；the dying則表示people who are dying（垂死的人們）。

- **By the time our officers arrived, the dead and the dying were everywhere.**
  →當我們的警官到達的時候，遍地都是屍首和垂死的人。

276. disease和illness

illness和disease雖然常常作同義詞使用，但illness實際上是指身體不適的狀態或一段時間，而這可能是由於某種disease引起的。disease一般用來指那些能染上或者傳染他人的疾病。disease也可以用來指作為醫學研究課題的疾病。

- **He died after a long illness.**
  →在經歷了漫長的疾病困擾後，他去世了。
- **Just when it seemed life was going well, she was blindsided by a devastating illness.**
  →正當生活似乎一帆風順的時候，她出人意料地得了一場重病。
- **He said he first experienced weakness in his legs and arms, typical symptoms of the disease.**
  →他說他最初感覺到手腳無力，而這些正是這種疾病的典型症狀。
- **Many deaths from heart disease are actually avoidable.**
  →許多因心臟病造成的死亡實際上是可以避免的。

277. do和make

對於大部分英語學習者來說，想要區分一般動詞do和make並非一件容易的事情。這兩個詞意思相近，但在用法上卻存在較大的區別。

我們通常在以下情況下使用do：

1) 談論某種活動且需要指明是什麼活動時，do常和thing, something, anything, nothing, what等詞連用。

- **We want to** do something **about the inequalities that there are in the world.** →我們希望能對世上的不平等現狀有所作為。
- **It would be quite wrong for us to stand by and** do nothing. →袖手旁觀、無動於衷是大錯特錯。

2) 談論工作和生計時，常用do。

- **Women** do **twice as much of the housework as the guys do.** →女人做的家務是男人的一倍。
- **It's time for me to go home and** do **homework.** →我該回家做作業了。
- **The charity helps people who are unable to** do **laundry by collecting their clothes and returning them washed and ironed to their homes.** →有些人無法自己洗衣服，這家慈善機構就將那些衣服收來，洗過熨過後再送到家。

3) 如果一個活動需要持續一段時間或者需要重覆進行（如工作、興趣愛好等），可以用do構成非正式結構do... -ing。在-ing形式前面通常會有一個限定詞，如the, my, some, much等。

- **It used to be his wife's job to** do **the shopping but now, he says, she refuses.** →他說以前購物都是他太太的工作，但現在她「罷工」了。

4) 某些固定說法。

do badly, do business, do the dishes, do a favour, do good, do harm, do time (= to spend time in prison), do well, do your best, do your hair, do your nails, do your worst, etc.

我們通常在以下情況下使用make：

1) 表示建造、制訂、創造等意思時。

- **He told her that he would like to make a corset dress for her.** →他告訴她，他想為她做一件緊身洋裝。
- **It suddenly struck me that we ought to make a backup plan.** →我突然想到，我們應該制訂一個備用方案。
- **With the help of this machine, we can make a new product.** →利用這台機器，我們能夠生產一種新產品。

2) 表示製作食物或準備一日三餐時。

- **Blend the flour with the milk to make a smooth paste.** →把麵粉和牛奶調成均勻的麵糊。
- **You can always make breakfast yourself if you like it.** →如果你喜歡，你隨時可以自己動手做早飯。
- **To make a good-smelling cup of coffee requires a scientific method.** →要想煮出味道醇厚的咖啡，需要科學的方法。

3) 某些固定說法。

make amends, make arrangements, make believe, make a choice, make a comment, make a commitment, make a decision, make a difference, make an effort, make an enquiry, make an excuse, make a fool of yourself, make a fortune, make friends, make a fuss, make a journey, make a mess, make a mistake, make money, make a move, make a noise, make a payment, make a phone call, make a point, make a profit, make a promise, make a remark, make a sound, make a speech, make a suggestion, make time, make a visit, make your bed

278. dress, put on, wear和 have (got) something on

提到穿戴具體的衣著用品時，可以用put on。
- **Most people put on their best clothes that day.**
  →那一天大多數人都會穿上最好的衣服。
- **He put on his jacket and headed for the door.**
  →他穿上夾克朝門口走去。

穿上全身的衣服可以說dress（較正式）或get dressed。
- **I got up and dressed/got dressed.** →我起床穿好衣服。

wear表示「穿著（……衣服）」，通常用來形容某人的習慣或外表。
- **He always wears a cotton jersey when he plays football.**
  →他踢足球總穿棉質運動衫。（此處也可以用dress in，即He always dresses in a cotton jersey when he plays football.）
- **She'll be wearing a cream-coloured suit.** →她將會穿一身米色的套裝。（此處也可以用be dressed in，即She'll be dressed in a cream-coloured suit.）

have (got) something on指「穿著」，與wear意思相同，不過不用於進行式。
- **I had a white dress on. (= I was wearing a white dress.)**
  →我當時穿著白色的洋裝。

279. east和eastern等

為明確地給地球表面劃分範圍，尤其是政治範圍（如國家或州），我們通常說east, west, south或north。對於不太明確的範圍劃分我們通常說eastern, western, southern或northern。試比較：

- **East Germany**→東德 ／ eastern Germany→德國東部
- **South Africa**→南非 ／ southern Africa→非洲南部

然而，地名並不總是遵循這條規則。比如：
- **East Asia**→東亞（但説：Western Europe→西歐）
- **South Australia**→南澳洲（但説：Western Australia→西澳洲）

當east, eastern, west, western等出現在正式或公認的地名中時，頭文字要大寫，其他情況下都以小寫字母開頭。

- **the Middle East**→中東
- **Northern Ireland**→北愛爾蘭
- **Eastern Europe**→東歐
- **South America**→南美
- **Edinburgh is a long way north of London.**
  →愛丁堡位於倫敦以北很遠的地方。
- **Stratford in east London is home to the Olympic stadium.**
  →倫敦東部的史特拉福是奧林匹克體育場的所在地。
- **The room faces west, so we get the evening sun.**
  →這間房間朝西，所以我們看得見夕陽。
- **His house was on the southern outskirts of the town.**
  →他的家在該城的南郊。
- **The late October storm killed at least 22 people around the eastern United States.**
  →十月下旬的風暴造成美國東部至少22人死亡。

280. 每天5分鐘超有感 efficient和effective

efficient和effective這兩個詞發音相似，很容易混淆。在英語中有一句話用來區分兩者：Efficiency is doing things right, while effectiveness is doing the right things.（效率是指正確地做事，效果是指做正確的事。）

如果某人工作安排得好，不浪費時間和精力，我們就說他efficient；如果某個機器運轉得井井有條，我們也可以說efficient。

- **She was efficient in everything she did and was frequently commended for exemplary service to the organization.** →她做任何事情都很有效率，經常因為工作中的表率作用而受到表彰。
- **He hasn't made very efficient use of his time in revising for these exams: he has made no notes and his concentration spans appear to last for no longer than ten minutes.** →他沒有高效率地利用時間為考試做準備：既沒有記任何筆記，注意力集中的時間也不超過十分鐘。
- **The secretary has sorted out all the documents and filed them alphabetically—isn't that efficient of her?** →那位祕書把所有的檔分好，按字母順序歸了檔──她多有效率！
- **Such motors are extremely efficient.**
  →這種發動機的效率非常高。

如果什麼東西解決了我們的某個問題，或是取得了預期的效果，我們就說它effective。

- **These tablets really are effective. My headache is much better now.** →這些藥片的確十分有效。我的頭痛現在好多了。
- **Dark glasses are an effective shield against the glare.**
  →墨鏡能有效遮擋強光。

281. 每天5分鐘超有感 emigrant和immigrant

emigrant指離開自己所在的國家、移居外國的人，他們的這種遷移叫emigration；而從移居國的角度來看，這些人就叫做immigrant，這種遷移就叫immigration。

比如說，一位瑞士女性想要移居美國。對於她自己以及瑞士而言，她是移居美國的emigrant。對於美國人來說，她是來自瑞士的immigrant。

- **She was a Polish emigrant who came to Scotland during the Second World War.**
  →她是一位波蘭移民，二戰期間來到蘇格蘭。
- **The government found it difficult to expel illegal immigrants.**
  →政府發現想要驅逐非法移民並非易事。

282. end和finish
每天5分鐘超有感

這兩個單字在意思上並沒有太大的差異，但常常用在不同的情境下。

finish常用來談論完成一項活動，後面可以跟-ing形式。
- **He has finished the work on time.** →他按時完成了工作。
- **Is it probable to finish the job before dark?**
  →有可能在天黑之前完成這項工作嗎？
- **Be quiet! He hasn't finished speaking.**
  →安靜點！他還沒講完呢。

end常用來談論終止或結束某種狀態、關係，或談論重要的變化，後面不可以跟-ing形式。
- **The news of their marriage ended weeks of speculation.**
  →他們結婚的消息結束了幾個星期來的種種推測。
- **When the war ended, policies changed.**
  →戰爭結束後，政策也就變了。

end也可以用來談論某事以某種方式結束或形成某種結局。
- **Their love story ended in tragedy.** →他們的愛情以悲劇告終。
- **The chapter ends with a case study.**
  →這章的最後部分是案例分析。
- **The football match ended in a draw.**
  →這場足球比賽以平局收場。

283. even though和even so

想想你會怎樣翻譯下面這個句子？

那本書有許多遺漏之處，即使如此，仍不失為一本有用的參考書。

很多同學會這樣翻譯：It has many omissions; even though, it is quite a useful reference book.

這時，大家是把even though和even so的用法弄混了。那麼這兩者之間到底有什麼區別呢？

even though的作用相當於though，是連接詞，用於連接兩個分句，不能只用於一個分句中，也不能單獨使用。

• **Even though it was raining, I had to go out.**
  →即使下雨，我還是得外出。
• **She's the best teacher, even though she has the least experience.** →她雖然經驗最少，卻是最出色的老師。

even so是個狀語片語，相當於in spite of that，意思是「儘管如此」，用法和however, nevertheless一致。

• **The new method is not perfect; even so, it's much better than the old one.**
  →新方法並不完美，即使如此，它還是比老方法好得多。
• **It is not the most exciting of places, but even so I was having a good time.**
  →這個地方並非最美麗的景點，儘管如此，我還是玩得不亦樂乎。

284. expect和hope

hope作「希望」解，強調感情方面，主要用來表示主觀上的願望並對其實現抱有信心。如果你hope某事發生，則表示你希望它發

生，但不知道是否真的發生。hope可接不定式（片語）或that引導的子句，但不可接「受詞 + 不定式」。

- **I hope the bus comes soon.** →我希望公車快點來。
- **I hope to have seen the film next week.**
  →我希望下星期能看到這部電影。

expect表示「期待，期望」，強調思想方面。如果你expect某事，那麼你有充分理由相信或認為某事有可能實現或發生。expect後面可接名詞、不定式（片語）、不定式的複合結構。

- **We expect writers to produce more and better works.**
  →我們期望作家們寫出更多更好的作品。
- **I do expect to have some time to myself in the evenings.**
  →我真期待晚上能有點自己的時間。
- **Don't expect an instant cure.** →別指望會有立竿見影的療效。

285. 每天5分鐘超有感 far和a long way

The nearest telephone was far from the village.
The nearest telephone was a long way from the village.

以上兩個句子，哪個才是正確的呢？

far和a long way雖然都可以用來表示距離的遙遠，但far常用於疑問句和否定句中，在肯定句中通常用a long way。

- **We are not far from my home now.** →我們現在離我家不遠了。
- **Even with the lights on full beam I couldn't see very far.**
  →即使把燈光打到最強我還是看不了多遠。
- **How far back can you trace your family tree?**
  →你的家譜可以追溯到哪一代？
- **She had walked a long way and her shoes were worn out.**
  →她走了很多路，鞋也走破了。
- **The playing field is a long way from the school.**
  →運動場離學校很遠。

- **We were down to 10 gallons and we still had a long way to go.** →我們只剩下10加侖油了，卻還有那麼長的一段路要趕。

far如果用於肯定句中，則常和too, enough, as或so連用。
- **The innumerable stars in the sky are too far from us.**
  →天上無數的星星離我們太遠了。
- **Going too far is as bad as not going far enough.** →過猶不及。
- **As far as I know, he will be away for three months.**
  →據我所知，他將離開三個月。
- **She has so far made no suggestions in any shape or form.**
  →她至今沒有提出任何形式的建議。

286. finally, at last和in the end

finally有兩個意思。在列舉時，它可用來引出最後一項內容，相當於lastly。它也可以表示「（幾經波折後）終於」，表示這個意思時，它常常用在句中動詞前面。
- **I've divided my talk into three parts: first, an overview of international relations; second, a discussion of current political situations; and finally, trends for the future.** →我的談話內容分成三部分：第一部分綜述國際關係，第二部分討論目前的政治局勢，最後談談未來的發展趨勢。
- **After months of enquiry we finally discovered the truth.**
  →經過幾個月的調查，我們終於發現了真相。

at last也可以用來表示「等候或耽誤了很長時間之後才⋯⋯」，而且語氣強烈，含有因為等候或耽誤的時間之久而感到不耐煩或不方便的意思。
- **The meeting came to an end at last.** →會議終於結束了。

at last還可以用作感歎語，finally和in the end則不能這樣用。
- **At last! Where the hell have you been?**
  →總算找到你了！你到底上哪去了？

in the end的意思是，經過許多變化、困難和捉摸不定的情況之後，某事才發生。

• **Everything will come right** in the end. →一切問題終會解決。

287. fit和suit

fit和suit都有「適合」的意思，很容易造成混淆。當別人說This jacket fits you時，那是說衣服的尺碼合身，不大不小；要是說This jacket suits you，那是說你穿著好看，款式、花色都適合。

• **She tried the dress on but it didn't** fit.
  →她試穿了那件洋裝，但不合身。
• **My mother cut father's coat down to** fit **me.**
  →母親按我的身材把父親的外套裁短了。
• **The sweater's too expensive and anyway the colour doesn't** suit **you.** →這件毛衣太貴，而且顏色也不適合你。
• **These glasses** suit **people with round faces.**
  →這款眼鏡適合圓臉的人。

288. forget和leave

先來看下面這道選擇題：

— **Sorry, Mr. Green. I _____ my homework at home.**
— **That's OK, but don't forget next time.**
A. forgot　　　B. forget　　　C. left　　　D. kept

這道題的答案應選C，即left。根據句義，這道題應填表示「忘記」的詞語，為什麼不可以用forgot而非要用left呢？下面我們就來分析一下它們在表示「忘記」時的區別。

leave指的是將某物遺忘在某個地方，其後通常要與表示地點的狀語連用。forget表示不小心忘了拿某物時，不能與表示地點的詞語連用。試比較：

- **When I went to school I left my books at home.**
  →去上學時，我把書忘在家裡。
  （不能説：... ~~I forgot my books at home~~.）
- **We'd just finished our meal when I realized I'd accidentally left my credit card at home.**
  →我們剛吃完飯，這時我發現我無意中把信用卡忘在家裡了。
- **His parents grounded him for a week when he left his bike outside.** →因為他把自行車忘在外面，他父母罰他一個禮拜不能和朋友外出。
- **He forgot his schoolbag this morning.**
  →他今天上午忘記帶書包了。
- **She forgot to take her bag with her when she got off the bus.**
  →她下公車時忘了拿包包。

289. 每天5分鐘超有感 fun和funny

fun和funny兩個詞在形式上非常相似，因此同學們常常容易弄混，究竟它們之間的差異在哪裡？fun是不可數名詞，可以放在be後面，表示「樂趣」或「有趣的人（或事）」。

- **You're sure to have fun at the party tonight.**
  →你在今晚的聚會上一定會玩得很開心。
- **It will be fun to see the chicks come out.**
  →看小雞孵出來很有意思。
- **It's not much fun being lost in the rain.**
  →在雨中迷路可不是一椿趣事。

在非正式英語中，尤其是美式英語中，fun也可以用作形容詞放在名詞前面，表示「有趣的，令人愉快的」。

- **He is a fun person to be with.** →與他相處很有趣。
- **It was a fun evening.** →那是個令人愉快的夜晚。

funny通常用作形容詞，表示「好笑的」。

- **He's a funny person.** →他是個很滑稽的人。
- **We were amused at his funny movements in doing morning exercises.** →他做早操時的滑稽動作讓我們覺得好笑。

funny有時候也可以表示「稀奇古怪的，意想不到的」，相當於strange或unexpected。

- **Children get some very funny ideas sometimes.**
  →孩子們有時候有一些非常奇怪的想法。
- **The engine's making funny noises.** →引擎發出奇怪的聲音。

290. have和have got

當表示某人擁有某物或者描述某人的特徵時，既可以用have也可以用have got。

- **Once we have the money, it will be plain sailing.**
  →一旦我們有了錢，一切就都會順利了。
  （也可以說：Once we have got the money, it will be plain sailing.）
- **She has a good temper.** →她脾氣很好。
  （也可以說：She's got a good temper.）

當描述行為、動作或者經歷時，通常用have而不是have got，如have lunch, have a bath, have difficulty, have fun, have an accident, have a holiday等。此外，在未來式和過去式中，一般不用have got。

- **I usually have fun when reading about the world we live in.**
  →當我透過閱讀來了解我們所生活的這個世界時，我通常非常開心。
  （不能說：~~I usually have got fun...~~）
- **I had a pet parrot when I was young.**
  →我小時候有過一隻寵物鸚鵡。
  （不能說：~~I had got a pet parrot...~~）

291. 每天5分鐘超有感 ⏰ just和just now

just的意思很多，但當它表示的意思是a moment ago（剛才）時，通常用現在完成式，尤其是在英式英語中。

- **The girl who has just walked out is Doris.**
  →剛才走出去的那個女孩是桃樂絲。
- **He has just been called away to an important meeting.**
  →他剛才被叫去開一個重要會議。
- **I've just had a phone call from my aunt Lucy.**
  →剛才露西姑媽打了通電話給我。

在美式英語中，這種場合下常用過去式。

- **The girl who just walked out is Doris.**
  →剛才走出去的那個女孩是桃樂絲。
- **I just had a phone call from my aunt Lucy.**
  →剛才露西姑媽打了通電話給我。

just now這個片語也可以指a moment ago（剛才），但無論是在英式英語還是美式英語中，它都要與過去式連用。

- **You were rude to say that to your father just now.**
  →你剛才對你父親講那種話太不禮貌了。
- **I disagree with what he said just now.** →我不贊成他剛才講的。

292. know和know about

know意為「知道，認識，明白」，為及物動詞，通常用來談論透過個人的直接經驗獲取的知識。

- **She knows what to do.** →她明白該做什麼。
- **We have known each other since young.** →我們從小就認識。
- **He thought he knew his wife through, until she deceived him.** →在妻子騙他之前，他一直認為自己非常了解她。

know about意為「了解，知道……的情況」，通常指間接了解某人或某物。如：

- **We know about magnetism by the way magnets act.**
  →我們透過磁鐵的作用知道磁性是怎麼一回事。
- **The travelers who knew about the floods took another road.** →知道泛洪的旅客們都改走另外一條路。
- **Many students want to know about the differences between American English and British English.**
  →許多學生想知道美式英語和英式英語之間的區別。

293. lay和lie

lie作規則動詞時的意思是「說謊」。這個詞的變化形式有：to lie, lying, lied, lied。

- **He wasn't telling the truth. He was lying.**
  →他沒講實話，他在撒謊。
- **She lied to us about her age.** →她對我們謊報了年齡。
- **He has lied his way into a well-paid job.**
  →他靠說謊騙得一份高薪工作。

表示這一意思時，lie也可以用作名詞。我們經常説tell a lie或tell lies，而不説say/talk/speak a lie（或lies）。

lie作不規則動詞時，意思是「躺下，平躺」，通常不帶受詞。lie 的變化形式有：to lie, lying, lay, lain。
- **Are you going to lie in bed all day?** →你打算成天躺在床上嗎？
- **We lay down under the shade of a tree.**
  →我們躺在一棵樹的樹蔭下。

lay的意思是「小心地放下，放平」。它是及物動詞，後面必須接受詞。這個詞的形式有：to lay, laying, laid, laid。
- **She laid the baby down gently.** →她將嬰兒輕輕放下。
- **The general has called on the terrorists to lay down their arms.** →將軍要求恐怖分子放下武器。

294. last, the last和the latest
每天5分鐘超有感

last week, last month是指緊挨著本週、本月之前的那個週或月。比如，如果我們説話時是October（十月），last month就是September（九月）。
- **I had a toothache last week, but I'm OK this week.**
  →我上個星期牙疼，但這星期好了。
- **Were you at the meeting last Friday?**
  →你上週五去參加會議了嗎？

the last week, the last month則是指説話時刻之前的一週、一個月的時間。如果我們説話時是2014年9月26日，the last month就是9月26日之前30天的時間。
- **I've had a toothache for the last week. I feel terrible.**
  →過去這一星期我都牙疼。我感到很難受。
- **They've lived here for the last year.**
  →他們過去一年都住在這裡。

the last還可以表示「一系列事物中的最後一個」。

- **We set out on the last day of November.**
  →我們是在11月的最後一天出發的。

latest的意思為「最新的」，我們可以用它來談論新事物，用last表示「前一個事物」。試比較：

- **The writer's new book is much better than his last one.**
  →這位作家的新書比上一本好得多。
- **Where can I obtain a copy of his latest book?**
  →在哪裡能買到他最新出版的書？

295. less和fewer

據英國廣播公司報導，儘管英語是英國人的母語，但英國人自己經常會連一些基本的文法問題都搞不清楚。報導稱，在所有文法問題中，最令人頭疼的莫過於less與fewer的用法。現在我們就一起來看看less和fewer之間到底有什麼不同。

less是little的比較級形式，常用在不可數名詞前，而fewer是few的比較級，用在複數名詞前面。試比較：

- **We need fewer organizers and more doers.**
  →我們需要的是少些組織者，多些實作者。
- **Fewer people write with their left hand than with their right.** →用左手寫字的人比用右手寫字的人少。
- **He was advised to smoke fewer cigarettes and drink less beer.** →有人勸他少抽香菸、少喝啤酒。
- **Unskilled workers usually earn less money than skilled workers.** →無專長的工人賺的錢通常比有專長的工人少。

但是在現代英語中，尤其是在非正式的文體中，許多人在複數名詞前也用less而不用fewer。所以，如果你的英國或者美國朋友說I should eat less cookies，請不要感到奇怪，雖然從文法角度來看這樣說是不對的。

296. let和make

想想你會怎麼翻譯下面這個句子？

考官讓我安靜地坐在位置上等所有的考生考完。

可能會有同學翻譯成The examiner let me sit quietly until everyone had finished，也可能會有人翻譯為The examiner made me sit quietly until everyone had finished。那麼你認為這兩個句子的意思一樣嗎？下面我們就來談談使用let和make時需要注意的事項。

make somebody do something表示的是「迫使某人做某事」，帶有強迫性，即堅持讓某人去做某事，語氣比較強硬。而let somebody do something表示允許某人做某事或讓某人自己選擇做某事，語氣比較委婉。試比較：

- **If you won't do it willingly, I'll make you do it!**
  →你如果不願意做那件事，我會強迫你去做！
- **Can't you make that dog stand still?**
  →你不能讓那隻狗站著不動嗎？
- **I wish my parents would stop interfering and let me make my own decisions.** →我希望父母不再干預，讓我自己拿主意。
- **Why didn't Daddy let me keep the puppy?**
  →爸爸為什麼不讓我留下這隻小狗？

297. (a) little和(a) few

few和a few, little和a little的用法很多時候大家都會分不清楚。先來看看下面幾組句子：

- **I'll be having a few friends around for a meal one of these evenings.** →這幾天我打算請幾位朋友來家裡吃頓晚飯。

- **Kate is easy to get angry, so she has few friends.**
  →凱特很容易生氣，因此她幾乎沒有朋友。
- **It is advisable to keep a little food in reserve in case of emergency.** →最好儲備一點食物，以應急需。
- **The Pilgrims had little food and many died during the cold winter.** →這些清教徒食物短缺，許多人在嚴冬中死去。

從所修飾的名詞來看：(a) few後接可數名詞，且要用複數形式；(a) little後接不可數名詞。不帶a時，little和few通常具有否定意義。它們可以表示「不像人們想要的那麼多」「不像人們期望的那樣多」等意思。a little和a few的意思較為肯定，通常與some的意思相近。它們可以表示「比預期的要多」這樣的意思。試比較：

- **Few people like such things.** →沒什麼人喜歡那樣的東西。
- **A few people like such things.** →有少數人喜歡那樣的東西。
- **He knows little Spanish.** →他幾乎不懂西班牙語。
- **He knows a little Spanish.** →他懂一點點西班牙語。

quite a few常用於非正式的文體，表示「相當大的數量」。
- **He has quite a few friends.** →他有不少的朋友。

298. maybe和perhaps

maybe和perhaps意思相同，但在口語和非正式文體中，maybe更為常見。在正式文體中，我們更常用perhaps。
- **Maybe/Perhaps he will come.** →也許他會來。
- **Maybe we'll meet again some time.**
  →說不定我們什麼時候還會再見面的。
- **It's past the appointed time. Maybe he isn't coming.**
  →約定的時間都過了，他也許不會來了吧。
- **There are scores of people there, maybe eighty or more.**
  →那裡有好多人，也許有80個或者更多。

- **Perhaps you might chance upon the dictionary at some old bookstall.** →或許你會在舊書攤上偶然發現這本字典。
- **Perhaps something unforeseen has happened.**
→恐怕有些變故。
- **If you can't afford a new copy, perhaps you can find a second hand copy.** →如果買不起新書，你或許可以買一本舊的。

299. near和close

near和close在意義上幾乎相同，兩者均可用作形容詞和副詞，表示時間、距離或程度上的接近。
- **The school is near/close to the shop.** →學校離商店很近。

near可單獨用作介係詞，而close一般不這樣用。
- **We want to find a house near the station.**
→我們想找一間靠近車站的房子。
（不能說：~~We want to find a house close the station.~~）

但是在某些片語中，兩者不能互換。
- **I look forward to hearing from you in the near future.**
→我盼望著不久後收到你的信。
- **You can see the river in the near distance and the mountains beyond.** →從這裡可以看到近處的河及遠處的山。
- **This letter is from a close friend of mine.**
→這封信是我一位很親密的朋友寫的。
- **Robert stood close behind her.** →羅伯特緊靠在她的身後站著。

300. on time和in time

on time的意思是「準時」，即「在既定時間」，不早也不晚。我們通常用它來談論根據時間表安排的活動。

- **The film starts at 7:00 tonight. You don't have to be too early. Just arrive on time.**

  →電影會於今晚7點開始。你不用太早趕來，準時到達就好。

  （不能說：... ~~Just arrive in time~~.）

- **The weather held up and the match was played on time.**

  →天氣很好，比賽按時進行。

  （不能說：... ~~the match was played in time~~.）

in time的意思是「及時」，即「尚未到最後一刻」，通常用來談論在約定的時間之前發生的動作。

- **The show starts at 7:00 tonight. Make sure you arrive in time to get everything ready.** →表演會於今晚7點開始。你必須提前到場，以確保有時間做好準備工作。

  （不能說：... ~~arrive on time to get everything ready~~.）

- **People worry whether help can reach the earthquake victims in time.** →人們擔心地震災民能否及時得到援助。

  （不能說：... ~~reach the earthquake victims on time~~.）

簡而言之，on time是要求人「準時」，不要早於或晚於某個時間。然而，in time卻是要求人「早一點」「在最後一刻以前」，以便在某些事件發生前，有足夠時間採取行動。試比較：

- **The crew arrived in time to set up the stage and to make sure that the show could start on time.**

  →工作人員及時到達佈置舞臺，以確保表演可以準時開始。

301. 每天5分鐘超有感 principal和principle

principal和principle發音相同，但意思和詞性卻不同。

principal常用作形容詞，意思是「主要的，最重要的」。

- **Among her principal attractions, he said, was that she never asked him for anything.**

  →他說，她最大的魅力就是她從未對他有過任何要求。

principal作名詞時的意思是「校長」。

- **George said he attended the university between 1978 and 1982, when Jeffs was principal.** →喬治說他在1978年至1982年期間上的大學，當時傑夫斯擔任校長。

principle通常作名詞，指科學定律或道德準則。

- **My grandfather is a man of principle.**
→我的祖父是一個有原則的人。
- **These machines all operate on the same general principle.**
→這些機器的運行原理都一樣。

302. relationship, relation和relations

這三個詞都可以用來談論人們之間或事物之間的關係。relationship用於人時，可指「愛情關係，兩性關係」。

- **They decided to formalize their relationship by getting married.** →他們決定結婚，正式確定關係。
- **The relationship caused her a great deal of heartache.**
→這段戀情使她非常傷心。
- **The stars were having an offstage relationship.**
→這對明星在現實生活中發展出戀情。

relationship和relation都可以用來談論相互依存的事物。

- **This part of brain judges the spatial relationship/relation between objects.** →大腦的這部分判斷物體間的空間關係。
- **We're going to focus on the relationship/relation between freedom and necessity.**
→我們將集中討論自由和必然之間的關係這一問題。

當我們談論人們或團體之間較正式或較疏遠的關係時，更常用
relations。

- **Some politicians want more liberal trade relations with Europe.** →有些政治家想與歐洲建立更加自由的貿易關係。
- **He has cultivated good relations with his neighbours.**
  →他與鄰居建立了良好的關係。

303. say和tell

say和tell都可以與直接引用和間接引用連用。tell後面一般必須跟表示人稱的直接受詞，say一般不與表人稱的受詞連用。
- **I told her you were coming.** →我告訴她你要來。
- **She said that she couldn't come.** →她說她來不了啦。

如果要在say後面用人稱受詞，表示「對某人說」，可用say to sb。
- **She said to me that she could not come.**
  →她對我說她不能來了。

但say和tell都不能引導間接問句。
- **Amy asked whether his friend would be at home.**
  →艾米問他的朋友是否在家。
  （不能說：~~Amy said whether his friend would be at home.~~ 或 ~~Amy told me whether...~~）

tell可以接受詞 + 動詞不定式，意為「命令，指示」，say則不可以這麼用。
- **Tell her to come at once.** →叫她馬上來。
- **He told the children not to play in the street.**
  →他叫孩子們不要在街上玩。

此外還需要注意以下這些固定搭配：
- **tell the truth**→説實話
- **tell a lie**→説謊
- **tell a story/joke**→講故事／講笑話
- **tell the difference**→分辨區別
- **tell the time**→會看時間

304. 每天⑤分鐘超有感 small和little

small和little都可以用來修飾面積和體積，但small只是作客觀的描述，僅指大小，而little則通常帶有一定的感情色彩（如高興、滿意、同情等）。試比較：
- **The room was small and quiet.**→這個房間小而安靜。
- **This tent is really too small for both of us.**
  →這個帳篷對我們兩個來説確實太小了。
- **I'd like to have a little house of my own.**
  →我想擁有一個屬於自己的小房子。
- **His father tried keeping him in line, but he was a rebellious little kid.**
  →他父親想要他循規蹈矩，可他是個桀驁不馴的小孩子。

在英式英語中，little通常用作定語，很少用作補語，同時也很少用於比較級或最高級，且一般不與表示程度的副詞如quile, rather, very, too連用。
- **She was small in stature.**→她身材矮小。
  （比She was little...更自然。）
- **The house was rather small, but well built and convenient.**
  →房子很小，但是建築堅固，也很方便。
- **Even the smallest diplomatic incident can trigger a major international conflict.**
  →甚至最小的外交事件都能引發較大的國際衝突。
  （比... the littlest diplomatic incident...更自然。）

305. some time, sometime和sometimes

some time意為「一段時間」。

- **He is not likely to leave Kent for some time.**
  →他可能暫時不會離開肯特郡。
- **We lived in the country for some time.**
  →我們在農村住過一段時間。

sometime用作副詞，表示未知的時間，常用來指未來的某個時候。也可以分開寫成some time。

- **We will hold a meeting sometime next week.**
  →下個星期的某個時候我們將要開個會。
- **Atlantis is expected to make its final journey into orbit sometime in June or July.** →「亞特蘭提斯」號將會在6月或7月的某個時候開始它最後的軌道之旅。

sometimes為頻率副詞，意為「有時，不止一次」。

- **Sometimes I overslept.** → 我有時候會睡過頭。
- **I find that getting along with another human being sometimes demands tolerance and silence.**
  →我發現有時與其他人相處需要容忍和沉默。

306. speak和talk

speak和talk之間沒有明顯的區別。一般來說，speak不那麼口語化，常用於比較嚴肅或正式的場合，而talk常用於非正式的場合。試比較：

- **Because of a family feud, the two brothers haven't spoken to each other for ten years.**
  →因為長期家庭不和，這兄弟倆已經10年互不理睬了。

- **All the workers agreed that they wanted a pay increase, but nobody offered to bell the cat and talk to their employer.**

  →所有的工人都認為要加薪，但卻沒人自告奮勇去跟老闆談。

talk常用來指非正式的演講，speak通常指較為正式的演講、佈道等。試比較：

- **He's going to talk to us about the present situation.**

  →他將和我們談談當前的形勢。

- **The President is scheduled to speak at a dinner in New Hampshire later this month.**

  →總統本月將在新罕布夏州的晚宴上發表談話。

talk強調雙方「交談」，含有在談話中交換想法的意思；speak強調單方的「說」或「講」，一般只有一個人在說話。試比較：

- **Please speak more slowly.** →請說慢一點。
- **He talked to us for an hour and then withdrew.**

  →他跟我們談了一小時就走了。

speak常用來指人們對語言的掌握或使用，而talk不能這麼用。

- **My mother speaks Russian fluently.**

  →我媽媽能說一口流利的俄語。

此外，talk還可以用在sense, nonsense等具有類似含義的詞語前，如talk nonsense/rubbish（胡說八道）等。

307. start和begin

在許多場合下，begin和start實際上沒有太大差別，因此常可以互換。

- **She began/started writing short stories in her teens.**

  →她從十幾歲開始寫短篇小說。

- **Let's begin/start at once, it's already late.**

  →我們馬上開始吧，已經晚了。

在非正式的文體中，start比begin更常用。

- **Before you start to work, I'll show you around the factory.**
  →開始工作前，我先帶你參觀一下工廠。
- **The meeting is to begin at nine o'clock tomorrow morning.**
  →會議預計明天上午9點開始。

但是在下列場合中，只能用start，不能用begin。

1) 表示「啟程」
- **Let's pack up and get ready to start at once.**
  →我們收拾好行李，準備馬上出發。

2) 表示「（機器）開始工作」
- **The car won't start. Can you give it a shove?**
  →這輛車子發不動。你能不能推它一把？

3) 表示「使（機器）開動」
- **How do you start the engine?** →引擎怎樣啟動？

308. still, yet和already
每天5分鐘超有感

still, already, yet意為「仍然，已經」，都可以用來談論事物現在的進展或預期中的事情。它們之間的區別在於：still常用來談論現在發生的事情，表示動作正在持續，沒有完成；yet用來表示某事在預期之中；already則常用來表示某事在早於預期的時間已經發生，或者在早於可能發生的時間已經發生。試比較：

- **She is still grieving for their dead child.**
  →她還在為死去的孩子傷心。
- **Is my T-shirt dry yet?** →我的T恤乾了嗎？
- **She's only 18 but she's already a best-selling writer.**
  →她才18歲，但已經是一位暢銷書作家。

still一般與動詞連用,放在句子中間,常用於肯定句。

- **You're still fifty pounds in debt to me.** →你還欠我50英鎊。
- **After graduation, he's still living with his parents.**
  →畢業後,他還和父母住在一起。

yet一般放在句末,並且只用在疑問句和否定句中。

- **Have you fed the dog yet?** →你餵狗了嗎?
- **I haven't finished my homework yet.**
  →我還沒有完成家庭作業。

already一般與動詞連用,放在句子中間,為了強調,也可以放在句末。already不能跟時間狀語放在一起。

- **He had already left when I called.** →我打電話去時,他已走了。
- **Have you eaten your dinner already?** →你已經吃飯了嗎?

309. too much和much too

much too是將much放在too之前用來加強語氣,用法與too相同,後面跟形容詞。

- **He is really getting much too fat.** →他現在實在是太胖了。
- **Switzerland is much too placid for my taste.**
  →瑞士太寧靜了,我不喜歡。
- **We are much too old to be crying.**
  →我們已經長大成人了,不能再哭泣了。

too much用在不可數名詞前,意思是more than enough。

- **I am sure he is eating too much cake and sweets.**
  →我敢肯定他一定是吃了太多蛋糕和甜食。
- **A lot of actors pay too much attention to the sound of the words, and not enough attention to the meaning.**
  →許多演員過於留意言語的聲音,對含義卻不夠重視。
- **A mother shouldn't show too much favour to one of her children.** →做母親的不應過於偏愛某一個孩子。

too much 也可以用作代名詞或副詞，後面不跟名詞。

- **Don't expect too much of him.** →別對他抱太大期望。
- **Don't panic and talk too much in the interview or you'll really blow it.**
  →面試中不要驚慌，也不要談得太多，否則你真的會失去機會。

310. 每天5分鐘超有感 travel, journey, trip和voyage

travel是不可數名詞，泛指旅行，不能與不定冠詞連用。如果要說「某一次旅行」，則用其他詞，如journey或trip。試比較：

- **My job involves a lot of travel.** →我的工作需要經常出差。
- **Information on travel in Hawaii is available at the hotel.**
  →夏威夷的旅遊資訊在該酒店可以查到。
- **Sam's gone on a school trip.** →山姆去參加校外教學了。
- **Have you packed your things for the journey?**
  →你收拾好旅行用的東西了嗎？

當談論往返旅行且旅行的目的是去參加某種活動（公務或遊玩）時，我們常用trip。

- **We went out on a day trip on Friday.**
  →週五我們出去旅行了一天。

trip通常不用來指有非常嚴肅的目的、非常困難或既困難又耗時很長的旅行。我們可以用journey或者動詞travel來表達這一概念。

- **It was the most painful experience of my entire journey around the Tropic of Cancer.**
  →這是我周遊北回歸線之行中最痛苦的一段經歷。
- **After missionary work in India he traveled to Armenia, Colombia.**
  →在完成印度的傳教工作後，他去了哥倫比亞的亞美尼亞城。

voyage指海上的長途旅行。

- **On Zheng He's first voyage, he set sail across the Indian Ocean.** →鄭和的第一次海上航行穿越了印度洋。

311. well和good

good和well都可以用作形容詞，但意思有所不同。good常用來指人的品行好，或事物的質地好，也常用來向別人問好。

- **Cindy is a good doctor.** →辛蒂是位好醫生。
- **Your picture is very good.** →你的畫畫得很棒。
- **Good afternoon.** →下午好。

well作形容詞時，常用來談論健康。

- **— How is your father?** →你爸爸身體還好嗎？
- **— He's very well.** →他很好。

well常作副詞，用於修飾動詞。

- **He speaks English well.** →他英語說得很好。

312. wish和hope

wish和hope都可以與that-子句連用，表示希望或願望。

- **I wish I could afford to dine out every day.**
  →我要是能天天出去吃飯就好了。
- **We all wish that he would come again.**
  →我們都希望他會再來。
- **I hope the weather will soon change for the better.**
  →我希望天氣很快好轉。
- **We hope in the future there will be more exchanges between our two peoples.** →希望未來我們兩國人民之間有更多的交流。

wish + that-子句一般不用來表示未來可能會實現的願望,它通常指非真實的、不可能或希望不大的事情。當談論未來有可能會實現的願望時,我們往往用hope。

- **I wish it wasn't raining.** →真希望天沒下雨。
  (不能説:~~I hope it isn't raining.~~)
- **I wish he hadn't said it.** →我希望他沒有説過那樣的話。
  (不能説:~~I hope he didn't say it.~~)
- **I hope the next train will be less crowded than this one.**
  →我希望下趟火車不會像這趟這麼擠。
  (不能説:~~I wish the next train would be less crowded than this one.~~)
- **I hope I have a scholarship.** →我希望能獲得獎學金。
  (不能説:~~I wish I had a scholarship.~~)

313. 巧辨表示「變化」的連綴動詞
每天5分鐘超有感

常見的表「變化」的連綴動詞有become, get, go, come和turn,它們都可以用來表示從一種狀態到另一種狀態。儘管意思相近,但它們之間會有區別──有的取決於文法,有的取決於意思,有的則取決於固定搭配。

become可以用於形容詞和名詞片語之前。

- **Their music has become commercialized in recent years.**
  →他們的音樂近幾年商業化了。
- **I see he's become a family man.** →我發覺他已變得很顧家。

become和get都可以用來談論暫時性的身心變化或永久性的自然變化。

- **The leaves of this tree have become/get dry and withered.**
  →這棵樹的葉子乾枯了。

get通常不用在名詞前面來表示變化。

• **Primarily a teacher, she later `became` a writer.**
→她原先是教師，後來成了作家。
（不能説：... ~~she later got a writer~~.）

談論顏色的變化或者人的身體、精神或事物朝不好的方面變化時，多用go，所以它後面的形容詞常常是表示消極意義的，例如，go mad（發瘋），go bald（變禿頭），go wrong（出問題），go rusty（生銹），go bad（變質），go sour（變酸）。

Things can easily `go wrong` when people are under stress. 人在壓力之下，辦事情就容易出差錯。

• **I must bare my heart to someone, or I shall `go mad`.**
→我必須找個人説説心裡話，不然我會發瘋的。

come用在一些固定的説法，表示事務圓滿結束。最常用的表達是come true和come right。

• **My optimistic predictions `came true`.**
→我的樂觀預言成了現實。

• **It was a quarter when everything `came right`.**
→這是一切步入正軌的一季。

turn多用於看得見的或引人注目的變化，常用在表示顏色的詞之前（比go更為正式），或者用在數字前面表示年齡上的重大變化。

• **Lucy `turned pale`.** →露西的臉色變得蒼白。

• **She `turned forty` last June.** →她去年6月份滿40歲了。

看完前面的文法概念後，是否都學會了呢？快來試試「百分百核心命中練習題」檢測自己的學習成果吧！

----

❶ Her sister _____ in bed all day because she had a high fever.
   A. lay   B. lie   C. laid   D. lain

❷ You'll find this map of great _____ in helping you to get round London.
   A. price   B. cost   C. value   D. prize

❸ The girl always wears beautiful _____.
   A. clothes   B. cloth   C. clothing   D. dress

❹ —What can I do for you?
   —I'd like a _____ of *China Daily*.
   A. piece   B. sheet   C. lot   D. copy

❺ My _____ sister who works in the bank is two years _____ than I.
   A. younger; older   B. older; elder
   C. elder; elder   D. elder; older

❻ Fully _____ in looking after three children at home, she no longer has time to enjoy various activities in the club.
   A. attached   B. occupied   C. contributed   D. devoted

❼ _____ it is to jump into the river to swim in summer!
   A. What a fun   B. What fun   C. What funny   D. How funny

❽ Mr. and Mrs. Scot prefer a restaurant in a small town to _____ in so large a city as New York.
   A. that   B. the one   C. one   D. it

❾ Both Bach and Beethoven wrote _____ music.
   A. classical   B. classic   C. class   D. classics

❿ We rarely perceive more than a minute _____ of the sights and sounds that fall upon our sense organs; the great majority pass us by.
   A. fiction   B. function   C. fraction   D. friction

⓫ —The strong wind has a bad _____ on our newly planted young trees.
   —What's worse, it _____ many people riding bikes on the road.
   A. effect; affects   B. affect; effects
   C. effect; affect   D. affect; effect

⑫ —Do you think our basketball team will win the match?
　—Yes. We have better players. I _____ them to win.
　A. wish　　　　B. hope　　　　C. expect　　　　D. suppose

⑬ Someone who lacks staying power and perseverance is unlikely to
　_____ a good researcher.
　A. make　　　　B. turn　　　　C. get　　　　D. grow

⑭ Do you enjoy listening to records? I find records are often _____
　or better than an actual performance.
　A. as good as　　B. as good　　C. as well as　　D. good as

⑮ Although he was disabled when he was only ten years of age, yet
　he aimed _____, for which his classmates spoke _____ of him.
　A. high; high　　　　　　　　B. highly; highly
　C. highly; high　　　　　　　D. high; highly

⑯ It isn't quite _____ that he will be present at the meeting.
　A. sure　　　　B. right　　　　C. exact　　　　D. certain

⑰ I remember her face but I cannot _____ where I met her.
　A. recall　　　　B. remind　　　　C. remembers　　　D. remark

⑱ Comrade Li Dazhao, _____ librarian of Beijing University, was one
　of the founders of the Chinese Community Party.
　A. sometimes　　B. sometime　　C. some time　　D. some times

⑲ —Where _____ Chongqing do you decide to build the factory?
　—Nobody _____ our manager knows.
　A. except; besides　　　　　B. but; besides
　C. but; but　　　　　　　　D. except; besides

⑳ Sensible people don't think it is _____ to buy things which are not
　needed even at a low price.
　A. worth　　　　B. worthy　　　　C. worthless　　　D. worthwhile

- -

答對0～8題	別氣餒！重看一次前面的文法重點，釐清自己不懂的觀念吧！
答對9～17題	很不錯喔！建議可以翻找自己答錯的文法概念，重新理解，加深印象！
答對17題以上	恭喜你！繼續往下一章節邁進吧！

Keys:　1. A　2. C　3. A　4. D　5. D　6. B　7. B　8. C　9. A　10. C
　　　11. A　12. C　13. A　14. A　15. D　16. D　17. A　18. B　19. C　20. D

原來如此 系列 *E213*

瞬間反應！五分鐘，上戰場：
英文文法大革命

每天5分鐘，學一次就能用一輩子！

作　　　者	吳靜◎編著
顧　　　問	曾文旭
社　　　長	王毓芳
編輯統籌	耿文國、黃璽宇
主　　　編	吳靜宜、姜怡安
執行主編	李念茨
執行編輯	陳儀蓁
美術編輯	王桂芳、張嘉容
封面設計	阿作
法律顧問	北辰著作權事務所　蕭雄淋律師、幸秋妙律師

初　　　版	2019年11月
出　　　版	捷徑文化出版事業有限公司
電　　　話	（02）2752-5618
傳　　　真	（02）2752-5619
地　　　址	106 台北市大安區忠孝東路四段250號11樓-1

定　　　價	新台幣350元／港幣117元
產品內容	1書

總 經 銷	采舍國際有限公司
地　　　址	235 新北市中和區中山路二段366巷10號3樓
電　　　話	（02）8245-8786
傳　　　真	（02）8245-8718

港澳地區總經銷　和平圖書有限公司	
地　　　址	香港柴灣嘉業街12號百樂門大廈17樓
電　　　話	（852）2804-6687
傳　　　真	（852）2804-6409

▶本書部分圖片由Shutterstock、freepik圖庫提供

國家圖書館出版品預行編目資料

瞬間反應！五分鐘，上戰場：英文文法大革命/吳靜編著. -- 初版. -- 臺北市：捷徑文化, 2019.11
　面；　公分（原來如此：E213）
ISBN 978-986-5507-01-5(平裝)

1. 英語　2. 語法

805.16　　　　　　　　　　　108016742